SAS

ROULETTE CAMBODGIENNE

DU MÊME AUTEUR

N° 1. S.A.S. A ISTANBUL
N° 2. S.A.S. CONTRE C.I.A.
N° 3. S.A.S. OPÉRATION APOCALYPSE
N° 4. S.A.S. SAMBA POUR S.A.S.
N° 5. S.A.S. RENDEZ-VOUS A SAN FRANCISCO
N° 6. S.A.S. DOSSIER KENNEDY
N° 7. S.A.S. BROIE DU NOIR
N° 8. S.A.S. AUX CARAÏBES
N° 9. S.A.S. A L'OUEST DE JERUSALEM
N° 10. S.A.S. L'OR DE LA RIVIERE KWAI
N° 11. S.A.S. MAGIE NOIRE A NEW YORK
N° 12. S.A.S. LES TROIS VEUVES DE HONG KONG
N° 13. S.A.S. L'ABOMINABLE SIRÈNE
N° 14. S.A.S. LES PENDUS DE BAGDAD
N° 15. S.A.S. LA PANTHÈRE D'HOLLYWOOD
N° 16. S.A.S. ESCALE A PAGO-PAGO
N° 17. S.A.S. AMOK A BALI
N° 18. S.A.S. QUE VIVA GUEVARA
N° 19. S.A.S. CYCLONE A L'ONU
N° 20. S.A.S. MISSION A SAÏGON
N° 21. S.A.S. LE BAL DE LA COMTESSE ADLER
N° 22. S.A.S. LES PARIAS DE CEYLAN
N° 23. S.A.S. MASSACRE A AMMAN
N° 24. S.A.S. REQUIEM POUR TONTONS MACOUTES
N° 25. S.A.S. L'HOMME DE KABUL
N° 26. S.A.S. MORT A BEYROUTH
N° 27. S.A.S. SAFARI A LA PAZ
N° 28. S.A.S. L'HEROÏNE DE VIENTIANE
N° 29. S.A.S. BERLIN CHECK POINT CHARLIE
N° 30. S.A.S. MOURIR POUR ZANZIBAR
N° 31. S.A.S. L'ANGE DE MONTEVIDEO
N° 32. S.A.S. MURDER INC. LAS VEGAS
N° 33. S.A.S. RENDEZ-VOUS A BORIS GLEB
N° 34. S.A.S. KILL HENRY KISSINGER!
N° 35. S.A.S. ROULETTE CAMBODGIENNE
N° 36. S.A.S. FURIE A BELFAST
N° 37. S.A.S. GUÊPIER EN ANGOLA
N° 38. S.A.S. LES OTAGES DE TOKYO
N° 39. S.A.S. L'ORDRE RÈGNE A SANTIAGO
N° 40. S.A.S. LES SORCIERS DU TAGE
N° 41. S.A.S. EMBARGO
N° 42. S.A.S. LE DISPARU DE SINGAPOUR
N° 43. S.A.S. COMPTE A REBOURS EN RHODESIE
N° 44. S.A.S. MEURTRE A ATHENES
N° 45. S.A.S. LE TRÉSOR DU NEGUS
N° 46. S.A.S. PROTECTION POUR TEDDY BEAR
N° 47. S.A.S. MISSION IMPOSSIBLE EN SOMALIE
N° 48. S.A.S. MARATHON A SPANISH HARLEM
N° 49. S.A.S. NAUFRAGE AUX SEYCHELLES
N° 50. S.A.S. LE PRINTEMPS DE VARSOVIE
N° 51. S.A.S. LE GARDIEN D'ISRAËL
N° 52. S.A.S. PANIQUE AU ZAÏRE
N° 53. S.A.S. CROISADE A MANAGUA
N° 54. S.A.S. VOIR MALTE ET MOURIR
N° 55. S.A.S. SHANGHAÏ EXPRESS
N° 56. S.A.S. OPÉRATION MATADOR
N° 57. S.A.S. DUEL A BARRANQUILLA
N° 58. S.A.S. PIEGE A BUDAPEST
N° 59. S.A.S. CARNAGE A ABU DHABI
N° 60. S.A.S. TERREUR AU SAN SALVADOR
N° 61. S.A.S. LE COMPLOT DU CAIRE
N° 62. S.A.S. VENGEANDE ROMAINE
N° 63. S.A.S. DES ARMES POUR KHARTOUM
N° 64. S.A.S. TORNADE SUR MANILLE
N° 65. S.A.S. LE FUGITIF DE HAMBOURG
N° 66. S.A.S. OBJECTIF REAGAN
N° 67. S.A.S. ROUGE GRENADE
N° 68. S.A.S. COMMANDO SUR TUNIS
N° 69. S.A.S. LE TUEUR DE MIAMI
N° 70. S.A.S. LA FILIERE BULGARE
N° 71. S.A.S. AVENTURE AU SURINAM
N° 72. S.A.S. EMBUSCADE A LA KHYBER PASS
N° 73. S.A.S. LE VOL 007 NE RÉPOND PLUS
N° 74. S.A.S. LES FOUS DE BAALBEK
N° 75. S.A.S. LES ENRAGÉS D'AMSTERDAM
N° 76. S.A.S. PUTSCH A OUAGA DOUGOU
N° 77. S.A.S. LA BLONDE DE PRÉTORIA
N° 78. S.A.S. LA VEUVE DE L'AYATOLLAH
N° 79. S.A.S. CHASSE A L'HOMME AU PEROU
N° 80. S.A.S. L'AFFAIRE KIRSANOV
N° 81. S.A.S. MORT A GANDHI
N° 82. S.A.S. DANSE MACABRE A BELGRADE
N° 83. S.A.S. COUP D'ÉTAT AU YEMEN
N° 84. S.A.S. LE PLAN NASSER
N° 85. S.A.S. EMBROUILLES A PANAMA
N° 86. S.A.S. LA MADONNE DE STOCKHOLM
N° 87. S.A.S. L'OTAGE D'OMAN
N° 88. S.A.S. ESCALE A GIBRALTAR
N° 89. S.A.S. AVENTURE EN SIERRA LEONE
N° 90. S.A.S. LA TAUPE DE LANGLEY
N° 91. S.A.S. LES AMAZONES DE PYONGYANG
N° 92. S.A.S. LES TUEURS DE BRUXELLES
N° 93. S.A.S. VISA POUR CUBA
N° 94. S.A.S. ARNAQUE A BRUNEI
N° 95. S.A.S. LOI MARTIALE A KABOUL
N° 96. S.A.S. L'INCONNU DE LENINGRAD
N° 97. S.A.S. CAUCHEMAR EN COLOMBIE
N° 98. S.A.S. CROISADE EN BIRMANIE
N° 99. S.A.S. MISSION A MOSCOU
N° 100. S.A.S LES CANONS DE BAGDAD
N° 101. S.A.S LA PISTE DE BRAZZAVILLE
N° 102. S.A.S LA SOLUTION ROUGE
N° 103. S.A.S LA VENGEANCE DE SADDAM HUSSEIN
N° 104. S.A.S MANIP A ZAGREB
N° 105. S.A.S KGB CONTRE KGB
N° 106. S.A.S LE DISPARU DES CANARIES
N° 107. S.A.S ALERTE AU PLUTONIUM
N° 108. S.A.S COUP D'ETAT A TRIPOLI
N° 109. S.A.S MISSION SARAJEVO
N° 110. S.A.S TUEZ RIGOBERTA MENCHU
N° 111. S.A.S AU NOM D'ALLAH
N° 112. S.A.S VENGEANCE A BEYROUTH
N° 113. S.A.S LES TROMPETTES DE JÉRICHO
N° 114. S.A.S L'OR DE MOSCOU
N° 115. S.A.S LES CROISÉS DE L'APARTHEID
N° 116. S.A.S LA TRAQUE CARLOS
N° 117. S.A.S TUERIE A MARRAKECH
N° 118. S.A.S L'OTAGE DU TRIANGLE D'OR
N° 119. S.A.S LE CARTEL DE SEBASTOPOL
N° 120. S.A.S RAMENEZ-MOI LA TÊTE D'EL COYOTE
N° 121. S.A.S LA RÉSOLUTION 687
N° 122. S.A.S OPÉRATION LUCIFER

N° 123. S.A.S. VENGEANCE TCHÉTCHÈNE
N° 124. S.A.S. TU TUERAS TON PROCHAIN
N° 125. S.A.S. VENGEZ LE VOL 800
N° 126. S.A.S. UNE LETTRE POUR LA MAISON BLANCHE
N° 127. S.A.S. HONG KONG EXPRESS
N° 128. S.A.S. ZAIRE ADIEU
N° 129. S.A.S. LA MANIPULATION YGGDRASIL
N° 130. S.A.S. MORTELLE JAMAIQUE
N° 131. S.A.S. LA PESTE NOIRE DE BAGDAD
N° 132. S.A.S. L'ESPION DU VATICAN
N° 133. S.A.S. ALBANIE MISSION IMPOSSIBLE
N° 134. S.A.S. LA SOURCE YAHALOM
N° 135. S.A.S. CONTRE P.K.K.
N° 136. S.A.S. BOMBES SUR BELGRADE
N° 137. S.A.S. LA PISTE DU KREMLIN
N° 138. S.A.S. L'AMOUR FOU DU COLONEL CHANG
N° 139. S.A.S. DJIHAD
N° 140. S.A.S. ENQUÊTES SUR UN GÉNOCIDE
N° 141. S.A.S. L'OTAGE DE JOLO
N° 142. S.A.S. TUEZ LE PAPE
N° 143. S.A.S. ARMAGEDDON
N° 144. S.A.S. LI SHA-TIN DOIT MOURIR
N° 145. S.A.S. LE ROI FOU DU NEPAL
N° 146. S.A.S. LE SABRE DE BIN LADEN
N° 147. S.A.S. LA MANIP DU « KARIN A »
N° 148. S.A.S. BIN LADEN : LA TRAQUE
N° 149. S.A.S. LE PARRAIN DU « 17-NOVEMBRE »
N° 150. S.A.S. BAGDAD EXPRESS
N° 151. S.A.S. L'OR D'AL-QAÏDA
N° 152. S.A.S. PACTE AVEC LE DIABLE
N° 153. S.A.S. RAMENEZ-LES VIVANTS
N° 154. S.A.S. LE RESEAU ISTANBUL
N° 155. S.A.S. LE JOUR DE LA TCHEKA
N° 156. S.A.S. LA CONNEXION SAOUDIENNE
N° 157. S.A.S. OTAGE EN IRAK
N° 158. S.A.S. TUEZ IOUCHTCHENKO
N° 159. S.A.S. MISSION : CUBA
N° 160. S.A.S. AURORE NOIRE
N° 161. S.A.S. LE PROGRAMME111
N° 162. S.A.S. QUE LA BÊTE MEURE
N° 163. S.A.S. LE TRÉSOR DE SADDAM Tome I
N° 164. S.A.S. LE TRÉSOR DE SADDAM Tome II
N° 165. S.A.S. LE DOSSIER K.
N° 166. S.A.S. ROUGE LIBAN
N° 167. S.A.S. POLONIUM 210
N° 168. S.A.S. LE DÉFECTEUR DE PYONGYANG Tome I
N° 169. S.A.S. LE DÉFECTEUR DE PYONGYANG Tome II
N° 170. S.A.S. OTAGE DES TALIBAN
N° 171. S.A.S. L'AGENDA KOSOVO
N° 172. S.A.S. RETOUR A SHANGRI-LA
N° 173. S.A.S. AL-QAÏDA ATTAQUE Tome I
N° 174. S.A.S. AL-QAÏDA ATTAQUE Tome II
N° 175. S.A.S. TUEZ LE DALAI-LAMA
N° 176. S.A.S. LE PRINTEMPS DE TBILISSI
N° 177. S.A.S. PIRATES
N° 178. S.A.S. LA BATAILLE DES S 300 Tome I
N° 179. S.A.S. LA BATAILLE DES S 300 Tome II
N° 180. S.A.S. LE PIÈGE DE BANGKOK
N° 181. S.A.S. LA LISTE HARIRI
N° 182. S.A.S. LA FILIÈRE SUISSE
N° 183. S.A.S. RENEGADE Tome I
N° 184. S.A.S. RENEGADE Tome II
N° 185. S.A.S. FÉROCE GUINEE
N° 186. S.A.S. LE MAÎTRE DES HIRONDELLES
N° 187. S.A.S. BIENVENUE A NOUAKCHOTT
N° 188. S.A.S. DRAGON ROUGE Tome I
N° 189. S.A.S. DRAGON ROUGE Tome II
N° 190. S.A.S. CIUDAD JUAREZ
N° 191. S.A.S. LES FOUS DE BENGHAZI
N° 192. S.A.S. IGLAS
N° 193. S.A.S. LE CHEMIN DE DAMAS vol. I
N° 194. S.A.S. LE CHEMIN DE DAMAS vol. II
N° 195. S.A.S. PANIQUE À BAMAKO
N° 196. S.A.S. LE BEAU DANUBE ROUGE
N° 197. S.A.S. LES FANTÔMES DE LOCKERBIE
N° 198. S.A.S. SAUVE QUI PEUT À KABOUL Tome I
N° 199. S.A.S. SAUVE QUI PEUT À KABOUL Tome II
N° 200. S.A.S. LA VENGEANCE DU KREMLIN

GÉRARD DE VILLIERS

SAS

ROULETTE CAMBODGIENNE

Éditions Gérard de Villiers

Retrouvez les Éditions Gérard de Villiers sur :

www.editionssas.com

Cover Design : O2Cmark.com
Photos : © tous droits réservés

ISBN 978-2-360-53800-3

CHAPITRE PREMIER

– Ce qu'il y a de meilleur chez les communistes, c'est le foie.

Le général Oung Krom arborait un sourire glacé, en observant le soldat gouvernemental en train d'ouvrir la cavité stomacale du « khmer rouge » étendu à ses pieds, à grands coups de poignard K-Bar [1]. Le prisonnier, ligoté avec du fil de transmission, avait été grièvement blessé par un éclat de mortier qui lui avait déchiqueté le ventre. Il n'avait plus que des mouvements réflexes. C'était un garçon très jeune, au visage rond, déformé par la douleur.

Le soldat tortionnaire écarta encore plus l'uniforme verdâtre, tailladant le torse pour sortir le foie du mort et sa vésicule biliaire.

Malko réprima difficilement une nausée. Un cercle de soldats cambodgiens rigolards, M. 16 à l'épaule, observaient la scène. L'un d'eux prit le foie, l'enveloppa dans un plastique et le mit dans sa musette. Le cameraman allemand aux yeux curieusement en amande, qui filmait la scène, escorté d'une Chinoise qui lui arrivait à la taille, arrêta sa caméra, la posa délicatement par terre et s'essuya le front.

1. Arme de commandos de 20 cm de long.

Un sifflement surgit du ciel, et instinctivement. Malko courba les épaules. L'obus de mortier de 82 explosa à cinquante mètres dans un nuage blanc. Les soldats n'avaient pas bronché. L'un d'eux avait pourtant saisi entre ses dents, avec discrétion, le petit bouddah d'ivoire accroché à son cou. Persuadé que cette précaution le rendait invulnérable... Aussitôt, un M. 113 – véhicule blindé transport de troupes – embusqué à côté, commença à faire cracher furieusement sa mitrailleuse de 50, balayant la lisière de la cocoteraie où se retranchaient les Khmers rouges, à une centaine de mètres par-delà un espace découvert. C'étaient les premières lignes. Une jungle épaisse et verdoyante alternait avec une savane accidentée. Phnom Penh se trouvait à une vingtaine de kilomètres au sud. Pour l'instant, le front était calme : c'était l'heure sacrée du riz. D'un commun accord les adversaires observaient une trêve tacite... D'autant que les gouvernementaux venaient d'avancer.

Malko observa le général Oung Krom debout près du cadavre. Il dépassait les autres cambodgiens de vingt bons centimètres. Avec son crâne entièrement rasé, ses énormes moustaches noires retombant de chaque côté de la bouche, on aurait dit un Gengis Khan égaré en Asie. Une grosse touffe de poils noirs, près de la racine de son nez lui donnait l'air involontairement comique.

Son uniforme sortait du pressing. Ses visites au front étaient toujours très brèves. Bras droit du maréchal Lon-Nol, chef de l'État cambodgien, il ne quittait guère « Chamcar-Mon » l'océan de barbelés qui abritait le vieux Maréchal, au cœur de Phnom Penh.

Le soldat qui avait achevé le prisonnier et pris le foie, mit son M. 16 à l'épaule et s'éloigna.

Malko se rapprocha du général cambodgien, quand même intrigué.

– Pourquoi a-t-il pris ce föie ?

Le général sourit de toutes ses dents.

– Il va le manger. Pour prendre les vertus de l'ennemi.

Le grand cameraman en train de recharger sa caméra leva la tête, et ajouta d'une voix lente et indifférente :

– Quelquefois, ils mangent les oreilles aussi. Et ils font bouillir la tête pour faire de la soupe.

Le général Krom rit de bon cœur.

– Cela ne fait pas de la bonne soupe !

Tout à coup, sans que l'on sache pourquoi, plusieurs canons de 106 sans recul placés sur les M. 113 se déchaînèrent, tirant à vue sur les lignes communistes. Le vacarme était effroyable. À chaque départ le M. 113 disparaissait dans un nuage de fumée blanche. La Chinoise escortant le grand cameraman s'assit, se boucha les oreilles et sourit à Malko. Ses longs cheveux noirs, sa bouche épaisse et ses grands yeux de biche contrastaient étrangement avec ses épaules larges et sa démarche un peu raide de docker. Son expression n'avait pas changé lorsque le soldat avait arraché le foie du mort. Dans cet univers de cruauté souriante et banalisée, ce n'était qu'un incident minime. Malko, encore abruti par ses vingt heures de vol, la chemise collée au torse par la chaleur inhumaine, se demanda soudain ce qu'il faisait dans ce coin perdu de jungle cambodgienne.

Le général Oung Krom ramassa l'arme du mort, un AK 47 chinois dont la crosse avait été cassée et le jeta dans sa jeep personnelle. Les autres véhicules de son escorte étaient restés un peu en arrière sur la route.

Le cameraman, d'un pas tranquille, se dirigea vers un des M. 113 en train d'arroser les positions communistes, suivi de la Chinoise portant les batteries de sa caméra.

– Où est Monsieur Frankel ? demanda soudain le général Krom.

– Le voilà, dit Malko. Il a été poser quelque chose dans sa voiture.

L'Américain revenait vers eux, marchant rapidement sous le soleil de plomb. Malko se demanda pourquoi il l'avait amené jusqu'à ce coin perdu. Il tourna la tête et surprit le regard du général Krom posé sur l'Américain. Une incroyable haine illuminait les yeux très noirs.

Puis le regard s'éteignit brusquement lorsqu'il se vit observé par Malko. Douglas Frankel arriva près d'eux, essoufflé, s'approcha du général :

– Vous attaquez ?

– Nous attendons les 105, répondit le Cambodgien.

Les gouvernementaux n'étaient jamais pressés d'attaquer. Pour 12 dollars par mois et un foie de temps en temps, les soldats n'étaient pas chauds pour le massacre.

Doug Frankel hocha la tête. Il avait l'habitude. Cela pouvait durer des heures... Il se tourna vers Malko.

– Retournons à Phnom Penh. Je voudrais vous emmener voir d'autres réfugies sur la route n° 30.

Malko approuva, puis s'écarta imperceptiblement de l'Américain : il infectait le poisson : pour avoir, le matin volé sur un appareil cambodgien qui venait de transporter une cargaison de poisson séché. Il ressemblait, avec ses lunettes à monture d'acier et son visage rond un peu empâté, son corps épais et sans élégance, à un représentant de commerce égaré dans cette guerre bizarre. Les lèvres minces comme des lames de rasoir détonnaient au milieu de ce visage lunaire, inquiétaient même. À juste titre, Doug Frankel avait été un des éléments les plus brillants de la Central Intelligence Agency dans le Sud-Est asiatique. Un des rares agents de la « company » à parler couramment le chinois, le thai, le français, le vietnamien et le cambodgien... Seulement, 22 ans d'Asie l'avaient entamé. Comme l'humidité qui rongeait les vieilles pagodes. Par intermittence, c'était encore un professionnel d'une lucidité absolue, animé d'une hargne glacée et d'un cynisme de béton. Avec en plus un courage physique sans faille.

Méprisant sans se cacher les jeunes diplômés de Harvard qui encombraient maintenant les bureaux de la CIA. Lorsqu'il avait commencé dans le Renseignement, on apprenait à découper une tête au coupe-coupe avant de savoir rédiger un rapport.

Malko, fixant la chemise jaunâtre, trempée de sueur, du chef de station de la CIA, se demanda si Doug Frankel connaissait les vraies raisons de sa venue à Phnom Penh. Dans son attaché-case il avait un long rapport super-confidentiel sur lui. Rédigé par les responsables de la CIA pour le Sud-Est asiatique.

Un rapport extrêmement inquiétant.

Avant que Malko et l'Américain aient eu le temps de prendre congé du général Krom, des rafales commencèrent à claquer un peu partout. Le front se réveillait.

À grandes enjambées, le général Oung Krom se dirigea vers une mitrailleuse près de laquelle se trouvaient le cameraman et sa Chinoise. Oung Krom jeta un ordre au soldat et il s'écarta de son arme. Aussitôt, le général s'accroupit, cala la crosse contre son épaule et commença à rafaler. Malko observa son visage. Il avait une expression presque sensuelle de contentement. Les balles faisaient jaillir des petits geysers de poussière jaune à la lisière des cocotiers. Un obus de 105 passa en sifflant au-dessus de leurs têtes, explosa en face dans une gerbe de fumée noire et blanche. Le général Oung Krom, satisfait, se releva et rendit la mitrailleuse à son propriétaire... Il fixa Malko avec gravité.

– À Oudong, dit-il, les communistes ont pris cinq bonzes et leur ont découpé la tête en tranches...

On le sentait furieux de s'être fait voler cette idée originale. Malko reporta son regard sur la Chinoise appuyée au tronc d'un cocotier près de la mitrailleuse, à l'ombre. Son polo blanc collé par la sueur moulait sa petite poitrine. Elle semblait abandonnée, sensuelle, détendue, prête à se faire honorer entre deux rafales. Tout était possible dans cette guerre bizarre où tout le monde paraissait jouer à la roulette russe, version cambodgienne... On allait au front en costume de ville.

En cyclo-pousse ou en voiture, selon ses moyens. Du centre de Phnom Penh, les lignes communistes étaient à 8 kilomètres selon les endroits, ou à 20, les plus éloignées.

Repoussant devant elles des flots de réfugiés.

C'est eux qui justifiaient officiellement la présence du Prince Malko Linge au Cambodge.

Comme délégué de l'U.S. Aid, chargé de vérifier la bonne distribution des secours. Ils avaient commencé la journée en visitant en compagnie du général Krom, représentant le gouvernement cambodgien, un centre de regroupement en bordure du Tonlé Sap, le fleuve qui se jetait dans le Mékong à la hauteur de Phnom Penh. Les réfugiés arrivaient tous les jours. Il y en avait 650 000 rien qu'à Phnom Penh. Chaque fois que les gouvernementaux reculaient, ils emmenaient avec eux les villageois, pour que les communistes ne les enrôlent pas. La presse gouvernementale soulignait ensuite la conduite héroïque des paysans, fuyant devant les horribles Khmers rouges, suppôts de l'ex-Prince Sihanouk et de Pékin.

Malko regarda le Khmer rouge mort. Une couche de mouches recouvrait la plaie où on avait arraché le foie.

En Asie, la cruauté était toujours à fleur de peau.

Brutalement, deux mitrailleuses lourdes communistes se mirent à arroser les M. 113. Des obus de mortiers commencèrent à pleuvoir, soulevant des gerbes de fumée blanche. Des corps volèrent.

– Ils ont fini de manger, remarqua Doug Frankel.

Deux soldats passèrent près d'eux, aidant un blessé. Ça tirait de tous les côtés. Trente mètres derrière, un soldat commença à enfourner des obus de 81 dans son mortier avec des gestes de ramoneur consciencieux. Doug Frankel tira Malko par le bras.

– Venez, ce n'est pas la peine d'attraper un mauvais coup. Ils vont essayer de faire taire ce mortier.

Les obus étaient empilés autour du tube, sans aucune protection. Un coup au but et il n'y avait plus rien de vivant à trois cents mètres à la ronde. Juste à côté, des soldats dormaient dans des hamacs... accrochés aux piliers d'une maison détruite. Un peu plus loin sur la route, d'autres volaient paisiblement les charpentes de bois des maisons bombardées qu'ils chargeaient dans un camion militaire.

Le cameraman se leva et partit en courant, suivi de la Chinoise, les fesses moulées agressivement dans un blue-jeans crème. Malko était nerveux : il n'avait pas envie de se faire déchiqueter par un mortier. La Chinoise se retourna et lui sourit, avant de s'aplatir derrière une butte herbeuse. Le 106 du M. 113 le plus proche tira dans un fracas de tonnerre, soulevant une tonne de poussière. Assourdi, Malko tendit la main au général Krom.

– Merci de votre visite, fit l'officier en excellent français, mâtiné du rauque accent khmer.

Très mondain. Un soldat, une radio sur le dos, s'approcha de lui et il commença à parler dans un téléphone de campagne. Doug Frankel réunit ses mains à plat devant lui, pour le salut traditionnel khmer. Le général lâcha son téléphone et lui rendit son salut.

Malko était en eau. Il fut soulagé de s'éloigner des M. 113 qui tiraient toujours.

Ils coupèrent à travers le terrain découvert, tournant le dos au « front » pour retrouver la Plymouth « Fury » de Doug Frankel, cachée au bord de la piste qui courait parallèlement à la ligne des avant-postes. Ils dépassèrent un énorme cocotier coupé en deux par un obus. On se battait depuis des mois dans ce coin et la jungle était déchiquetée. La chaleur était inhumaine. Ils parcoururent cent mètres et stoppèrent près d'un puits. Doug Frankel, haletant, s'appuya à la margelle et cracha dedans.

– Putain de chaleur, grommela-t-il.

Il zozotait légèrement à son habitude.

– Cette expédition était indispensable ? demanda Malko.

Les lèvres minces de l'Américain disparurent presque complètement. Il ôta ses lunettes et essuya ses verres. Un 105 explosa loin devant eux. Malko pensa aux Khmers rouges enterrés dans leurs trous.

– Le général Oung Krom se montre peu, zozota-t-il. Je pensais que vous auriez été content de le rencontrer...

– C'est exact, reconnut Malko.

Officiellement, le gouvernement américain soutenait le maréchal Lon-Nol. Le général Krom était le bras droit, l'éminence grise du maréchal diminué par une hémiplégie. Mais tout n'était pas aussi limpide. Malko savait que depuis plusieurs mois, la CIA avait engagé une lutte sournoise contre le général Oung Krom.

Et qu'on l'avait envoyé à Phnom Penh pour porter l'estocade.

Doug Frankel remit ses lunettes, écouta une rafale de 50 et laissa tomber.

– Le général Krom sait ce que nous cherchons à faire. J'espère que vous aurez plus de chance que moi.

Malko eut une moue polie.

– Doug, dit-il, adoptant la familiarité américaine, vous connaissez ce pays parfaitement, vous parlez leur langue, si vous n'avez pas réussi...

Le chef de station de la CIA eut un sourire teinté d'amertume et remarqua de son étrange voix zozotante.

– Ils vous ont pourtant envoyé... Et « ils » m'ont demandé de me mettre à votre disposition. Il doit bien y avoir une raison...

Il laissa sa phrase en suspens. Malko ne répondit pas. Affreusement gêné. Il connaissait par cœur le contenu du rapport ultra-secret sur Douglas Frankel.

C'était très simple. Langley estimait que l'Américain avait perdu les pédales, qu'il n'était plus digne de confiance. Mais on ne pouvait pas le retirer de son poste. Il avait trop de contacts locaux, une connaissance parfaite du pays. Un remplaçant mettrait des mois à être opérationnel. Or, pour la CIA, le temps pressait. Tout était au point pour des négociations avec les communistes. Il ne manquait que l'élimination du général Oung Krom réclamée par les Khmers rouges.

Le hic était que les responsables de la CIA souhaitaient que cela se passe discrètement. Si possible sans violence. Pas d'obus de 105 dans la boîte à gants de sa voiture. Pas de rafale tirée par des éléments inconnus. Depuis le Président vietnamien Diem, ils avaient appris la leçon. Seulement, il ne suffisait pas de dire gentiment à un homme comme le général Krom de s'en aller pour qu'il obtempère.

Doug Frankel décolla son dos de la margelle du puits, et grommela.

– Allons-y. Sinon, on ne sera pas à Phnom Penh avant 4 heures.

Ils prirent la direction de la route. Malko se dit que sa tâche n'allait pas être facile. Le chargé d'affaires U. S. allait être rappelé d'un jour à l'autre. Pour laisser la place à l'ambassadeur chargé d'arrêter la guerre civile.

Mais ce dernier ne pouvait entrer en fonction qu'une fois Oung Krom éliminé. Malko se demanda si Doug Frankel allait l'aider ou lui mettre des bâtons dans les roues. Jusque-là, l'Américain s'était montré charmant. Peut-être un peu trop, même. Il accéléra pour venir à sa hauteur alors qu'ils traversaient une clairière et demanda :

– Quels sont vos rapports avec le général Krom. Est-ce qu'il sait que...

Une série de détonations venant du front derrière eux, claquèrent. Plusieurs sifflements lui vrillèrent les tympans. Il mit une seconde à réaliser que c'étaient des balles qui les encadraient !

Avec une rapidité inattendue, Doug Frankel avait déjà plongé derrière un talus.

– Planquez-vous, bon sang ! cria-t-il.

Malko s'aplatit à son tour dans la terre jaune, le cœur cognant dans la poitrine. Il y eut encore plusieurs sifflements. Une balle fit jaillir une petite motte de terre à un mètre d'eux. Cette mort invisible et ces sifflements venimeux étaient extrêmement désagréables.

Puis cela cessa aussi soudainement que cela avait commencé. Malko tendit l'oreille et n'entendit que les coups sourds des 50 et les rafales sèches des AK. 47 communistes. Doug Frankel se releva et s'épousseta. Un obus de mortier traversa le ciel avec un sifflement soyeux, bien au-dessus de leur tête.

– Nous l'avons échappé belle, soupira Malko.

Doug Frankel secoua la tête, perplexe.

– Bizarre. C'était un M. 16 qui tirait. Pas le même bruit qu'un AK. 47.

– Un M. 16 !

– Oh, cela ne veut rien dire, se hâta de dire l'Américain. Les autres en ont aussi. Mais je crois que ce n'était pas un communiste.

– C'était qui, alors ?

– Le général Krom, zozota Doug Frankel. Une façon de vous avertir de ne pas faire trop de zèle... Une sorte de déclaration de guerre à l'asiatique... Il ne voulait pas nous tuer...

– Cela aurait été pourtant facile.

L'Américain fit la grimace.

– La « Company » n'aurait pas aimé. N'oubliez pas que le Cambodge ne vit que par l'aide U.S. Pour un million de dollars par jour, on a quand même le droit de ne pas se faire flinguer comme un lapin... Si Krom nous liquide, il s'y prendra d'une façon plus vicieuse...

Doug Frankel avait probablement raison, mais Malko retrouva la piste de latérite avec plaisir. Sans qu'on ait tiré sur eux de nouveau.

500 mètres derrière eux, les M. 113 crachaient des 106 à une cadence infernale. L'attaque allait se déclencher.

La Plymouth noire de Doug Frankel était abritée sous des bananiers sauvages et le chauffeur dormait dans le fossé. L'Américain l'appela, il se dressa en sursaut et ouvrit les portières. La voiture était une vraie fournaise. Comme toutes celles utilisées par les membres de l'ambassade U.S. à Phnom Penh, ses glaces et son pare-brise avaient été doublés d'un épais plexiglas de trois centimètres, à l'épreuve des balles de petit calibre et des éclats de grenades. Les portières étaient renforcées de plaques d'acier.

De vrais petits chars d'assaut. Il est vrai que le Cambodge n'était plus très hospitalier aux Américains. Ils avaient même dû renoncer à jouer au base-ball en ville. Depuis qu'une grenade lancée par un terroriste avait tué deux joueurs et blessé six autres. Depuis, ils se contentaient du basket joué dans l'enceinte de l'ambassade, à l'abri de grillages anti-grenades hauts de huit mètres.

À travers les glaces épaisses, le bruit de la bataille parvenait faiblement... Ils dépassèrent un blessé redescendant du front en stop. Doug Frankel s'essuya le front. La climatisation commençait à rafraîchir, la Plymouth.

– On saura ce soir par Monivanh si c'est ce salaud de Krom.

La Plymouth accéléra sur la piste, soulevant un nuage de poussière rouge.

– Qui est Monivanh ? demanda Malko.

– La petite qui accompagnait le cameraman, expliqua Doug Frankel. Une Chinoise. Elle est très gonflée et sert de guide aux correspondants de guerre, bien qu'elle parle très peu anglais ou français. Mais elle sait tout ce qui se passe à Phnom Penh... Elle traîne partout.

– Elle travaille aussi pour la C.I.A. ?

Doug Frankel gloussa :

– Elle se fout de la C.I.A. ! Je lui donne de l'argent de poche quand elle en a besoin. Ça l'amuse, c'est tout. Elle s'ennuie à Phnom Penh.

Encore une qui jouait à la roulette russe.

La Plymouth cahotait sur la piste serpentant entre la jungle, la savane et les rizières. Tout à coup une explosion toute proche fit trembler la voiture. Malko sursauta.

– Ce n'est pas pour nous, grinça Doug. Regardez à gauche.

Dans une cocoteraie déchiquetée une batterie de 155 tirait par-dessus eux, dans la direction d'où ils venaient. Le vacarme était effroyable. Des gosses aux trois quarts nus jouaient au milieu des douilles vides. Partout où ils allaient, les soldats cambodgiens emmenaient leur famille.

Ils dépassèrent la batterie et le vacarme diminua. Quelques kilomètres plus loin, ils rejoignirent une autre piste rejoignant la route de Phnom Penh-Battenbang, coupée par les Khmers rouges à 30 kilomètres de la capitale. Comme toutes les autres qui menaient à Phnom Penh.

Doug Frankel somnolait. Malko avait encore dans les oreilles le bruit des explosions. Et dans les narines, l'odeur fade de la mort, du cadavre éventré. Il se fit la réflexion qu'un foie humain ressemblait étonnamment à un foie de veau... Même couleur, même taille. Le général Oung Krom n'allait pas être un adversaire facile.

Éprouvé par son long vol, il ferma les yeux à son tour. Il avait hâte de retrouver l'hôtel Royal, rebaptisé « Phnom » depuis la Révolution de 1970. Un diplodocus de l'hôtellerie, survivant de l'architecture coloniale avec ses plafonds de cathédrale, ses chambres immenses et ses innombrables boys silencieux et alanguis dans les couloirs.

La piscine de « Phnom », ombragée de bougainvillées, fermée du monde, était le lieu de rencontre de tous les étrangers. Et la guerre n'avait pas réussi à entamer la gentillesse du personnel. On déjeunait de langoustines grillées, arrosées de citronnade au son des canons, au bord de la piscine. Un fracas de moteur réveilla Malko. Ils avaient quitté la piste depuis longtemps, se trouvaient dans les faubourgs nord de Phnom Penh.

Un interminable convoi de munitions les croisait, montant vers le front. À gauche de la route, enjambant le Tonlé Sap, il aperçut la carcasse de béton disloquée d'un énorme pont dont la portée centrale était tombée dans le fleuve.

– Les Khmers rouges, commenta Doug Frankel. Ils sont venus à 85. Il y a trois mois. Le pont a sauté trop tôt et ils ont été massacrés par les gouvernementaux en pleine ville. Il y avait des cadavres plein les jardins de l'ambassade de France. Depuis, l'ambassadeur s'est fait construire un bunker souterrain.

On ne pouvait pas le blâmer...

Ils tournèrent autour du rond-point marquant l'extrémité nord de l'avenue Monivong, le boulevard principal de Phnom Penh s'allongeant du nord au sud sur plus de six kilomètres, parallèlement au Tonlé Sap.

Curieusement, avec ses rues et ses avenues se coupant à angle droit, Phnom Penh semblait avoir été bâtie par les Américains. Mais il n'y avait pas de gratte-ciel. Seulement des bâtiments modernes de trois ou quatre étages et de vieilles villas coloniales, plus ou moins bien entretenues, dans de grands jardins. Avec les avenues plantées d'arbres, on se serait cru dans un immense parc. Seul, le quartier commerçant du centre avec le marché et les rues chinoises, retrouvait le grouillement de l'Asie.

La Plymouth dépassa l'ambassade de France, puis l'hôpital Calmette, se faufilant entre les cyclo-pousses, les camions militaires et les scooters-autobus. Sur le bord du trottoir, des gosses et des femmes étaient accroupis près de bouteilles pleines d'un liquide rougeâtre.

– C'est du vin ? demanda Malko.

Doug Frankel rit de bon cœur.

– De l'essence ! zozota-t-il. Avant de partir au front, les pilotes des M. 113 en siphonnent de leurs réservoirs et la donnent à leur famille pour la vendre... Moins cher qu'au marché officiel. N'oubliez pas qu'un troufion avec dix enfants gagne 6.000 anciens francs par mois, et qu'un général est moins payé que ma secrétaire : 18.000 riels. Pas étonnant qu'ils vendent leurs armes aux communistes...

Malko regardait défiler les villas du quartier résidentiel.

Phnom Penh n'avait pas beaucoup changé depuis son dernier passage. Un peu plus sale, peut-être, et chaque bâtiment public s'était transformé en un îlot de sacs de sable verdâtres au milieu d'un océan de barbelés. Mais, en dépit de la guerre, la vie semblait continuer normalement. Sauf, évidemment, pour les

400 cambodgiens tués par les obus communistes quelques semaines plus tôt, lorsque les Khmers rouges s'étaient approchés de la ville assez près pour la bombarder. Des roquettes étaient tombées, tout autour du « Phnom » : frappant le lycée Descartes, de l'autre côté de l'avenue.

La Plymouth ralentit et tourna à gauche, entrant dans le jardin du « Phnom ». Comme la guerre semblait loin ! Les habituelles lycéennes – putes à mi-temps – se doraient autour de la piscine, échangeant les derniers potins à l'ombre des bougainvillées en fleurs. Quelques photographes en rupture de front s'ébattaient dans la piscine ou essayaient d'oublier leur peur en se gorgeant de Scotch. En dépit de la guerre, il n'y avait aucune restriction à Phnom Penh.

Doug Frankel descendit de la Plymouth et dit à Malko :

– Changez vos dollars au marché noir. Vous aurez 600 riels au lieu de 370. Pas la peine de faire de cadeaux. Le général Oung Krom à lui tout seul, a, paraît-il, réussi à faucher 35 millions de dollars depuis qu'il gravite autour du Président... On comprend qu'il n'ait pas envie de céder sa place.

Malko examinait la façade ocre du « Phnom ». O s'était quand même donné la peine de graver le nc veau nom. Mais la vaisselle continuait à porter le s du « Royal », et le hall était toujours tapissé d'aff des compagnies aériennes de l'Europe de l'Est.

Plusieurs coups de canon secouèrent le silenc de la piscine. Pas encore habitué, Malko dem

– Ils avancent ou ils reculent ?

Doug Frankel grimaça un sourire ironique.

– Tant qu'on ne prend pas de roquettes, c' sont à plus de onze kilomètres...

Malko tendit l'oreille, les explosions l continuaient. Les Khmers rouges encerclaie

Penh, parfois tapis dans les marécages qui entouraient la ville à l'ouest. Un peu comme si, à Paris, on s'était battu à Orly... Cela durait ainsi depuis trois ans.

De temps à autre, les Khmers rouges s'infiltraient jusqu'aux lisières de l'aéroport de Pochentrong et Phnom Penh était alors complètement coupé du monde.

– Je viens vous chercher à six heures, annonça Doug Frankel. On va commencer à travailler sérieusement. Avant que ce salaud de Krom ne nous coupe en rondelles...

Malko se dit que ce n'était pas seulement une image.

CHAPITRE II

La transpiration imprégnait la chemise de voile de Malko, en dépit du grand ventilateur qui tournait derrière lui. Une chaleur moite, étouffante, impitoyable transformait en étuve la véranda surplombant l'immense piscine illuminée ; même le grand fromager ombrageant les trois tables n'arrivait pas à donner de fraîcheur. Des cambodgiens silencieux, gantés de blanc évoluaient avec une aisance irréelle dans la lueur dansante des bougies pour satisfaire les moindres désirs des invités.

Malko ne s'était pas attendu à trouver ce raffinement à Phnom Penh. Les vins étaient venus de Singapour, en avion. Le château-margaux 1957 qui accompagnait le fromage n'aurait pas déparé un dîner chez Maxim's.

Les hommes étaient en cravate, sans veste, les femmes en sampot[1] ou en robes longues. On s'attendait presque à voir surgir le ballet Royal.

La voisine de Malko, une Cambodgienne, resta soudain la fourchette en l'air.

– Cela tire pas mal du côté du Tonlé Sap, remarqua-t-elle. « Ils » sont dans la grande île.

Malko écouta. Une sourde canonnade grondait dans

1. Vêtement traditionnel cambodgien.

le lointain, agrémentée du crépitement lent des mitrailleuses de 50. Seul signe que la vie n'était pas complètement normale à Phnom Penh. L'étau des Khmers rouges ne se desserrait pas depuis plusieurs semaines. La nuit, on entendait encore mieux les rumeurs de la bataille.

À la table voisine, le maître de maison, Mali Kuala, diplomate attaché à l'ambassade de Malaisie, se leva, entraînant ses invités vers le bord de la piscine où le café était servi. De confortables matelas recouverts de soie thai en parsemaient les abords. Très sombre de peau, les yeux protégés par des lunettes noires, les traits réguliers, le corps mince et musclé, Mali Kuala était irréellement beau. Malko se dit qu'il devait user et abuser du corps diplomatique de Phnom Penh... Et que les femmes ne devaient pas rester insensibles à son charme.

Sa voisine justement, une jeune Cambodgienne aux très hautes pommettes, avec des yeux démesurément étirés et une bouche trop épaisse, dont le corps mince, presque enfantin était dissimulé par un sampot de soie violette. Ses cheveux très noirs étaient ramenés en un chignon compliqué piqué d'une grosse épingle d'argent qui le traversait de part en part. Son regard intense et gourmand ne quittait pas le jeune diplomate malais.

Dès qu'elle fut debout, elle s'excusa d'un sourire et fila vers la piscine.

On les avait présentés. Elle s'appelait Maddevi Shivarol et semblait, à la taille des émeraudes qui lui servaient de boucles d'oreille, être définitivement à l'abri du besoin... Malko avait été fasciné par ses mains. Extraordinairement fines avec des ongles démesurés, d'un rouge profond et des bagues à chaque doigt. Elle était ostensiblement nue sous le sampot qui moulait ses hanches étroites de garçon. Malko, délaissé, chercha des yeux Doug Frankel. L'Américain bavardait avec leur hôte. Un peu à l'écart. Un verre de cognac au poing.

Malko remarqua une minuscule Asiatique vêtue d'un sampot vert s'arrêtant à la taille et d'un boléro assorti, accompagnée d'un diplomate français, presque aussi petit qu'elle. Tous les deux semblaient avoir profité amplement du château-margaux et riaient bruyamment, assis sur un des matelas, au bord de la piscine. L'ambiance guindée du début de la soirée s'estompait peu à peu, les yeux des femmes brillaient, une sorte de tension capiteuse s'ajoutait à la chaleur lourde. On ne prêtait même plus l'oreille aux explosions lointaines, Malko pensa aux soldats déchiquetés par les 105, à quelques kilomètres d'eux tandis qu'ils jouissaient du raffinement de cette soirée tropicale...

Doug Frankel et Mali Kuala se séparèrent. Aussitôt Maddevi Shivarol s'avança vers le Malais d'une démarche souple et balancée. Pour aller passer son bras sous le sien.

Plusieurs couples s'étaient étendus sur les matelas. Délaissant le café pour le cognac offert par des serviteurs en gants blancs. On buvait sec. Doug Frankel s'approcha de Malko, une tueur amusée derrière ses lunettes.

– Content ?

– Je serai mieux dans mon lit...

Un serviteur passa avec un plateau de gâteaux secs. Machinalement Malko en prit un. Doug Frankel, dès que le Cambodgien se fut éloigné, murmura :

– Jetez ça si vous voulez garder les idées claires.

– Pourquoi ?

– C'est bourré de « ganscha »... Le haschich local. Notre ami Kuala aime bien que ses hôtes perdent leurs complexes...

Malko jeta discrètement le gâteau.

– Pourquoi sommes-nous ici ce soir ? demanda-t-il.

Doug Frankel essaya d'effacer une des nombreuses taches de sa chemise douteuse.

– Il fallait que je vois Kuala. Pour vérifier une information vitale qui concerne notre projet. Il est le seul à savoir ce qui se passe réellement chez les Khmers Rouges. C'est la barbouze numéro un des Malais ; il a monté un réseau d'informateurs de l'autre côté. Il a du fric, il connaît son métier et il est asiatique. Cela aide. On lui donne des tas d'informations qu'on me cache. Parce que je suis américain.

Malko chercha des yeux Kuala. Le Malais avait ôté sa chemise et s'était allongé sur un matelas. À côté de Maddevi Shivarol qui avait posé son verre de cognac en équilibre sur la poitrine du diplomate.

– Qu'avez-vous appris ? demanda Malko.

Doug Frankel fit la grimace.

– J'ai eu la confirmation que les Khmers rouges jouent le jeu. En échange de Krom, on leur a demandé de larguer le Prince Sihanouk. C'est fait. Les Khmers rouges ont un nouveau chef, un certain Khieu Sampan.

Maintenant, c'est à nous de jouer. D'éliminer le général Oung Krom.

Notre ambassadeur fera le reste. Ils sont d'accord pour une solution à la laotienne... Une grande réconciliation entre Khmers.

– Impossible de convaincre le maréchal Lon-Nol, demanda Malko.

Doug Frankel souffla comme un vieux chat en colère.

– No way ! Le vieux maréchal a une confiance aveugle dans Krom, celui-ci prétend que les esprits descendent en lui et qu'il faut faire ce qu'il dit. Sous peine de représailles divines effroyables. Le maréchal qui est superstitieux comme une vieille chaisière, marche à tous les coups.

Devant le sourire de Malko, la voix de Doug Frankel se durcit.

– Ne croyez pas que Krom est un zozo. Dès qu'il a eu vent de mes salades il a foutu 500 grammes de plastic sous ma bagnole !

– Ce n'est pas gentil ! reconnut Malko.

– J'ai pissé le sang pendant trois jours du nez et des oreilles, continua sombrement Doug Frankel. À cause du souffle. Et si ma voiture n'avait pas été blindée, j'y restais...

Cela augurait bien des relations futures. Doug Frankel cuva sa rancœur et zozota furieusement.

– Liquider discrètement Krom, c'est aussi facile que de faire sortir un tigre de sa cage en le tirant par la moustache. Et à peu près aussi dangereux. Je vous souhaite d'avoir une bonne idée. Sinon, cela risque d'être la dernière.

Il se tut.

Malko s'aperçut soudain que de fines gouttelettes de sueur étaient apparues sur le front de l'Américain. Son regard fuyait, il semblait mal à l'aise. Comme si le poids des responsabilités de son poste le paniquait. Malko se dit qu'il avait les nerfs malades et que c'était mauvais pour un agent de la CIA engagé dans une opération « noire ».

Il restait là, les yeux clignotant derrière ses lunettes. Pitoyable, le cerveau vide. Il fit visiblement un effort pour renouer la conversation.

– À propos, ce matin la rafale qui nous a manqué, c'était bien ce fumier de Krom ; Monivanh l'a entendu donner un ordre à un soldat. Il paraît qu'il voulait plaisanter...

Beau candidat à la Médaille d'or de l'humour noir.

– Allons boire quelque chose, proposa Malko.

Le bar était près de la piscine. En passant près d'un

matelas, ils furent hélés par le diplomate français, en grand flirt avec sa cambodgienne.

– Monsieur Frankel !

Doug Frankel fit les présentations sans enthousiasme.

– Monsieur Boudu, de l'ambassade de France, Mademoiselle Ti-Nam... Le prince Malko Linge, en mission pour l'U.S. Aid.

Le Français, ignorant Malko, demanda d'une voix un peu trop candide.

– Votre épouse n'est pas là ?

– Elle était fatiguée, grommela Doug Frankel.

Le Français eut un rire mondain.

– Elle a du trop se baigner ! Je l'ai aperçue sur la plage à Kompong-Som avant hier. Savez-vous comment elle fait pour aller là-bas ? On ne trouve pas de billets d'avion...

Les lèvres de Doug Frankel ressemblaient à des lames de rasoir. Malko crut que l'Américain allait se jeter sur le petit Français. Il se contint et dit d'une voix presque normale.

– Elle a acheté des billets au marché noir. À 15 000 riels au lieu de 3 000.

Ti-Nam, la petite Vietnamienne, fixait obstinément ses sandales dorées. Doug eut un sourire crispé et reprit sa progression vers le bar, murmurant quelque chose entre ses dents à propos d'un enfant de salaud. Lorsqu'il se fut un peu éloigné, il explosa.

– C'est à croire que nous sommes devenus les ennemis numéro 1 des Français... Ce petit con fait du zèle. Il sait que j'ai des problèmes avec ma femme. Si vous les aviez vu quand la famille du Prince Sihanouk est partie de Phnom Penh, il y a six mois. Ils n'ont jamais voulu nous communiquer le plan de vol, pour qu'on puisse les escorter. Secret d'État. Ils avaient peur qu'on en tire un bénéfice politique.

Un bruit d'éclaboussement suivi d'un énorme éclat

de rire leur fit tourner la tête vers la piscine. Mali Kuala venait de plonger dans la piscine tout habillé, entraînant avec lui, la délicate Maddevi Shivarol !

Il sortit de l'eau le premier et la hissa sur le rebord. Puis, sans aucune gêne il ôta son pantalon et ses chaussures et replongea dans la piscine. Avec le même calme, Maddevi Shivarol défit son sampot trempé et replongea à son tour. Malko eut le temps d'apercevoir un éclair de peau brune, deux fesses petites et rondes. Une longue rafale de 50 ponctua le plongeon.

– Cela commence, soupira Doug Frankel.

Curieux mélange de Stalingrad et de Saint-Tropez.

***

Ti-Nam avança vers Malko assis dans une balancelle, ondulant au son d'un disque de musique khmère, les cheveux décoiffés, les bras et les mains ondoyant à la manière des danseuses cambodgiennes.

La moitié des invités s'était éclipsée. Seuls restaient les plus ivres de ganscha et d'alcool. Doug Frankel s'était éclipsé dans la maison. Une demi-douzaine de couples avaient imité le maître de maison et s'ébattaient nus dans la piscine.

Les serviteurs en tenue et gants blancs continuaient à offrir leurs boissons, comme s'ils ne voyaient rien...

Le maître de maison et Maddevi Shivarol allongés sur le ventre, nus, sur un des matelas de soie bavardaient à voix basse avec de petits rires. La jeune femme caressait le dos du Malais... Elle était aussi filiforme que lui. Sans les longs cheveux noirs, on aurait pu la prendre pour un garçon.

Les gâteaux à la ganscha avaient fait leur effet. Certains couples avaient tiré les matelas hors de la zone de lumière et s'en donnaient à cœur joie de voluptés tropicales. De temps en temps, un homme ou une femme se levaient pour venir laver dans la piscine la sueur du stupre. Accablé par la chaleur poisseuse, Malko rêvait d'un grand réfrigérateur... Ti-Nam lui prit les mains et le força à se lever. Son corps tiède adhéra aussitôt au sien. Ses bras continuaient à onduler comme des serpents, ses pupilles noires étaient fantastiquement dilatées. Devant la réaction de recul de Malko, elle se dressa sur la pointe des pieds, déroula le sampot de sa taille et le referma dans le dos de Malko, l'emprisonnant avec elle dans le tissu ! Il sentit contre l'alpaga de son pantalon le contact d'une peau tiède.

Avec une souplesse prodigieuse, Ti-Nam entreprit une sorte de tango cambodgien et immobile, d'une puissance érotique redoutable.

Tout en chantant, les mains nouées derrière son dos pour retenir le sampot, elle le poussait sournoisement vers la zone d'ombre. Agressé aussi sauvagement, Malko sentit sa retenue naturelle l'abandonner rapidement. En quelques minutes, il fut à la limite de l'attentat à la pudeur.

Ce qui sembla ravir Ti-Nam qui redoubla ses efforts pour se faire violer sur-le-champ, à l'abri du sampot.

Les oreilles bourdonnantes, Malko entendit des rires. À deux dans le sampot, ils devaient offrir un spectacle bizarre...

Au moment, où il allait se laisser aller à une extrémité délicieuse mais regrettable, le Français se dressa de son matelas et tira Ti-Nam en arrière, arrachant le sampot d'autour de Malko.

Ce dernier aperçut pendant une fraction de seconde, une toison noire, un petit ventre bombé, puis Ti-Nam, docile, drapa son sampot autour du Français et reprit sa danse du ventre interrompue avec encore plus d'entrain. Rapidement Malko vit les yeux du diplomate français acquérir une fixité glauque. Son visage se figea. Il essaya de détacher Ti-Nam de lui, mais elle s'incrusta, accentuant encore ses ondulations !

Le Français cessa brusquement de bouger, les doigts enfoncés dans les hanches de la danseuse. Secoué de spasmes éminemment suspects. Ti-Nam, avec un éclat de rire, s'éloigna d'une gambade, ramenant le sampot autour d'elle. Le Français n'eut que le temps de plonger dans la piscine pour dissimuler les dégâts. Éclat de rire général...

La diabolique Ti-Nam virevolta alors vers l'attaché militaire anglais encore habillé, décidée à lui faire subir le même sort.

Malko en profita pour s'éclipser. À la recherche de Doug Frankel.

Il parcourut plusieurs pièces de la grande villa coloniale sans voir personne, sauf la femme de l'attaché culturel d'un pays du Tiers-monde agenouillée contre le premier secrétaire d'une grande démocratie. Ils ne lui prêtèrent aucune attention.

Il monta l'escalier. Ouvrit plusieurs portes. Sans succès. Il s'arrêta enfin sur le seuil d'une pièce très sombre, éclairée seulement d'une lueur jaunâtre. L'odeur fade et entêtante de l'opium lui sauta aux narines. Il écarquilla les yeux et distingua une silhouette étendue sur un lit très bas, un boy accroupi à même le plancher. La voix zozotante de Doug Frankel grinça :

– Entrez et fermez la porte.

L'Américain avait ôté ses lunettes, ouvert sa chemise. Étendu sur le côté, il aspira avidement l'embout d'une vieille pipe, garda la fumée, puis la rejeta, se laissa aller en arrière avec un profond soupir de contentement. Alors, seulement, il donna un ordre au boy. Ce dernier ramassa son matériel et s'éclipsa silencieusement.

Malko comprit d'un coup son attitude d'après le dîner. Il était en manque ! Bien sûr, tout cela se trouvait dans le dossier donné par la CIA à Malko. Mais c'était abstrait. Maintenant il était sûr d'avoir des problèmes.

– Foutez le camp ! dit soudain Doug Frankel.

Malko fit un mouvement vers la porte mais l'Américain ajouta aussitôt.

– Non. Pas d'ici. De Phnom Penh. Krom est plus fort que nous. Lutter avec lui c'est comme jouer à la roulette russe. Et à ce jeu-là, on perd toujours... Ici, c'est la roulette cambodgienne. Mais c'est aussi mortel. Je sais pourquoi la « Company » vous a envoyé. Ils n'ont plus confiance en moi. Ils pensent que je tire trop sur le bambou. C'est vrai. Mais c'est surtout parce que je connais trop l'Asie. Maintenant, je sais qu'ils sont plus forts que nous. Différents aussi ! Comment voulez-vous que j'explique à un type assis derrière un bureau à Washington que le Palais de Chamcar-Mon du maréchal Lon-Nol est plein de devins, de mages, de brahamanes hérités de Sihanouk. Il ne fait rien sans les consulter. Certains doivent être jour et nuit à sa disposition. Qu'un type comme Krom tient par la magie !

Cette conversation dans le noir, au milieu des fumées de l'opium avait quelque chose d'irréel.

– Le maréchal est vraiment si superstitieux ? protesta Malko incrédule.

– Tous les Cambodgiens sont superstitieux, explosa Doug Frankel. Lui particulièrement. Vous savez ce qu'il a fait pour protéger la ville des roquettes communistes ? Il a réuni ses devins, il leur a fait bénir un gros tas de sable qu'on a foutu dans un hélicoptère. Ensuite la machine a saupoudré la ville de sable béni. Comme ça il n'y a eu que 400 morts ! Sûrement des mécréants, qui n'avaient pas prié assez fort !

L'Américain se redressa, vint contre Malko lui souffler son haleine opiacée.

– Foutez le camp, je vous dis. De front, on ne peut

pas s'attaquer à Krom. Il est trop protégé et le scandale serait trop grand. Et si vous essayez de lui monter un coup il vous baisera avant.

Chaque fois que vous levez le petit doigt contre lui c'est comme si vous faisiez tourner le barillet d'un putain de revolver, avec une balle dedans, que vous le foutiez sur votre tempe et que vous appuyiez sur la détente.

Un jour, on finit par mettre de la cervelle plein les murs.

Épuisé par sa diatribe, Doug Frankel se tut.

Malko réfléchissait. Dans un pays fou, il fallait appliquer des méthodes folles.

– Je ne partirai pas, dit-il. Je suis sûr qu'il y a quelque chose à faire.

L'Américain haussa les épaules, ramassa un walkie-talkie posé par terre et laissa tomber :

– À votre aise ! Allons boire un verre au « Diplomatie Club ».

Malko regarda sa montre : 10 heures et demie.

– Mais je croyais que le couvre feu était à neuf heures...

– Pour les Cambodgiens corrigea Doug Frankel. Nous avons des laissez-passer. Tout ce qu'on risque c'est la rafale de M. 16 d'un énervé...

Au moment où ils sortaient dans le couloir, des hurlements de femme, entrecoupés de cris et de supplications éclatèrent, venant d'une pièce voisine dont la porte était entr'ouverte. Instinctivement, Malko se précipita, déboucha dans une chambre brillamment éclairée, et se trouva nez à nez avec le visage crispé de douleur de la belle Maddevi Shivarol allongée sur une natte, tenue aux hanches par Mali Kuala collé contre son dos, un rictus cruel et sauvage déformant son beau visage. Sans se préoccuper de Malko, il se souleva un peu et s'enfonça de nouveau de toutes ses forces dans les reins de la Cambodgienne. La bouche de celle-ci s'ouvrit sur un nouveau cri de douleur, des larmes jaillirent. Doug tira Malko en arrière.

– Venez.

Malko se laissa entraîner, poursuivi par les cris de bête de la jeune femme. Le Malais continuait à la violer avec une joie sadique.

– Elle n'a que ce qu'elle mérite ! gronda Doug. Kuala est notoirement pédé mais elles sont toutes comme des chiennes en chaleur après lui, croyant qu'elles vont le convertir. Il fait semblant de marcher et se sert d'elles comme d'un homme...

Au moment où ils s'engageaient dans l'escalier, leur hôte sortit de la pièce, un pagne autour des reins. Il les dépassa comme s'ils n'existaient pas, s'engouffra dans une autre pièce. Malko eut le temps d'apercevoir un crâne rasé et la robe safran d'un bonze. Le Malais avait l'esprit religieux. Mais cette fois, il n'y eut aucun hurlement. Les sanglots de Maddevi Shivarol déchirée et déçue, les poursuivirent jusqu'au rez-de-chaussée.

– Puisque vous voulez rester, dit Doug Frankel, Monivanh pourra sûrement vous aider. On va la voir au « Diplomatic Club ».

***

Au son d'un paso-doble endiablé joué par un orchestre philippin, une cinquantaine de couples se frottaient les uns contre les autres, dans une chaleur d'étuve et dans une obscurité à peu près totale. Généraux, putains, commerçants, étrangers, mélangeaient fraternellement leur sueur. De tout, sauf des diplomates. Le « Diplomatic Club » n'était qu'un prête-nom destiné à tourner les rigueurs du couvre-feu.

Théoriquement réservé aux diplomates, ceux-ci ne daignaient jamais y mettre les pieds. Le « Club » se trouvait au rez-de-chaussée d'un grand bâtiment isolé au milieu d'un jardin, au sud de la ville, après l'avenue du 19 Mars 1970. Une trentaine de voitures attendaient dans l'ombre du jardin. Surtout des jeeps.

Doug Frankel s'essuya le front et se pencha vers Malko :

– Si vous voulez une fille, vous demandez à la *mamasan*, au bar. Il y en a une vingtaine qui attendent en haut...

– Merci, dit Malko, peu soucieux de faire gagner de l'argent aux pharmacies locales.

– Tiens, voilà Monivanh, fit l'Américain.

La petite Chinoise surgit, vêtue de la même façon qu'au front et se percha sur le bras du fauteuil de Doug Frankel. Celui-ci lui présenta Malko qui fut surpris par la force de la poignée de main de la Chinoise. Gentiment, l'Américain lui caressa les fesses. Elle se dégagea en riant, entama une longue conversation en chinois avec Doug Frankel, ponctuée de rires, d'exclamations, de mimiques. L'Américain résuma pour Malko, tandis qu'elle commandait une orangeade.

– Il paraît que le général Krom a dit partout qu'il aurait ma peau et qu'il me mangerait les oreilles... Que rien ne pourrait lui faire quitter Chamcar-Mon.

Monivanh prit son verre et sortit de l'étuve. Épuisé de chaleur, Malko la suivit. Il faisait nettement plus frais dans le jardin. Et il y avait moins de bruit. Sauf l'éternelle rumeur lointaine de la bataille.

Doug Frankel surgit à son tour, s'approcha de Malko et demanda d'un ton presque agressif :

– Vous avez une idée pour nous débarrasser de ce salaud de Krom ?

– Vous ne connaissez aucun des devins qui gravitent autour de Lon-Nol ? demanda Malko.

– Non. Ce sont tous des farceurs. Si vous tenez à

rencontrer des devins, je vous les présenterai, ma femme en connaît plusieurs.

Comme si le fait de parler de sa femme l'avait gêné il tourna les talons vers les paso-dobles. Malko demeura avec Monivanh. Une rafale de 50 crépita tout près. La Chinoise leva un regard ravi.

– Camarades...

Les communistes n'avaient pas de 50.

Encouragée elle eut un grand sourire et bafouilla.

– Général Krom dire faire tiet à toi [1]...

Elle accompagna la bonne nouvelle du geste expressif d'une lame ouvrant une gorge d'une oreille à l'autre. Son anglais était plus qu'approximatif, mêlé de mots vietnamiens et français.

Malko prit le parti de sourire. La partie de roulette cambodgienne commençait.

1. Le général Krom a dit qu'il allait te tuer.

CHAPITRE III

Le général Oung Krom dirigea délicatement le souffle du petit ventilateur portatif vers l'extrémité des doigts de l'homme qui lui faisait face attaché sur une chaise de fer avec du fil téléphonique.

– Qu'a dit encore l'Américain, Kak ? demanda-t-il d'une voix douce.

Le prisonnier poussa un hurlement rauque, ses yeux noirs très bridés s'emplirent d'une panique atroce. Son visage aux traits marqués se déforma sous le coup de la douleur, montrant quelques chicots jaunâtres. Kak était un pauvre vieux coolie vêtu d'un short effiloché et d'un tricot de corps troué qui découpait ses côtes squelettiques.

Bien que le bureau du général fût climatisé, son front était couvert de sueur.

Les deux poignets du prisonnier étaient fixés à plat sur la lourde table de bois grâce à des bracelets de cuir qui empêchaient le moindre mouvement. Un soldat avait immobilisé les doigts, écartés les uns des autres grâce au même système. Il avait ensuite enfoncé dans l'extrémité de chaque doigt plusieurs épingles très fines.

Jusqu'à ce qu'elles tiennent toutes seules.

Un doigt après l'autre. Ensuite, avec la délicatesse

d'un écrivain sur parchemin, il avait fixé à la tête de chaque épingle une feuille de papier à cigarette. Tout était alors prêt pour le supplice : lorsqu'on actionnait le ventilateur, le souffle des pales agitait les feuilles dans tous les sens, répercutant les mouvements dans la chair du torturé.

La douleur était insupportable. Personne ne pouvait supporter cela plus d'un quart d'heure sans s'évanouir. C'était une méthode vietnamienne. La seule chose que le général Krom avait empruntée à ses voisins haïs.

Confortablement assis dans son fauteuil, les yeux fixés sur le prisonnier qu'il interrogeait, il faisait onduler le ventilateur à petits coups de poignet.

L'homme haleta, tenta de se soulever, enfin laissa échapper plusieurs phrases hachées, entre deux gémissements. Le général Krom secoua la tête, déçu. Ce pauvre coolie travaillait dans une des trois ou quatre dernières fumeries d'opium de Phnom Penh, dont la patronne avait succédé à la célèbre Mère Choum. De nombreux diplomates étrangers la fréquentaient. Parmi lesquels Douglas Frankel. Qui prenait toujours le même « boy pipe ». Et il arrivait que l'Américain, après plusieurs pipes, parle tout seul dans l'euphorie de l'opium. Sans penser que le modeste vermisseau accroupi à ses pieds ait une importance quelconque. Seulement, dès qu'il avait le dos tourné, les hommes du général Krom venaient chercher Kak. La torture par les épingles présentait un avantage énorme : on pouvait recommencer souvent sans laisser de traces et sans craindre de tuer la victime. Après chaque séance, le malheureux Kak était relâché et regagnait sa fumerie. Sachant que la prochaine fois, il faudrait qu'il révèle encore quelque chose. Pour écourter son supplice.

– Cet étranger blond est venu pour me tuer ? répéta d'un air gourmand le général Krom.

– Oui, oui, approuva Kak.

Il aurait dit n'importe quoi pour que le ventilateur s'arrête.

– Quand ?

– Je ne sais pas, je ne sais pas ! jura le coolie-pipe.

Le général, par acquit de conscience, rapprocha encore le ventilateur. Avec un cri étranglé, Kak perdit connaissance.

Le général Krom reposa le ventilateur et l'arrêta. Puis il claqua des doigts impérieusement. La fille qui attendait assise sur une natte, au pied d'un paravent chinois, alla mettre en route l'électrophone. La musique rythmée et douce d'une chanson khmère s'éleva aussitôt dans la pièce. Le général Krom alla s'étendre sur un bat-flanc recouvert de coussins. Il avait aménagé luxueusement ce bureau, avec d'épais tapis de laine chinois, les murs disparaissaient sous les bois dorés et les gravures bouddhiques. Le plancher d'ébène était nu, au centre. Dégageant une sorte de piste de danse. La climatisation faisait régner une température agréable. Dans un coin sous une bâche étaient entassés huit postes radio VHF volés par Krom, qu'il n'était jamais arrivé à revendre.

Il ferma les yeux un instant, pour mieux goûter la musique. En connaisseur qu'il était.

La fille, sanglée dans une tenue chamarrée de danseuse du ballet royal, commença à évoluer sous les yeux du Cambodgien. Gracieuse, hiératique, résignée. Elle avait fait partie du ballet royal jadis, et Sihanouk l'avait honorée de ses faveurs, parfois. Le général Krom lui faisait payer maintenant cette gloire passée.

À l'asiatique.

Kak avait repris connaissance et gémissait. Le général le fit taire d'une sèche interjection. Son bureau se trouvait dans les bâtiments abritant la Première Division d'Infanterie sur la face nord du complexe où habitait le maréchal Lon-Nol. Kak s'étant tu, le général

Krom se mit à suivre les évolutions de la danseuse d'un œil critique. La danse classique khmère était aussi son dada.

– Tu ne fais pas bien les mouvements, remarqua-t-il d'un ton sévère.

La danseuse se contorsionna encore plus lentement. Le général tirailla sa touffe de poils noirs. Tracassé. Avec tout l'argent qu'il avait à Hong-Kong et à Singapour, il pouvait couler des jours heureux. Mais son orgueil se révoltait à l'idée d'être mis en disgrâce sur l'ordre de la CIA. Même avec un pont d'or. Les Khmers n'étaient pas comme les Chinois. On ne pouvait acheter leur honneur...

La musique s'arrêta.

La danseuse hésita quelques secondes, puis voyant que le général ne bougeait pas, elle s'approcha à petits pas et s'installa près de lui, assise sur ses talons, prenant soin de ne pas froisser son coûteux costume. Délicatement, les yeux baissés, elle s'attaqua à la ceinture de pantalon de toile kaki impeccablement repassé. Pour compléter sa rééducation démocratique, le général Krom avait exigé qu'elle aille recueillir l'enseignement d'une certaine Vietnamienne dont la réputation de fellatrice s'étendait jusqu'à Bangkok.

– Attends, fit Krom. Mets un autre disque.

Elle obéit, revint et lui offrit sa bouche, en une caresse douce et mesurée.

***

Une rafale de 50 crépita lentement. Assez près. Doug Frankel debout dans l'ombre de la véranda du « Diplomatic Club » sembla ne pas l'entendre. Pendu aux lèvres de Malko, en train de lui exposer son idée pour se débarrasser du général Krom. Tortueuse, asiatique et machiavélique à souhait. L'Américain ricana.

– On dirait que vous avez passé votre vie en Asie ! Cela peut marcher après tout.

L'opium fumé chez le Malais, ajouté aux quelques pipes qu'il s'était offertes en revenant du front dans sa fumerie habituelle, commençait à l'euphoriser un peu. Mais Malko sentait que tout le poids du plan reposait sur lui. Que l'appui et l'enthousiasme de Doug Frankel étaient fragiles. Il avançait comme un canard sans tête.

– Vous allez avoir besoin de Monivanh, remarqua Doug Frankel.

La Chinoise était silencieuse, appuyée à une voiture à cinq mètres d'eux.

– On peut avoir confiance en elle ?

– Ça dépend. Elle est un peu mythomane et dingue, tombe amoureuse tous les huit jours. Mais, si elle vous aime bien, elle vous suivra partout. Regardez avec le cameraman allemand ! Il ne la paie même pas pour l'accompagner au front. Et elle sait tout, connaît tout le monde. N'oubliez pas que nous sommes des blancs. Et vous ne parlez pas cambodgien.

– Vous le parlez, objecta Malko.

L'Américain haussa les épaules.

– Mais je suis blanc.

Il appela :

– Monivanh !

La Chinoise s'approcha d'eux de son étrange démarche de docker, les épaules en arrière, la tête très droite, le menton rentré, un sourire sur ses lèvres épaisses et les yeux rieurs. Doug Frankel l'apostropha en chinois.

***

Le général Krom heurta de sa nuque rasée la laque noire du paravent. La danseuse achevait d'avaler sa semence, humblement penchée sur lui. Kak, à demi allongé sur la table de son supplice, les yeux fixes, essayait de se faire oublier. Rêvant au moment où l'opium allait pénétrer dans ses poumons, soulageant sa souffrance.

La douleur envoyait des pulsations dans toute sa chair. Il n'en pouvait plus.

Le soldat qui l'avait attaché daigna enfin se montrer, appelé par une sonnette invisible. Avec délicatesse, il enleva d'abord les feuilles de papier à cigarette, puis les épingles, une à une, qu'il rangea soigneusement dans une boîte d'allumettes. Ensuite, il détacha les bras et les mains du prisonnier. Kak demeura prostré quelques instants sur la table, puis se redressa. Ses mains lui semblaient avoir doublé de volume. Pourtant, extérieurement, on ne voyait presque rien. Sauf le léger tremblement qu'il n'arrivait pas à stopper.

Le général Oung Krom, satisfait et rajusté, leva les yeux sur lui. Avec un sourire cruellement bonhomme :

– À bientôt, Kak.

Kak se laissa pousser hors de la pièce par le soldat sans un mot. Déjà la terreur recommençait à s'infiltrer en lui. Il ne pouvait même pas fuir son tortionnaire. Phnom Penh était encerclé. Quant à aller chez les communistes, ce serait pire !

Dès que la porte se fut refermée, le général Krom repoussa du genou la danseuse. Elle se releva, s'inclina et sortit à son tour après avoir remis un autre disque de danses khmères. Resté seul, le Cambodgien alluma une cigarette et se plongea dans une profonde réflexion. Il était arrivé à son poste à force de ruse, de courage et de servilité et il ne manquait pas de subtilité.

Le chef de la CIA à Phnom Penh représentait un danger mortel pour lui. Les Américains étaient très puissants. C'est eux qui faisaient vivre le Cambodge. Sans leur aide, les communistes prendraient le pays en dix minutes. Ils auraient pu écraser le général Krom en une seconde. Mais les Américains étaient des imbéciles qui croyaient à des tas de choses inutiles. Pourtant, l'arrivée de l'étranger blond, soi-disant envoyé de l'U.S. Aid signifiait peut-être que la CIA s'était décidée à agir. Le général Krom avait encore un peu d'avance. Il fallait en profiter.

Il appuya sur sa sonnette secrète et son boy-soldat surgit aussitôt.

– Phuong est là ?

– Oui.

– Va le chercher.

Il venait de prendre sa décision. Frapper le premier. Il avait raté Douglas Frankel parce qu'il avait agi sous le coup de la colère. Cette fois, il agirait plus subtilement. Pour laisser la place à la négociation. Tuer Doug Frankel risquait de se retourner contre lui. Le maréchal Lon-Nol était versatile et dépendait entièrement des Américains pour sa survie...

On frappa à la porte et il cria d'entrer. Le battant s'ouvrit pour laisser passer Phuong.

Le général Krom parvint à dissimuler sa répugnance en souriant à la créature qui s'avançait vers lui : Phuong ressemblait à ces grosses araignées que l'on voyait surgir, à la saison des pluies, des berges du Mékong... Il ne mesurait pas plus de 70 centimètres de haut. Il avait eu la poliomyélite quelques années plus tôt. Ses jambes n'étaient plus que des lianes contournées, inutilisables, repliées sous son torse. Il se déplaçait au ras du sol, comme un crabe ; en s'appuyant sur les mains, se servant de ses jambes mortes avec une agilité et une vitesse prodigieuses grâce à son torse et à ses bras extraordinairement musclés. Toujours sur ses gardes, prêt à éviter un mauvais coup ou à en donner un. Animé par une haine et une méchanceté sans limite. Il avait grandi dans les faubourgs de Siemreap, seul.

Ses parents l'avaient discrètement jeté sur un tas d'ordures, après sa maladie. Il avait alors huit ans. Volant les touristes, quêtant une poignée de riz, luttant contre les voyous, il avait survécu. Accumulant de la haine. Quand les communistes avaient pris les temples d'Angkor, trois ans plus tôt, une unité gouvernementale l'avait adopté comme mascotte. Pour s'amuser les soldats jouaient à tirer près de lui au M. 16 pour le voir esquiver d'un bond prodigieux. Le général Krom l'avait vu et admiré son sang-froid. Il l'avait emmené dans sa jeep.

Depuis, contre quelques riels, Phuong était devenu son homme à tout faire. Quand l'infirme ne sillonnait pas Phnom Penh à la recherche d'un renseignement, il dormait dans un coin. Sur un tas de chiffons.

Son torse puissant moulé par une chemise de toile, appuyé sur les mains, le visage à la peau très sombre levé vers son maître, les yeux noirs immobiles comme ceux d'un oiseau de proie, il attendit les ordres. Plus que la maigre pitance, c'était la sensation de puissance qui le faisait servir le général Krom. C'est lui qu'on envoyait chercher Kak. Il le houspillait tout le long du chemin, détaillant avec délices les souffrances par lesquelles il allait passer. Pendant que lui, Phuong, se délecterait de ses cris.

– J'ai besoin de toi, annonça le général Krom.

Phuong eut un sourire servile et comblé. Le général Krom dissimula sa répulsion, fixant la pauvre araignée humaine étalée sur le beau plancher d'ébène où avait évolué la danseuse.

– L'esprit m'a visité et m'a appris qu'un grand danger me menaçait, annonça-t-il. Il faut que je le conjure...

Phuong hocha gravement la tête. Il ne croyait pas aux « illuminations » du général mais cela faisait partie du rite. Il se gratta la jambe, découvrant son mollet, pas plus épais qu'une arête de poisson.

Il avait hâte d'assouvir sa haine du monde sur la victime que le général allait lui désigner.

***

Malko se décolla avec peine de Monivanh. Entre la chaleur poisseuse du « Diplomatic Club » et l'abandon de sa cavalière, ils avaient failli resté collés comme des timbres-poste. La Chinoise semblait avoir rejeté son cameraman dans les ténèbres extérieures, à voir la façon dont elle dansait avec Malko. Dans l'obscurité presque totale, les couples faisaient pratiquement l'amour debout.

– Rentrons, proposa Malko.

Doug Frankel exhiba une énorme liasse de billets. La plus grosse coupure cambodgienne était de 500 riels – 80 US cents – à cause de l'inflation galopante. Ce qui forçait à se promener avec des paquets gigantesques de billets. Il n'y avait plus de pièces depuis longtemps.

Ils sortirent dans le jardin. Deux soldats essayaient d'embarquer un colonel cambodgien ivre-mort dans une jeep. Le « Diplomatic Club » fermait entre onze heures et minuit. Monivanh, Malko et Doug Frankel se dirigèrent vers la Plymouth Fury blindée de l'Américain. Alors qu'ils longeaient le mur, la Chinoise s'immobilisa brusquement avec une exclamation. Elle tendit le bras vers un coin d'ombre. D'abord Malko ne distingua qu'une tache plus sombre... Monivanh se baissa, ramassa une pierre et la jeta de toutes ses forces vers la tache plus sombre.

Il y eut un cri aigu, et la tache se déplaça aussitôt, apparut brièvement dans la lumière, fila le long du mur.

Monivanh ramassa une seconde pierre et la jeta. Déclenchant de nouveau un couinement aigu.

– Arrêtez ! cria Malko.

Il avait vu l'infirme, les jambes tordues, déformées. Il en avait la nausée.

Monivanh éructa une longue phrase en cambodgien à l'intention de Doug Frankel. L'Américain traduisit.

– Elle dit que c'est un espion du général Krom. Il est très dangereux.

– Mais c'est un infirme ! protesta Malko.

La Chinoise secoua la tête, suivant des yeux l'araignée humaine qui s'éloignait et se fondit dans l'obscurité. Le mot « infirme » ne faisait pas partie de son vocabulaire. Pour elle, un ennemi était un ennemi.

La Fury de Doug Frankel était près de la grille d'entrée, en face de la rue déserte. Ils firent encore quelques pas. Malko, encore bouleversé par l'apparition de Phuong. Il avait échafaudé un plan qui éviterait l'effusion de sang et il espérait pouvoir s'y tenir. Cela le dégoûtait de se dire que chacune des pierres de son château de Liezen était imprégnée de sang comme une éponge. Lui qui n'avait rêvé que de mener la vie paisible et mondaine d'une Altesse Sérénissime, sur ses terres, entre une fiancée pulpeuse et des activités dignes d'un Prince authentique de la vieille noblesse autrichienne, se retrouvait plongé dans un bain de sang à chacune de ses missions.

Triste caprice de la fatalité.

Cette fois, il était bien décidé de mener à bien l'éviction du général Oung Krom sans verser une goutte de sang. Même si cela devait être un peu plus compliqué...

Plongé dans ses pensées, il réalisa soudain que Doug Frankel ne le suivait pas. Immobile, à quelques pas derrière lui, il observait une voiture garée un peu à l'écart des autres dans l'ombre d'un grand fromager. En même temps, il perçut un bruit insolite et métallique comme un grincement de ressort rythmé. Intrigué, il revint sur ses pas. L'Américain semblait transformé en statue de sel. Malko suivit la direction de son regard.

Une grosse voiture américaine noire était garée sous l'arbre. Quelque chose s'agitait sur le capot. En regardant mieux, Malko distingua des jambes et des bras, puis une paire de « rangers » posée contre l'antenne de radio déployée. La femme était étendue sur le dos, la tête tordue de côté contre le pare-brise incliné. Malko distingua une masse de cheveux. Elle haletait, remuait la tête dans tous les sens sous les coups de boutoir de son partenaire allongé sur elle, les mains en appui sur la tôle du capot. Pour l'empêcher de glisser, elle avait passé ses jambes autour des reins de l'homme.

Aucun des deux n'était déshabillé. La robe de la femme était remontée autour de ses hanches. Malko comprit ce qui avait attiré l'attention de Doug Frankel.

Chaque fois qu'il épinglait la femme sur la tôle du capot, son partenaire faisait grincer les ressorts de la voiture. Le couple, tout à son affaire, ne les avait pas remarqués. C'était plus agréable de faire l'amour dans la tiédeur de la nuit que dans l'étuve du « Diplomatic Club ».

Sans bouger, Doug Frankel tourna la tête vers lui. Derrière ses lunettes, son regard était fixe. D'une voix sifflante, il laissa glisser entre ses lèvres minces :

– C'est ma femme.

CHAPITRE IV

Malko réalisa soudain qu'il serrait de toutes ses forces le bras de Doug Frankel. À quelques mètres d'eux, le couple continuait sa copulation, comme s'ils étaient dans un autre monde. Monivanh s'était immobilisée à son tour, le visage réprobateur. Malko distingua sur le capot de la voiture des cuisses lourdes et blanches, nouées autour d'un homme presque fluet. Ce dernier venait de s'immobiliser, abrité dans sa partenaire, exhalant un soupir rauque. Celle-ci tourna la tête vers le groupe qui l'observait. Malko fut certain qu'elle les voyait.

Mais elle ne desserra pas l'étreinte de ses jambes autour des reins de l'homme.

Comme un automate, Douglas Frankel se laissa entraîner. Il ne se retourna pas, mais ses pieds traînaient comme s'il n'arrivait pas à s'éloigner de la scène. Malko était horriblement gêné. Cet incident éclairait d'un jour nouveau les réactions du chef de station de la CIA à Phnom Penh. Le rapport de Washington ne soufflait mot de la situation conjugale de l'Américain. La réflexion venimeuse du Français à la soirée malaise lui revint en mémoire. Doug Frankel était la risée de Phnom Penh... Soudain, il eut pitié de l'Américain. Ce dernier arriva à sa voiture, réveilla le chauffeur d'un jappement et se laissa tomber sur la banquette arrière. Malko s'assit à côté de lui, Monivanh se glissa près du chauffeur.

– Je vais vous déposer, dit-il à Malko.

La voiture démarra. Aussitôt Doug Frankel, se mit à parler en chinois, d'une voix hachée à Monivanh. Celle-ci répondait par monosyllabes. Ils débouchèrent sur l'esplanade terminant l'énorme avenue du 19 mars 1970 – ex-avenue Sihanouk. Un char soviétique T. 52, rouillé et éventré, saisi aux Khmers rouges, trônait sur un terre-plein. Au lieu de continuer tout droit, la Fury vira dans l'avenue du 19 mars, qui coupait la ville d'est en ouest. Douglas Frankel tourna un visage las vers Malko.

– Ma femme n'a pas supporté l'Asie. Elle est devenue nymphomane. Je suis faible. J'aurais dû la renvoyer aux U.S.A., mais je n'en ai pas le courage. Alors je la laisse faire ce qu'elle veut. Elle rentre ou elle ne rentre pas... Dans quelques mois je quitterai le pays... Je ne savais pas qu'elle était au Club ce soir. Nous essayons de nous éviter... Je suis désolé.

Il n'y avait vraiment pas de quoi. Malko était quand même perplexe. Où l'Américain avait-il trouvé la force de ne pas perdre son calme ?

– Vous auriez pu intervenir tout à l'heure, suggéra-t-il.

Doug Frankel secoua la tête. Tristement.

– Elle aurait été capable de me gifler. Elle l'a fait une fois. En public. Alors qu'elle se faisait pratiquement baiser sous mes yeux... Il soupira. Un soupir sifflant, amer. Et puis, en la voyant ce soir, j'ai eu une idée.

Malko se sentit mal à l'aise, d'un coup.

– Une idée ?

Douglas Frankel tourna vers lui des yeux de glace.

– Le type qui était en train de sauter Liz... Il est capitaine de l'armée de l'air. Pilote.

Malko n'osa ni approuver, ni désapprouver. Il fallait peut-être que Douglas Frankel aille jusqu'au bout de son calvaire pour se retrouver.

Le silence retomba dans la Fury. Ils coupèrent l'interminable avenue Monivong qui ne s'appelait plus Monivong. Tous les noms avaient été changés par le régime Lon-Nol, mais les gens continuaient à utiliser les anciens... La voiture serpenta dans des rues de plus en plus étroites, s'arrêta devant une maison de bois sur pilotis à la mode khmère, au milieu d'un jardin.

– Je vous laisse, fit Doug. À demain matin, à l'ambassade.

Monivanh descendit et vint s'asseoir à côté de Malko. Doug Frankel fit craquer les marches de bois de l'escalier extérieur sous son pied. Monivanh eut un petit rire.

– Pareil Mère Choum...

La mère Choum avait été jusqu'en 70 la plus célèbre fumerie du Sud-Est asiatique... À son décès, une de ses assistantes avait repris la clientèle. Le couvre-feu n'arrêtait pas le business... Mais c'était un peu plus secret : il fallait montrer patte blanche... c'était étrange de circuler dans cette ville morte, déserte. Tout à coup, le chauffeur freina brusquement. Plusieurs soldats barraient l'avenue, près d'un bunker de sacs de sable. Ils s'approchèrent de la voiture, le visage fermé, armes braquées.

Sans adresser un regard aux passagers, ils forcèrent le chauffeur à descendre, le fouillèrent. Monivanh bondit dehors et entama une longue discussion, tandis que le chauffeur brandissait le laissez-passer. Têtus, les soldats refusaient même de le regarder. Comme il faisait mine de remonter, l'un d'eux arma son M. 16 d'un air menaçant... Cela se gâtait. C'était idiot de se faire tuer par des soldats gouvernementaux en plein Phnom Penh. Malko baissa la glace.

– Que se passe-t-il ?

– Un peu sweat [1], dit Monivanh. They want money.

– Combien ?

Elle écarta les doigts de la main, en un geste expressif.

– 5000 riels.

Malko s'extirpa de la Fury et tira une liasse de sa poche. Aussitôt tout s'arrangea comme par miracle... Juste au moment où une fusée éclairante illuminait le ciel au-dessus des marécages de l'ouest. Un des soldats eut un large sourire :

– Communistes...

Satisfaits, ils replongèrent dans l'ombre pour se partager les dépouilles. La Fury repartit. Tout doucement.

– Number ten ! commenta Monivanh dans son sabir. Expression consacrée de l'Asie exprimant le mépris total. Les communistes et la blennorragie étaient « Number ten ».

– Vous connaissez Liz Frankel ? demanda Malko.

La Chinoise eut un rire gêné.

– Oui, oui... Number one.

L'opposé de l'expression précédente...

– En tout cas, pas une obsédée de la pudeur. Monivanh ne semblait pas offusquée par la scène du Diplomatic Club... Malko insista, employant volontairement un langage simple.

– Elle va toujours avec d'autres hommes ?

Monivanh hocha la tête affirmativement, puis ajouta :

– Monsieur Frankel, trop beaucoup pipes. Trente, quarante dans un jour. Jamais avec Madame. Opium mauvais pour tic-tic...

Elle continua :

1. Un petit problème.

– Madame Frankel, pareil Ti-Nam. Vieux mari. À marié pour passeport.

Malko pensa à la soirée malaise. Ti-Nam s'offrait des compensations. Décidément, la vie n'était pas trop désagréable dans Phnom Penh en guerre... Ils restèrent silencieux jusqu'à ce que la Fury arrive dans le jardin du « Phnom ».

– Bonsoir, dit Malko, à demain.

Monivanh fit comme si elle n'avait pas entendu.

Ils montèrent le perron du « Phnom ». Une demi-douzaine d'employés jouaient aux dames dans le hall sombre. Malko avait sa clef. Il alla jusqu'à l'ascenseur, Monivanh sur ses talons.

Elle grogna tout à coup, lui tira le bras pour attirer son attention :

– Attention !

Malko distingua sous une table quelque chose qui bougea, reculant contre le mur.

Monivanh souffla de rage.

– Phuong !

L'infirme s'était aplati dans l'obscurité, comme une monstrueuse araignée malfaisante. Malko ouvrit la porte de l'ascenseur. Sa fatigue était telle que Phuong n'arrivait pas à l'inquiéter. Monivanh n'insista pas.

Le couloir-cathédrale était désert. Par les fenêtres ouvertes, on entendait les rafales de l'autre côté du Tonlé-Sap. Monivanh se glissa silencieusement dans la chambre derrière Malko. Épuisé, il alla dans la salle de bains pour prendre une douche. Lorsqu'il ressortit, elle était étendue sur le lit, nue, en train de lire un magazine. Il nota son corps bizarre avec des jambes un peu torses et les épaules de docker. Heureusement qu'il y avait les longs cheveux noirs pour adoucir l'ensemble. Elle leva la tête et, lui sourit. Comme s'ils s'étaient connus toute la vie.

Visiblement, cela faisait partie du contrat d'assistance

technique qu'ils avaient passé... Il n'eut pas le courage de discuter. Lorsqu'il s'allongea à côté de la Chinoise, elle caressa son torse légèrement, suivant le dessin des côtes.

– Number one ! fit-elle.

Tendrement, sa main descendit vers le ventre de Malko. Ce dernier soupira avec sincérité :

– Je n'en peux plus...

Monivanh insista un peu, puis retomba de son côté, perplexe et vexée. D'habitude les Blancs se jetaient sur toutes les Asiatiques, le premier jour. Elle contempla Malko et décida qu'il était peut-être vraiment fatigué... Mais elle n'aimait pas s'endormir sans faire l'amour. Elle se releva et s'habilla. Dieu merci, elle savait où trouver son amant cameraman. S'il n'était pas trop bourré de ganscha, il ferait l'affaire. Elle avait besoin de se rassurer tout de suite sur ses capacités de séduction...

***

Le climatiseur rendit l'âme avec un grincement pitoyable. Doug Frankel poussa un juron effroyable.

– Encore une panne ! Et ce putain de groupe électrogène n'est pas assez fort pour faire marcher ce truc.

Malko sentait déjà la chaleur poisseuse lui coller aux épaules. Il avait dormi comme une bûche et se sentait mieux. Le chef de station de la CIA n'était pas en trop mauvais état à part les poches sous les yeux comme des malles-cabines. À huit heures, la Fury de Doug Frankel était venue chercher Malko au « Phnom ». La circulation sur Monivong était démente, à cause des centaines de tri-scooters bricolés en transports en commun, dégageant des flots de fumée bleuâtre et nauséabonde. De quoi asphyxier n'importe quel Khmer rouge. En arrivant devant l'ambassade U.S., il avait cru se trouver devant le Mur de l'Atlantique. Un glacis désert la protégeait de tous les côtés. Aucune voiture n'avait le droit de stationner devant. Mais les piétons étaient également bannis du trottoir. Une haute clôture grillagée l'entourait totalement. Des soldats cambodgiens armés jusqu'aux dents stationnaient sur le trottoir. Le bureau du chef de la CIA se trouvait au premier étage. Après trois portes blindées et la salle du Chiffre, Doug Frankel avait refermé la porte sur Malko, le séparant de son secrétariat : deux ravissantes Khmères, en commentant :

– Elles renseignent sûrement l'Autre Côté...

Un gros walkie-talkie était posé sur le bureau. Doug Frankel le tendit à Malko.

– Ne vous séparez jamais de cela. Il est branché en permanence sur le service de sécurité de l'ambassade. Les 200 membres y sont reliés. En cas de coup dur, attaque communiste ou subversion, suivez aveuglément les instructions qu'on vous donnera. Si cela allait mal, des hélicoptères nous emmènerons tous hors de Phnom Penh... Votre code est « Station 46 ».

Malko regarda l'énorme walkie-talkie.

– Vous voulez dire que je dois tout le temps avoir cela avec moi ?

– Même quand vous allez tirer sur le bambou, ou voir une pute, confirma l'Américain. Maintenant, venez voir.

Il entraîna Malko vers la fenêtre.

– Regardez, dit-il, de l'autre côté de l'avenue.

Malko aperçut de gigantesques amas de barbelés, des blockhaus protégés de sacs de sable tous les deux mètres, une automitrailleuse, armes en batterie, postée au carrefour. Un enfant nu était à califourchon sur le canon. Tout ce déploiement de force protégeait une sorte d'énorme parc verdoyant semé de bâtiments qui occupait un carré de 400 mètres de côté environ.

– Voilà Chamcar-Mon. C'est là que vit le maréchal Lon-Nol, annonça Doug Frankel. Avec sa famille, ses devins, son entourage. Protégé par la Ire Division d'Infanterie.

Il se tut et ajouta à voix basse :

– J'espère que le capitaine Shivarol visera bien. Sinon...

En contemplant les bâtiments essaimés dans le parc fortifié, Malko se demanda tout à coup si son plan pour éliminer le général Krom n'était pas totalement fou... Pourtant l'idée semblait avoir rendu son entrain à l'Américain.

Ce dernier revint vers le bureau.

– J'ai déjà réfléchi au problème, dit-il.

Il déplia un « bleu » d'architecte sur le bureau : Chamcar-Mon. Avec tous ses bâtiments. Doug Frankel posa l'index sur un rectangle.

– Voici l'endroit où vit le maréchal Lon-Nol. C'est une villa coloniale de deux étages. Le toit plat a été renforcé par des poutres d'acier et une chape de béton. Lon-Nol vit la plupart du temps au rez-de-chaussée, mais ne couche jamais deux nuits de suite dans la même chambre. Il est en train de construire dans son jardin un blockhaus qui pourra résister à des B. 52... La villa est entourée d'un grillage de huit mètres de haut pour la protéger des jets de grenades et de roquettes.

Lon-Nol ne se promène jamais dans le parc. D'ailleurs depuis son hémiplégie, il marche très difficilement. Il ne se déplace pratiquement plus jamais jusqu'au bâtiment qui abrite la salle du Conseil des Ministres. Elle n'est pourtant qu'à trente mètres de sa villa. Toujours vide.

Il y a des mitrailleuses et des canons anti-aériens un peu partout, mais comme les Khmers rouges n'ont pas d'aviation, ils n'ont pas eu beaucoup l'occasion de s'entraîner. Ils rateraient un cerf-volant à cent mètres. Un avion qui viendrait du Mékong en volant à 400 ou 500 pieds aurait largement le temps de viser, sans grand risque.

– Cela me paraît parfait, dit Malko.

Il commençait à ressentir l'excitation de l'action. C'était fascinant de s'attaquer aux puissants. Le général Oung Krom ne lui était pas sympathique. Il l'imaginait tapi derrière ses barbelés et ses sacs de sable, s'enrichissant paisiblement de la manne américaine, pendant que les réfugiés crevaient de faim... »

Mais le plan qu'il avait imaginé n'allait pas être facile à réaliser. Il reposait sur différents éléments volatils. Dont le plus dangereux était la réaction préventive de Krom à son égard... Qui pouvait revêtir une forme extrêmement violente et définitive...

Doug Frankel avait ôté ses lunettes et s'était rassis dans son fauteuil. D'un coup, il paraissait vingt ans de plus. Malko se dit que sa nuit avait dû être dure... Comme s'il devinait ses pensées, l'Américain dit, comme pour lui-même :

– Elle est rentrée... À six heures du matin. Elle m'a dit qu'elle avait été coincée par le couvre-feu. Qu'elle avait couché chez des amis.

Malko baissa les yeux.

– Vous êtes certain de vouloir choisir ce pilote ? C'est peut-être compliquer les choses...

Doug remit ses lunettes, secoua la tête :

– Nope. Liz m'a causé assez d'emmerdements. Il faut bien qu'elle me rende service.

Et je sais comment tenir le capitaine Shivarol. Il a une vie trop agréable pour ne pas avoir envie de la conserver. Son beau-père est général ; alors il ne va jamais au front... Il a une femme ravissante, Maddevi...

– Elle est en effet ravissante, approuva Malko.

La bouche mince de Douglas Frankel se tordit en une grimace amère.

– Elle est souvent seule. Uch lui dit qu'il est au front et se tape toutes les putes de Phnom Penh. Il a une voiture, de l'argent et du temps. Alors, elle en fait autant. L'autre soir, il était censé être en train de bombarder Oudong pendant qu'il sautait ma femme. Il savait bien que jamais Maddevi ne mettrait les pieds au Diplomatic Club. Il n'y a que des putains.

Il ricana. Férocement.

– Cette fois, il va aller au front. Je vais lui faire une offre qu'il ne pourra pas refuser. Laissez-moi faire. Pour l'aider à se décider, je vais lui offrir un petit cadeau. Un ou deux camions d'obus de 105 qu'il revendra aux autres à huit millions de riels le camion. C'est un bon tranquillisant, ça...

Malko crut avoir mal entendu.

– Vous allez livrer des obus de 105 aux Khmers rouges ?

Le chef de station de la CIA approuva de la tête.

– Cela ne changera rien... 25 % de tout ce que nous donnons va directement de l'autre côté. Pourquoi croyez-vous que les convois de Saigon remontent le Mékong sans se faire allumer ? Nous avons donné 90 canons de 105 aux gouvernementaux. Les autres leur en ont « piqué » officiellement 47. En réalité, la plupart du temps, il y a eu un deal...

L'autre jour, nous avons découvert qu'un poste près de Kampot était ravitaillé par un convoi de quinze camions. Un poste de trente soldats... Ils en avaient besoin de deux, au plus. Le reste allait chez les autres. Alors, deux camions de plus ou de moins, cela ne changera rien. Nous savons que les Khmers rouges ont déjà récupéré 6000 obus de 105... »

Malko resta muet. Cette guerre était décidément bien étrange... La CIA ravitaillant les Khmers rouges, tout en le sachant, ce n'était pas mal. Si le Congrès apprenait cela, il risquait d'y avoir des infarctus en série.

– Il n'y a rien à faire ? demanda Malko, pour lutter contre cette gabegie ?

– Rien, admit Doug Frankel. Et vous pouvez me croire, je suis en Asie du sud-est depuis 22 ans. J'ai vu successivement les Chinois du Kuomintang, les Vietnamiens, les Laotiens et les Cambodgiens vendre leurs armes à l'ennemi. La seule différence c'est que maintenant, on le sait... Quand un général vient me trouver et me demande de l'argent pour ses 400 soldats je le lui donne. Mais je lui dis : « OK. Voilà pour vos 400 types. Mais je veux que les *200* que vous avez réellement bouffent. »

C'est un langage qu'il comprend. Sur ces 400, il y en a 100 qui sont déjà morts et dont il continue à toucher la solde. 100 autres sont cyclo-pousses à Phnom Penh et lui abandonnent leurs 6 000 riels par mois pour ne pas avoir à se faire trouer la peau... Tout le pays marche comme ça. Et tout le monde le sait. Alors on peut proposer n'importe quoi à n'importe qui, ce n'est jamais complètement invraisemblable.

Épuisé par la chaleur et sa tirade, il se tut. Malko commençait à se dire que dans ce pays de dingues, son plan n'était pas totalement dément.

– Bon. Il nous faut donc pour l'instant un pilote dit-il, un avion, des bombes, et un contact de l'autre côté. Et trois ratons-laveurs...

– Nous aurons tout cela, affirma Doug Frankel. Même s'il faut leur tordre un peu les bras.

– Vous pensez vraiment que le capitaine Shivarol acceptera de bombarder Chamcar-Mon ? demanda Malko. Il se barre toute porte de sortie.

L'Américain eut un sourire ambigu et méchant.

– Pas forcément. Cela dépend comment on lui présente la chose... Il serait sûrement ravi d'être le chef de l'aviation du prochain gouvernement... Et je ne vois que lui pour nous procurer un T. 28 de l'Armée cambodgienne.

Malko se leva. C'était l'heure sacrée de la sieste. Il se ressentait encore du décalage horaire.

Doug Frankel lui tendit le gros walkie-talkie.

– N'oubliez pas ça. Même à la piscine du Phnom. De toute façon ceux que cela intéresse savent déjà qui vous êtes. Vous n'avez pas une tête à vous occuper des réfugiés.

– Et j'ai une tête à quoi ? demanda Malko piqué.

L'Américain plongea son regard dans les yeux dorés de Malko avec une ironie froide.

– À tuer ou à être tué, assura Doug Frankel.

CHAPITRE V

Monivanh s'étira voluptueusement dans l'eau presque froide de son bain. Seule sa tête émergeait d'une couche épaisse de mousse blanche. Ses amants étrangers lui avaient donné le goût de ce raffinement peu courant à Phnom Penh. La Chinoise ferma les yeux, essayant de distinguer le grondement lointain du canon, par dessus la rumeur de la circulation sur la route de l'aéroport de Pochentrong... Elle repéra quelques départs de 105. Du côté de Oudong. Elle avait un sens extraordinaire des distances. Rien qu'en écoutant ainsi, elle pouvait savoir si le front avait avancé ou reculé...

La porte de la salle de bains était ouverte sur sa chambre, et les portes-fenêtres de celle-ci, directement sur le jardin de la villa. Celle des parents de Monivanh. Ils étaient à Singapour, en train de remonter des affaires. Les Chinois croyaient à la victoire des Khmers rouges et prenaient leurs précautions.

Le bep[1] était parti au marché emmenant ses éternelles criailleries. Monivanh profitait de sa solitude. Elle aimait cette grande villa isolée au fond d'une ruelle donnant sur la route de l'aéroport. Le brouhaha

1. Cuisinier.

de la circulation arrivait jusqu'à elle. Il y avait de plus en plus de véhicules. En dépit de la guerre, Phnom Penh n'avait jamais connu de rationnement. Les Cambodgiens se débrouillaient. Monivanh attira à elle une grosse boule de mousse et enfonça ses doigts dedans. Le bain la détendait. Elle sortit sa jambe gauche de l'eau, la leva, l'examina. Un énorme bleu marquait l'extérieur de sa cuisse.

En quittant Malko, la nuit précédente, elle avait été retrouver son cameraman. Ils avaient fumé de la ganscha jusqu'à 6 heures du matin, jusqu'à ce que leurs yeux rougis par la drogue ne distinguent plus rien dans la petite pièce. Alors, le cameraman lui avait fait l'amour, avec une brutalité inouïe, à même la natte où ils fumaient, l'écrasant, la meurtrissant. Il s'était assouvi rapidement sans lui laisser le temps d'atteindre son plaisir, mais elle avait été reconnaissante au grand Allemand d'avoir autant envie d'elle. Il avait dû avoir très peur au front durant la journée. C'était la seule chose qui parvenait encore à réveiller ses sens endormis par l'usage intensif et régulier de la ganscha. Quelquefois, au front, quand elle marchait derrière lui, elle s'apercevait qu'il n'entendait même pas siffler les balles...

Monivanh se dit avec tristesse qu'il mourrait ainsi, un jour sans avoir entendu le mortier qui le déchiquetterait. Mais c'était la vie. Au Cambodge, on mourait facilement.

La Chinoise était fataliste. Souvent elle allait au front par plaisir, juste pour accompagner un de ses amants, correspondants de guerre. Un tropisme irrésistible la poussait vers les Blancs, vers ces étrangers qui venaient risquer leur vie dans son pays d'adoption. Bridée par des parents xénophobes et conservateurs, Monivanh sublimait son besoin d'affection en tombant amoureuse successivement de tous ces mâles efflanqués et affamés, qui risquaient leur vie pour 30 dollars par semaine. Pudiquement, elle ne leur demandait d'argent que lorsqu'elle ne pouvait pas faire autrement. Lorsque ses parents lui coupaient les vivres dans l'espoir de la faire venir à Singapour.

Alors seulement, elle monnayait ses faveurs.

Le climatiseur baissa de régime et cessa tout à coup de fonctionner. Une panne. Il y en avait des dizaines tous les jours.

Les bruits de la circulation lui parvenaient plus nettement. Monivanh se raidit tout à coup dans sa mousse. La porte-fenêtre donnant sur le jardin avait grincé.

Elle se souleva hors de la mousse, tourna légèrement la glace orientable du lavabo, afin de pouvoir observer la pièce voisine. Puis tout doucement, sans quitter la glace des yeux, elle se laissa glisser dans la mousse jusqu'au cou, le visage en pierre, les yeux fixes comme un lézard.

Guettant l'homme qui traversait la chambre silencieusement. Un visage banal, rond, jeune, il était habillé d'une tenue verdâtre militaire, les pieds nus, la tête ceinte d'un bandeau rouge, comme les troupes d'élite. Un foulard sacré, acheté à un bonze de la pagode. Il tenait à deux mains un AK 47 chinois, à l'horizontale, devant lui, la longue et fine baïonnette dépliée, le chargeur courbe engagé.

Prêt à tuer.

Il se dirigeait droit vers la salle de bains. Monivanh sentit immédiatement que ce n'était pas un soldat déserteur comme Phnom Penh en était plein. Il était passé près de son pantalon posé sur une chaise et ne l'avait même pas fouillé. Cet homme venait pour la tuer. Soit en l'embrochant, soit d'une rafale tirée à bout portant.

Il lui restait moins de cinq mètres avant de parvenir à la salle de bains. Il ne se pressait pas, ce qui signifiait qu'il avait été renseigné. Il savait que le *bep* allait faire ses courses tous les jours à la même heure. Monivanh ressentit une curieuse impression de détachement. Comme s'il ne s'agissait pas d'elle ; elle observa le tueur : il transpirait, les muscles de sa poitrine saillaient dans l'échancrure de sa chemise. Il avait peur lui aussi. Ce n'était pas un tueur professionnel. Juste un pauvre type recruté pour quelques milliers de riels.

Instinctivement, elle se tassa dans la baignoire, comme si la mousse pouvait la protéger, de l'eau jusqu'au menton. Ses muscles tendus à craquer. Ne quittant pas la porte des yeux.

***

Le tueur passa la porte en biais, très vite, et s'arrêta en face de la baignoire. Bloqué par les yeux noirs de Monivanh. Pendant quelques secondes, il fut perdu, affolé. Il s'était attendu à des cris, à un geste de défense, à de la terreur, pas à ce regard froid, noir et fixe d'insecte calme.

Cette tête posée sur la mousse blanche comme si elle avait été coupée le surprenait. Monivanh était tellement immobile qu'on l'aurait cru morte. Ses yeux plongeaient dans ceux de l'homme, sans le lâcher. Sans dire un mot celui-ci souffla profondément, essayant de reprendre l'avantage. C'était idiot. Il tenait une arme mortelle, il pouvait hacher cette fille avec les 32 balles du chargeur de l'AK 47 ou lui percer le cœur de la baïonnette. Il devait prendre son temps. On lui avait dit de tuer discrètement, si c'était possible.

C'était possible. Il n'aurait jamais pensé trouver sa victime aussi désarmée, à sa merci. Il vida sa poitrine de tout l'air qu'elle contenait, lâcha le regard de Monivanh, fixa la base du cou. Là où il allait enfoncer la baïonnette. Il pivota pour être en meilleure position, leva l'AK 47, lâchant le doigt qui tenait la détente. Maintenant, il n'avait plus peur, il ne pensait plus qu'à ce qu'il allait faire.

Une fraction de seconde plus tard, le bras droit de Monivanh surgit de l'eau, prolongé par un objet qui ressemblait à une grosse barbe à papa. Le bras partit en avant comme pour frapper le tueur. Ce dernier n'eut pas le temps de s'écarter : il y eut une détonation assourdissante. Son visage sembla se déformer, s'enfoncer. Un jet de sang jaillit sous son nez, de sa lèvre supérieure éclatée. La balle du colt 45 traversa son palais, le cerveau, mit en bouillie quelques vertèbres cervicales et ressortit pour s'enfoncer dans le mur...

La seconde et la troisième percèrent le cou et l'épaule, mais il était déjà mort.

Les yeux ouverts, rejeté en arrière par la violence des impacts, il lâcha le AK 47 qui tomba sur le sol carrelé. Lui-même glissa contre le mur, eut quelques soubresauts, des spasmes, urina sous lui et demeura immobile.

Monivanh garda le gros automatique noir à bout de bras quelques secondes, braqué sur le corps du tueur, puis le laissa retomber. L'âcre odeur de la cordite lui piquait les narines : ses oreilles bourdonnaient encore du claquement des détonations. Elle tendit l'oreille, mais ne perçut aucun bruit alarmant. Les coups de feu étaient passés totalement inaperçus. Sans arrêt, dans Phnom Penh, des soldats tiraient par inadvertance ou désœuvrement... Par précautions, elle ramassa le Colt et le replongea, encore chaud, au fond de la baignoire.

Puis elle se détendit d'un coup et se mit à trembler. Tous ses muscles lui faisaient mal, tant elle s'était concentrée. Elle savait n'avoir qu'une fraction de seconde pour agir... C'est à cause de Phuong qu'elle avait pris la précaution de se baigner avec son arme. Une intuition. Elle savait que Phuong travaillait pour le général Krom. Et que ce dernier avait déclaré la guerre à Douglas Frankel. Donc à ses alliés. Or, en Asie, on commence toujours par s'attaquer aux moins puissants.

Elle soupira. On n'entendait plus dans la salle de bains que les craquements imperceptibles de la mousse et le glou-glou léger du sang qui s'écoulait encore faiblement de la carotide déchirée du tueur. Le Colt 45 était vraiment une arme fantastique. On pouvait le laisser dans l'eau une journée et il tirait encore... Celui-là, elle l'avait acheté pour 50 dollars.

Avec volupté, elle s'enfonça dans la mousse, jusqu'aux yeux, heureuse d'être vivante. Elle jeta un coup d'œil au cadavre tassé dans le coin. Ce n'était qu'un mort comme elle en avait vu des centaines. Plutôt plus présentable que les victimes du dernier bombardement, déchiquetées, morcelées, hachées par les obus de 105.

Pendant plusieurs minutes, elle se vautra dans la mousse, se frottant le corps, mouillant ses longs cheveux noirs. Certaine que personne d'autre ne viendrait. Puis, elle sortit de la baignoire, ôta la mousse qui adhérait encore à sa peau avec une serviette, alla dans la chambre et s'habilla. Alors, seulement, elle s'occupa du mort pour le fouiller. Comme elle s'y attendait, il n'avait que quelques centaines de riels, un briquet et un paquet de cigarettes Fortune. Rien qui permette de remonter à celui qui l'avait envoyé.

La Chinoise ramassa l'AK 47, l'examina. C'était une arme en mauvais état, rouillée, dont le bois était rongé par l'humidité. Elle tomba en arrêt devant la crosse. Le bois avait été brisé, juste après la poignée qui permettait d'utiliser l'AK 47 comme un pistolet-mitrailleur, raccourcissant l'arme.

Exactement comme celle du AK 47 récupéré la veille par le général Krom près du cadavre du Khmer rouge au foie arraché.

Monivanh se sentit mal à l'aise tout à coup. Le général Krom était terriblement puissant. Et prudent. En utilisant l'arme volée au mort, il aurait pu faire croire à un attentat communiste, le cas échéant.

La Chinoise se dit que Doug Frankel devait être mis au courant.

Elle prit l'AK 47, l'enveloppa dans un grand chiffon. Puis elle récupéra le colt, l'essuya, le nettoya, et le rechargea. Elle le glissa sous le siège de sa vieille Austin 1 300 et posa l'AK 47 sur la banquette arrière.

La guerre était déclarée. Monivanh se dit que l'étranger blond avait intérêt à réaliser rapidement son plan. Sinon, il serait le prochain sur la liste du général Krom.

***

– Il est en mauvais état, je t'en donne 8 000 riels.

Monivanh protesta d'une voix aiguë. Les armes chinoises étaient beaucoup plus recherchées que les américaines, à cause de leur robustesse. Quant à la crosse, c'était facile d'en refaire une.

– 15 000, exigea-t-elle.

– 12 000, glapit la blanchisseuse.

Il y eut encore quelques criailleries pour la forme, puis la Cambodgienne compta deux liasses de dix billets de 500 riels et en défit une troisième à regret. Monivanh empocha le tout, regrettant que le mort n'ait pas eu de chaussures. Cela se vendait encore mieux que les armes.

La blanchisseuse prit le AK 47 et le glissa sous une pile de linge sale. Elle avait de tout, même des obus de mortiers et des caisses de munitions. Pour cinq dollars, elle équipait un colt 45 automatique d'une crosse en nacre. Monivanh sortit, écarta un gamin qui s'obstinait à nettoyer son pare-brise et prit le chemin du poste de police : il fallait qu'elle déclare la mort du « rôdeur ». Cela ne prendrait que cinq minutes. Elle possédait pour son Colt un permis en due forme, acheté 50 000 riels, valable, pour un an.

Ensuite, il fallait trouver Doug Frankel.

***

Monivanh se matérialisa près de Malko, souriante, silencieuse, placide, droite comme un soldat de plomb. Il fut content de la voir. La piscine du « Phnom » était presque déserte, à l'exception de quelques lycéennes, attendant les habituels pilotes ou les photographes de guerre. Un groupe de hippies se bronzaient, allongés à même la pelouse.

Le cadre était idyllique. On était très loin de la guerre.

– Tu veux boire quelque chose ? demanda Malko.

Monivanh s'assit sur l'herbe, à ses pieds.

– Pepsi-cola.

Le walkie-talkie donné par Doug Frankel était posé sur la table, à côté du verre de vodka de Malko. La Chinoise attendit que le garçon ait apporté son pepsi-cola et demanda :

– You see « moon-face »[1] ?

– Moon-face ?

Monivanh rit.

– Monsieur Frankel.

Elle rit.

– Il va venir ici tout à l'heure. Pourquoi ?

Le sourire s'effaça sur le visage plat de la Chinoise.

– Général Krom number ten. Essayé faire tiet à moi.

Malko sentit un petit pincement désagréable au cœur.

1. Tu as vu Moon-face ?

– Qu'est-ce qui s'est passé ?

Monivanh eut un rire gêné et baissa les yeux.

– Moi, faire tiet lui.

Sans plus de trouble que si elle avait écrasé une punaise. Malko commençait à éprouver beaucoup de respect pour ce petit bout de Chine.

– Raconte, dit-il, adoptant son tutoiement.

Dans son curieux sabir franco-anglais où manquaient tous les articles, elle s'exécuta. Elle rit en évoquant le AK 47 revendu. C'était de bonne guerre. Son sang-froid était sans limite. Elle fixait Malko de ses grands yeux pleins de gaieté, comme si elle avait raconté une bonne plaisanterie...

Le grand cameraman émergea de son bungalow et passa près d'eux, adressant un petit signe de tête à Malko. Il alla s'allonger plus loin, encore dans les fumées de la ganscha. Monivanh ressentit un petit picotement agréable à l'estomac, en pensant à ce qu'il lui avait fait subir quelques heures plus tôt.

– Oung Krom number ten, répéta-t-elle. Vous devoir faire tiet lui.

Monivanh avait une vue un peu simpliste des choses.

– Il y a d'autres moyens de l'éliminer, affirma Malko.

La Chinoise secoua la tête, pas convaincue. Tout à coup, elle se leva d'un bond et courut vers une fille qui arrivait. Elles se jetèrent dans les bras l'une de l'autre. Malko reconnut Ti-Nam, la Vietnamienne de la soirée malaise. En pantalon, les cheveux tirés, elle paraissait quinze ans. Elle vint vers lui, se pencha, l'embrassa.

– Tu vas bien ?

Comme s'ils s'étaient toujours connus. Il est vrai que le tango cambodgien qu'ils avaient partagé avait laissé un souvenir brûlant à Malko.

Les tables autour de la piscine commençaient à se garnir. Malko assimilait ce que la Chinoise lui avait dit.

En s'attaquant à Monivanh, le général Krom envoyait un avertissement très clair. Et très féroce. Alors qu'il était plongé dans ses réflexions, il vit vaguement une silhouette se dresser devant lui, à contre-jour.

Une voix mélodieuse l'arracha à sa méditation.

– Vous avez abandonné vos réfugiés ?

Malko se leva. Maddevi Shivarol était moulée dans un ensemble rose, ses longs cheveux noirs tombant sur les épaules, très maquillée, une lueur ambiguë dans ses yeux en amande.

– Puis-je m'asseoir ? demanda-t-elle.

Il lui avança un fauteuil de plastique. Elle croisa les jambes, alluma une cigarette. Très mondaine. Malko ne put s'empêcher de la revoir, sauvagement violée par le diplomate malais, hurlant sa douleur et sa déconvenue. Cela n'avait pas l'air de l'avoir dégoûtée des hommes, à voir son regard fixé sur Malko.

– C'est une bonne surprise, dit-il.

Maddevi Shivarol eut une moue charmante.

– Oh, mon mari est au front. Je m'ennuie toute seule. Notre villa est tout près d'ici. Je venais d'ailleurs vous inviter à y prendre le thé.

Le thé ou elle ? Malko essaya de déchiffrer les prunelles noires.

– J'ai rendez-vous ici avec Douglas Frankel, expliqua-t-il.

– Prévenez-le.

Il hésita, puis prit le walkie-talkie, appuya sur le bouton de l'émetteur.

– Station zéro, dit-il, j'appelle station 12. Urgent.

La voix claire du dispatcher sortit de l'appareil.

– Bien reçu. J'appelle station 12.

Pendant de longues secondes, on n'entendit plus que le grésillement du bruit de fond et les éclaboussements de la piscine. Puis la voix du dispatcher annonça :

– Station 46, ici station zéro. Ai perdu le contact avec station 12.

Malko oublia d'un coup la présence tentatrice de Maddevi Shivarol. Qu'était-il arrivé à Douglas Frankel ? Il le revoyait encore lui expliquant que le walkie-talkie ne le quittait *jamais*.

CHAPITRE VI

Douglas Frankel jura, écrasant le frein de la petite Honda Z. Un cyclo-pousse arrêté au beau milieu du carrefour, bloquait l'avenue du 9 Tola. Les trois petites Cambodgiennes entassées sur le siège étroit du pousse pouffèrent de rire devant le visage furieux de l'Américain. Un flot de scooters et de voitures s'engouffra dans la brèche, venant de la rue transversale, empêchant Doug Frankel de contourner l'obstacle.

Rageant, il dut prendre son mal en patience. La petite Honda blanche empruntée était en rodage et se traînait à 40 à l'heure. Mais c'était plus discret que sa Fury avec chauffeur. Cet après-midi, il voulait être seul. Il essuya son front. Ses lèvres avaient disparu, avalées par la haine et la tension. Sa chemise était collée à son corps par la transpiration. Ses mains glissaient sur le volant, le cyclo-pousse se mit debout sur ses pédales et il put enfin passer. La Triumph blanche qu'il suivait avait disparu, loin devant. Il accéléra à fond.

Il ne la rejoignit qu'au croisement de l'Avenue du 19 mars 1970 alors qu'elle contournait l'énorme monument élevé à la gloire du Prince Sihanouk. La Triumph piétinait derrière des camions militaires. Doug Frankel se faufila derrière un cyclo-pousse, aperçut la masse des cheveux auburn de sa femme volant au vent de la voiture décapotable. Elle ne s'était pas retournée une seule fois. C'était la première fois qu'il la suivait.

Mais cette fois, ce n'était pas inutile...

Il la laissa prendre de l'avance, la vit mettre son clignotant, couper l'avenue en biais et stopper devant un garage. Il continua une centaine de mètres, souhaitant qu'elle ne l'ait pas vu, fit demi-tour, essuya la sueur qui lui coulait dans les yeux. La Triumph était arrêtée devant le garage vide. Il attendit plusieurs minutes, intrigué. Ils se trouvaient au sud de la ville, non loin de Chamcar-Mon.

Quand il fut sur le point de bouillir dans la Honda, il sortit, ferma la portière, partit à pied vers le garage, laissant son attaché-case lourd du walkie-talkie dans la voiture. Un appel inopportun du Control Center risquait d'attirer fâcheusement l'attention sur lui... Les minutes qu'il allait vivre n'allaient pas être les plus agréables de sa vie.

***

Liz Frankel ne se trouvait pas dans le garage. Le long du bâtiment, un sentier partait vers un terrain vague. Doug le suivit, aboutit sur une zone de cabanes, de maisons en construction. Il s'arrêta.

Où diable était-elle ?

Des gosses, comme toujours, surgirent et s'agglutinèrent autour de lui. Il s'extirpa un sourire, s'accroupit, leur demanda en khmer s'ils avaient vu passer une étrangère. Ils rirent, ravis et surpris de lui voir parler leur langue. Mais ne répondirent pas. Doug tendit 400 riels au plus grand, reposa la question. En riant, le petit Cambodgien lui montra un sentier qui serpentait à travers les baraques du terrain vague.

– Partie par là.

Il remercia, suivit la direction indiquée. Un petit

bidonville de pauvres cahutes de planches et de feuilles avait surgi derrière le garage. De petits cochons noirs couraient partout. L'Américain avançait, regardant autour de lui. Perplexe. Les gosses le suivaient à distance respectueuse, curieux et hilares. De nouveau, il s'accroupit près d'une fillette en train d'épouiller un gamin tout nu, reposa la question.

Elle tendit la main.

– Là, chez Monsieur le mage.

Elle désignait une maison en bois sur pilotis, en bordure du terrain vague, près d'une haie, à vingt mètres.

Doug remercia, perplexe. Examina la cabane. Elle ressemblait à toutes les maisons cambodgiennes, bâtie sur de hauts pilotis de bois. On y accédait par un escalier extérieur. Au pied, il distinguait le trou de l'abri anti-roquettes creusé dans le sol. Précaution utile depuis les bombardement communistes de février.

Doug Frankel en fit le tour à distance respectueuse. Sans rien voir. Les fenêtres étaient trop hautes. Il aperçut soudain un gros fromager à dix mètres de là. Sans se préoccuper des gosses, il s'en approcha, prit son élan et parvint à se hisser jusqu'à la première grosse branche. Sans écouter les quolibets des gosses. Il leur jeta une plaisanterie en khmer qui les fit hurler de joie. Pourtant, intérieurement, il se sentait froid comme un iceberg. À cheval sur la branche, il examina les fenêtres barrées de barreaux d'acier de la maison du Mage. Il lui fallut plusieurs minutes pour que ses yeux parviennent à percer la pénombre qui régnait à l'intérieur. Son cœur cognait dans sa poitrine et il se sentait à la limite de l'évanouissement. L'opium ne valait rien pour la gymnastique. Enfin, lourdement, il se laissa glisser à terre, écarta les gosses ravis qui lui demandaient de remonter et se dirigea vers la maison sur pilotis.

La boule qui lui bloquait l'estomac avait fondu brusquement Comme si l'action lui rendait tous ses moyens. Une sombre joie l'animait : montrer à tous ceux de la « company » qui le méprisaient secrètement pour son vice connu qu'il n'était pas fini. Même au prix de son âme.

Il escalada sans bruit l'escalier de bois, s'arrêta sur la minuscule véranda, encombrée de paniers, souffla, examina la porte fermée. De la main gauche, il tourna doucement la poignée. La porte résista. Il recula alors d'un mètre et se jeta de tout son poids contre le battant.

***

La serrure résista si peu que Douglas Frankel boula jusqu'au milieu de la pièce, perdant l'équilibre. Il tourbillonna, heurta un meuble, et se redressa, un Smith et Wesson 357 Magnum au poing. L'arme, au canon de trois pouces était toujours dans un holsler fixé à son mollet droit. Seule méthode pour le transporter discrètement dans un pays où on ne portait jamais de veste.

Les deux corps emmêlés n'eurent pas le temps de se séparer. À quatre pattes sur le lit, sa femme lui tournait le dos. Il se fit la réflexion que le bas de son corps était vraiment trop large. L'homme qui lui rendait hommage, agenouillé derrière elle, était un Asiatique mince, aux cheveux très noirs. Ses mains accrochées dans les hanches élastiques lâchèrent prise avec un cri de terreur. Il plongea sur le côté vers une chaise où étaient posés des vêtements.

D'un coup de pied, Doug Frankel la fit tomber. L'étui d'un Colt 45 fila sous le lit. Méchamment, l'Américain écrasa d'un coup de talon la main qui se préparait à le saisir. Il reporta son regard sur le lit, au moment où sa femme se retournait, les traits déformés par la terreur.

Il photographia la bouche humide et enflée d'avoir trop embrassé, les marques brunes sous les yeux, les cheveux en désordre. Le regard de Liz Frankel vacilla et se raffermit immédiatement. Ses traits se durcirent, son menton recula, elle articula d'une voix trop haute, haineuse, avec, quand même, une pointe de peur :

– Qu'est-ce que tu veux ?

Le 357 Magnum braqué sur le lit, Doug Frankel l'examina en silence. Son corps, aux hanches lourdes et aux cuisses épaisses, s'amincissait vers le haut. Sa poitrine était aussi ferme que le jour où il l'avait rencontrée. Et ses merveilleux cheveux auburn tombaient toujours en cascade sur ses épaules. Ses yeux descendirent jusqu'au ventre bombé. Il pensa à tous les sexes qui avaient profané celui-là, à tous les cris de plaisir qu'il n'avait pas entendus, à tous ceux qui avaient joui en hurlant dans le corps de sa femme.

À celui qui massait sa main endolorie, assis au bord du lit, les épaules voûtées.

La douleur intérieure de Douglas Frankel fut si vive qu'il faillit hurler. Comme si une bête lui déchirait la poitrine, dévastait son cerveau, laissant une trace brûlante et indélébile. Que des millions de pipes d'opium ne parviendraient pas à effacer. Involontairement son doigt se crispa sur la détente du Magnum, braqué sur le ventre blanc de sa femme.

– Doug !

Elle avait retrouvé la douceur, la voix de petite fille du début. D'un coup il redescendit sur terre, baissa le pistolet, s'entendit jeter :

– Habille-toi et va-t'en. Vite.

Elle hésita.

– Doug, je ne veux pas que...

– Je t'ai dit de t'habiller, répéta-t-il. N'aie pas peur. Je ne lui ferai rien. Dépêche-toi.

La chaleur de la petite pièce lui tomba sur les épaules d'un coup. Le plafond était très bas et il n'y avait pas d'air conditionné. Juste un grand ventilateur. Liz Frankel se leva, ramassa une petite culotte noire, la passa, enfila rapidement sa robe-chemisier. Peu à peu elle reprenait des gestes naturels. Elle ouvrit machinalement son sac, sortit un peigne.

– Tu te coifferas plus tard, fit rudement Doug Frankel.

Elle lui fit face, un éclair de colère dans ses yeux sombres.

– C'est stupide de nous avoir suivis comme un gamin. Tu sais très bien que...

Elle reprenait du poil de la bête. Aussitôt, l'homme assis sur le lit leva les yeux vers l'Américain.

– Monsieur Frankel ! Je...

– Tais-toi ou je te tue, coupa Doug Frankel, en cambodgien.

Liz ne comprenait pas le cambodgien. Elle hésitait, son sac à la main. Son mari la prit par le bras, la poussa vers la porte ouverte.

File.

Ils se frôlèrent. Pendant une fraction de seconde, il eut envie d'elle. Puis son désir retomba aussitôt, noyé par le chagrin et les mauvais souvenirs... Il regarda s'éloigner ses hanches somptueuses en se disant qu'il ne lui avait pas fait l'amour depuis un an et qu'il ne le lui ferait peut-être jamais plus.

Avec lui, elle n'en avait jamais envie.

Il repoussa la porte derrière elle, la calant avec un banc, s'assura par la fenêtre que sa femme s'éloignait. Puis, il se tourna vers l'homme assis sur le lit et dit d'une voix coupante :

– J'ai à vous parler, capitaine Shivarol.

Le Cambodgien leva des yeux effrayés et surpris.

Il savait que Doug Frankel connaissait sa liaison avec sa femme depuis des semaines. Que cachait cette brutale intervention ?

– Monsieur Frankel, dit-il, je ne comprends pas...

Doug fit un pas rapide en avant et lui asséna un coup sec sur l'arête du nez avec le lourd Magnum.

– Tu ne comprends pas que tu baises ma femme, fumier !

Les deux mains contre son nez en sang, le capitaine Shivarol essayait de ne pas céder à la panique ; se répétant que l'Américain ne voulait sûrement pas le tuer. Que ce n'était qu'un mauvais moment à passer... Les ondes de douleur de son cartilage écrasé lui ébranlaient le cerveau. D'énormes larmes jaillissaient de ses yeux sans qu'il puisse les arrêter. Mais le pire était encore d'être nu. Lâchant son nez, les yeux brouillés par les larmes, il tendit la main vers son pantalon. Un coup du Magnum sur le poignet lui fit lâcher prise.

– Reste à poil, gronda Doug Frankel. Tu y étais bien tout à l'heure... Et écoute bien ce que je vais te dire...

Doug Frankel se planta en face du Cambodgien, le Magnum à bout de bras.

– J'ai besoin d'un pilote et d'un avion. Un T. 28. Pour une mission qui n'excédera pas deux heures. Si tu acceptes, tu t'habilles, tu fous le camp et on ne parle plus de rien. Si tu n'acceptes pas, je te fais sauter la tête. Ici même.

Le capitaine Shivarol crut avoir mal compris. Il leva un regard affolé.

– Un T. 28 ! Mais qu'est-ce que vous voulez en faire ?

– Un T. 28 et des bombes, compléta Doug Frankel. Tu commandes une escadrille de T. 28, non ?

Shivarol avala difficilement sa salive et reconnut :

– Oui, mais...

– Bon. Alors, tu es capable d'aller foutre une bombe là où on te le dira.

Le capitaine Shivarol essayait désespérément de ne pas comprendre. Le cerveau en clafoutis, il se demanda si toute cette mise en scène n'était pas un piège diabolique. Et décida de faire l'idiot.

– Pour les missions spéciales, avança-t-il, il faut un ordre de la Présidence... Et pourquoi...

– *Fuck you*[1], gronda Frankel.

Brutalement, il enfonça le canon du Magnum dans le cou du capitaine Shivarol, lui comprimant la trachée artère, et du pouce droit, releva le chien de l'arme.

Les yeux du Cambodgien roulaient dans leurs orbites, affolés. Il chercha le regard de l'Américain, ne vit qu'un éclair de haine, se dit que l'autre allait le tuer. Il ne voulait pas mourir.

– Attendez ! supplia-t-il. Je peux peut-être...

La pression du revolver ne se relâcha pas.

– Tu es d'accord pour te procurer un T. 28 avec des bombes et aller les lâcher où je te dirai ?

– J'essaierai, murmura le capitaine Shivarol dans un souffle.

Comme s'il ne se décidait pas encore, Doug Frankel laissa le canon du Magnum encore un peu, puis le retira. Il y avait encore un long chemin à parcourir. Shivarol serait un allié aussi sûr qu'un cobra.

Le tout était de bien l'avoir en main.

– Habille-toi.

Le capitaine Shivarol se jeta sur ses vêtements. En quelques secondes, il eut repris figure humaine. Doug Frankel l'observait, sans rentrer son revolver, sans relâcher sa tension agressive. La violence était indispensable. Il savait que, contrairement à la plupart des Cambodgiens, Shivarol était un lâche. Que la peur devait désormais être son moteur principal.

– J'ai très mal, soupira le capitaine, en tamponnant son nez qui avait doublé de volume.

– Si tu ne fais pas ce que je te dis, tu auras encore

1. Va te faire foutre !

plus mal, menaça l'Américain. Parce que je te tirerai d'abord une balle dans les couilles. Lorsque je te le dirai, je veux que tu décolles de Pochentrong avec quatre bombes de 250 livres, accrochées aux ailes de ton T. 28. Ces bombes, tu iras les lâcher sur le bâtiment où se tient le Conseil des Ministres dans Chamcar-Mon. Ensuite, tu iras te poser à un endroit convenu d'avance. Je serai là pour t'accueillir et t'emmener à l'ambassade discrètement. Jusqu'à ce que les choses se calment. Je ferai ensuite ce qu'il faudra pour que le nouveau gouvernement te nomme à la tête de l'aviation cambodgienne. Avec le grade de général...

Le silence terrifié du capitaine Uch Shivarol se prolongea plusieurs secondes. Il s'essuya le front, machinalement, tâta avec précaution son nez enflé. Il n'osait pas regarder Doug Frankel en face.

– C'est... C'est impossible, balbutia-t-il.

Les lèvres minces de Doug Frankel s'effacèrent complètement.

– Alors, tu vas y passer tout de suite.

Shivarol recula vers le mur en bredouillant. Maintenant, il haïssait Liz Frankel. C'est à cause d'elle qu'il se trouvait dans ce merdier !

– Je ne peux pas être sûr de mettre mes bombes dans le bâtiment que vous citez, murmura-t-il. Je... Je n'ai pas d'entraînement. Je vous jure. Et si je rate, je ne pourrai pas revenir à Phnom Penh. J'ai ma femme, mes enfants... Toute ma vie ici...

Il visualisait très bien le toit plat du grand bâtiment blanc. Les bombes de 250 livres le perceraient facilement. À condition de le toucher...

Hagard, le Cambodgien essuya la sueur qui lui coulait dans les yeux, renifla le sang qui suintait de son nez.

Doug Frankel sentait qu'il était sincère. C'était une objection à laquelle il n'avait pas pensé. Les pilotes cambodgiens de T. 28 étaient réputés pour leur manque de hardiesse... En opérations, ils ne descendaient jamais à moins de 800 mètres pour lâcher leurs bombes... À moins que ce ne soit par conviction religieuse. Les Cambodgiens étaient étranges. Par moment d'une férocité incroyable, à d'autres, ils professaient un pointilleux respect de la vie, en application des principes bouddhistes. Les conseillers militaires américains n'avaient jamais pu convaincre l'aviation gouvernementale d'employer les terribles bombes à billes antipersonnel... Les responsables s'y opposaient pour éviter de tuer trop de monde.

Pris de court, l'Américain essayait de sortir de cette impasse. Même s'il tuait Shivarol sur place, il ne pourrait pas le transformer en bon pilote...

Il se résigna d'un coup.

– OK, dit-il. Ton boulot va être plus facile. Tu pars avec tes bombes. Ensuite, tu te poses dans un coin tranquille. Un terrain désaffecté ou une route... Je connais un coin parfait, sur la route, n° 4. Là, tu donnes ta machine à quelqu'un qui finira le travail...

Le capitaine Shivarol était de plus en plus paniqué.

– Mais qui va piloter l'avion ? Qu'est-ce que je vais devenir ?

– Je m'occuperai de toi. Comme dans la première version. Quant au pilote, ne t'en fais pas...

Ce n'étaient pas les pilotes américains qui manquaient, entre le Laos et le Cambodge. Des anciens du Viet-nam, capables, de mettre une bombe dans un cercle de dix mètres... les yeux bandés.

– C'est très difficile, objecta Shivarol, ce que vous me demandez.

Doug Frankel se mit brusquement en colère. Attrapant le frêle Cambodgien par sa chemise, il l'adossa au mur avec brutalité. Un sec coup de genou dans le bas ventre, le plia en deux. Puis de toutes ses forces, l'Américain lui enfonça le canon du Magnum au-dessous de la ceinture.

– Cesse de déconner, gronda-t-il. Ou je te flingue tout de suite. J'en crève d'envie.

Shivarol sentait la sueur de l'Américain, son odeur forte. Cela l'effrayait presque autant que l'arme. Il ne savait plus où il en était. Lui qui avait toujours évité le front et ses dangers.

– J'essaierai, promit-il, j'essaierai.

– Il ne faut pas essayer, rugit Douglas Frankel. Il faut le faire. Je veux que tu me poses un T. 28 sur la route n° 4.

– Je le ferai, capitula le capitaine Shivarol.

Doug Frankel le lâcha et s'écarta. C'était dur, la mise en condition. Mais il fallait que l'autre ait vraiment peur de lui.

Le Cambodgien réalisa soudain quelque chose.

– Mais vous voulez que je me pose avec les bombes ? fit-il, horrifié.

– Évidemment, cingla Frankel. C'est pas pour un baptême de l'air.

– Mais c'est très dangereux, gémit-il. Si je rate mon atterrissage, ou si une bombe se détache...

Doug Frankel sentit qu'il était temps de se montrer conciliant.

– Écoute, annonça-t-il d'une voix radoucie, si tu fais ce que je te dis, je t'offrirai un camion plein d'obus de 105.

Le regard du capitaine Shivarol se déroba.

– Mais je ne comprends pas, protesta-t-il.

Doug Frankel se fâcha de nouveau.

– Ne me prends pas pour un con ! C'est ton beau-père qui a vendu les 6000 obus de 105 aux Autres. À huit millions de riels le camion... Tu dois avoir les contacts qu'il faut, non ? Disons que c'est ta prime de vol.

Le Cambodgien n'insista pas. Inutile d'apprendre à son interlocuteur que les prix avaient monté et que le camion valait maintenant 10 millions de riels... Mais il était encore loin d'être rassuré.

– Si l'autre pilote rate le bâtiment du Conseil des Ministres, la police spéciale va me rechercher.

Doug Frankel l'interrompit sèchement.

– Est-ce que nous avons raté le Président Diem ?

Un ange passa, enroulé dans un drapeau américain taché de sang. La CIA avait quelques beaux assassinats à son actif, dans le Sud-Est asiatique...

Le capitaine Shivarol ne pouvait s'empêcher de calculer ce qu'il ferait avec les 10 millions de riels. Du coup, il reprenait goût à Liz.

– Quand voulez-vous agir ? demanda-t-il d'un ton plus ferme.

– Vite, fit Frankel. Dès que j'aurai réglé la seconde partie de l'opération. Disons une semaine au plus. Combien de temps te faut-il pour avoir un avion ?

Shivarol hésita.

– Quarante-huit heures.

– OK. File le premier. Et s'il te venait à l'idée de parler de notre conversation à qui que ce soit, tu sais ce qui t'arriverait...

Le capitaine Shivarol ne répondit pas. Il n'était pas assez fort pour se battre contre la Central Intelligence Agency.

Il sortit sans serrer la main de Doug Frankel. Ce dernier remit son Magnum dans sa gaine et s'assit sur le lit, humant l'odeur de sa femme. Il éprouvait une sensation bizarre. De nouveau la douleur s'insinua sournoisement en lui. Il la chassa en se concentrant sur son nouveau problème. Il fallait trouver un second pilote, pour réaliser le plan du Prince Malko.

Quelqu'un en qui on puisse avoir confiance. Donc un Américain. Or, tous les Américains de Phnom Penh étaient, soit de parfaites canailles, soit de doux dingues...

Cela promettait de belles négociations en perspective.

***

Maddevi Shivarol évoluait gracieusement dans l'eau tiède de la piscine du « Phnom ». Debout dans l'eau, les coudes appuyés au rebord de la piscine, Malko guettait son walkie-talkie. Toujours aucune nouvelle de Doug Frankel. Le contrôleur rappelait toutes les dix minutes. De plus en plus anxieux.

Et où le chercher ? L'inaction rongeait Malko. En parfaite garce, Maddevi Shivarol le frôla, comme un dauphin joueur, resta une fraction de seconde contre lui, puis s'écarta en riant... Elle ne cessait de provoquer Malko de la façon la plus éhontée.

À l'autre bout de la piscine, Monivanh, furieuse, boudait, en compagnie de Ti-Nam.

Maddevi Shivarol se hissa hors de la piscine et s'assit, les jambes croisées.

– Venez prendre le thé chez moi, suggéra-t-elle, Monsieur Frankel a dû être retenu.

Son regard était éloquent. Malko fut tenté. Honorer la Cambodgienne ou broyer du noir... Il n'eut pas le temps de répondre : la Fury de Doug Frankel surgit dans le jardin. L'Américain en jaillit et se dirigea à grands pas vers la piscine. Malko sauta hors de l'eau, alla au-devant de l'Américain.

Monivanh surgit, silencieuse et humble. Doug se laissa tomber dans le fauteuil de Madame Shivarol.

– Où étiez-vous ? Pourquoi ne répondiez-vous pas ?

Doug Frankel se laissa tomber dans un fauteuil, appela un boy et fit :

– Je travaillais. Mais ça n'a pas été facile. Pas facile du tout.

Il se tut : Maddevi Shivarol venait vers eux. Il se leva pour saluer la jeune Cambodgienne qui eut un regard glacé pour l'Américain. Beaucoup plus chaud quand elle tendit la main à Malko.

– Je rentre. Si vous n'avez pas trop à faire, venez quand même prendre le thé.

Son « vous » ne s'adressait visiblement qu'à Malko. Ce dernier assura qu'il ferait l'impossible. Doug Frankel suivit des yeux la jeune femme qui s'éloignait vers les cabines de déshabillage, après le restaurant « Cyrène », dont le menu n'avait pas changé depuis 1945.

– Elle va avoir une surprise quand son mari va rentrer, murmura-t-il. Je me demande ce qu'il va pouvoir lui raconter...

– Vous l'avez vu ? demanda Malko.

Doug Frankel, sans omettre aucun détail, raconta dans quelles circonstances il avait rencontré le capitaine Shivarol. Pendant son récit, Monivanh surgit, silencieuse, humble et boudeuse. Elle s'assit par terre, entre les deux hommes. Écoutant. Si elle ne parlait pas, elle comprenait parfaitement.

– Voilà, conclut Doug Frankel, nous sommes dans la merde. Parce que ni vous ni moi n'allons piloter ce putain de T. 28. Et que je ne connais personne à qui on peut demander un truc pareil...

Il y eut un long silence. Malko voyait son plan s'envoler. Un boy apporta à l'Américain un citron à l'eau qu'il but d'un coup. Tout à coup, Monivanh se pencha vers Doug et gazouilla quelque chose en chinois.

L'Américain faillit en avaler sa paille. Il reposa son verre, plus « moonface » que jamais.

– Merde, zozota-t-il. Elle a une idée !

CHAPITRE VII

– *Some Goddam son of a bitch stole my cookies !*[1]

Les traits crispés de rage, devant la porte ouverte de son réfrigérateur. Hal Davidof n'arrivait pas à détacher les yeux des étagères vides. Malko et Monivanh debout au milieu de la pièce minuscule, figés, ne savaient comment réagir devant la fureur du jeune Américain. Ils avaient frappé à la porte du bungalow qu'il occupait dans le parc du « Phnom » quelques secondes après son arrivée.

D'un geste rageur, il claqua la porte du réfrigérateur à faire tomber les murs.

Avec ses grands yeux très bleus, son nez légèrement busqué, ses traits énergiques, ses cheveux noirs lissés en arrière, il devait plaire aux femmes. Monivanh hocha la tête et fit, le pouce en bas.

– Camarades, number ten !

Ignorant Malko, Hal Davidof l'apostropha.

– Où est Ti-Nam ?

– Ti-Nam venir bientôt, baragouina Monivanh.

Elle désigna Malko du regard, avec un sourire à la fois humble et malin.

– Camarade number one.

1. Un bon Dieu d'enfant de salaud a volé mes gâteaux !

Le jeune Américain s'arracha un sourire.

– Hi !

Visiblement, il prenait Malko pour le nouvel amant de Monivanh. Sans s'occuper de lui, il ôta sa chemise, son pantalon, ne gardant qu'un slip grisâtre. Il avait un corps musclé, bien en chair, une peau bronzée.

Malko crut qu'il allait prendre une douche. Pas du tout. Il enfila un boxer-short, farfouilla dans un coin, en sortit une boîte, se tourna vers Malko.

– Vous savez jouer aux échecs ?

– Oui, un peu.

– Venez faire une partie. J'aime bien les échecs, pour me détendre, fit Hal. Ah, shit, j'oubliais !

Brusquement il prit ses cheveux noirs à pleines mains et tira. À l'immense surprise de Malko, ils s'arrachèrent de son crâne ! C'était une perruque. Il la jeta dans un coin, farfouilla dans la masse de cheveux beaucoup plus clairs plaqués sur son crâne, défit une broche, secoua la tête, libérant ses vrais cheveux. Ils croulèrent aussitôt plus bas que ses épaules. Devant l'étonnement de Malko, le jeune Américain se dérida enfin.

– C'est le patron de ma compagnie qui me force à porter ce truc-là. Sinon, il ne me laisse pas piloter son Dakota pourri. Ils paraît que les passagers n'ont pas confiance, si j'ai les cheveux longs !

Avec ses cheveux longs, il évoquait plus Jésus-Christ qu'un pilote de ligne... Quand il tourna le dos à Malko, celui-ci s'aperçut que son short de toile avait été rapiécé partout. Ça ne payait pas d'être pilote au Cambodge.

Ils sortirent tous les trois du bungalow. Monivanh tira Malko par le bras, murmurant :

– *No sweat, no sweat*[1].

Ce n'était pas évident.

1. Tout va bien, tout va bien.

– Ton ami n'a pas l'air très gentil, remarqua Malko.

L'Américain marchait devant eux. Sans dire un mot.

Monivanh hocha gravement la tête :

– Lui beaucoup sweat... Money... Demander Ti-Nam... 30 000 riels...

Hal Davidof ne semblait pas rouler sur l'or. Son bungalow ne respirait pas le luxe. L'objet le plus coûteux était un M 16 chargeur engagé, posé près du lit. Ce qui n'avait rien de particulier à Phnom Penh.

Devant eux, Ti-Nam venait de quitter son parasol pour se précipiter vers Hal Davidof.

Le jeune Américain échangea quelques mots avec elle et alla s'installer à l'autre extrémité de la piscine.

Dépitée, elle rejoignit Malko et Monivanh.

– Hal est furieux ! remarqua-t-elle tristement.

– Qu'est-ce c'est que cette histoire de cookies ? demanda Malko.

La Vietnamienne hocha gravement la tête :

– Hier soir Hal avait passé la soirée à préparer des gâteaux à la ganscha. Il avait fait la pâte lui-même. Ses copains les lui ont volés pendant qu'il était absent.

Malko commençait à se demander si Monivanh avait eu une bonne idée en le branchant sur Hal Davidof. Un pilote qui marchait à la ganscha, ce n'était pas particulièrement rassurant... Malko commençait à comprendre pourquoi Douglas Frankel avait fait la grimace lorsque Monivanh avait lancé le nom du pilote hippie.

Ce dernier était en grande conversation avec un géant blond, affalé dans un fauteuil les pieds sur une table, un casque posé près de lui. Il portait un gilet pare-balles militaire à même la peau. Un pantalon d'uniforme et des rangers. Un M. 16 était accroché au dossier de son fauteuil.

– Je croyais qu'il n'y avait pas de militaires américains au Cambodge, remarqua Malko.

– C'est un Australien, expliqua Ti-Nam. Un civil. Il

est en vacances ici. Il a acheté un M. 16, un gilet pare-balles et un casque. Il va au front tous les matins. Il n'aime pas les communistes. Alors il essaie d'en tuer beaucoup. Il habite l'hôtel...

Insolites vacances. C'était une idée pour le Club-Méditerranée. Le safari-Khmers rouges. Au lieu de ramener des coquillages, on ramènerait des foies... L'Australien acheva son verre, se leva, prit son casque et son M. 16 et se traîna jusqu'au perron. Hal Davidof brandit son jeu d'échecs en direction de Malko. Ce dernier hésitait.

Monivanh le poussa sournoisement en avant.

– *No sweat, no sweat.*

Après tout, cela ne lui coûterait qu'une partie d'échecs.

***

Jouant distraitement avec son poignard K-Bar, le général Oung Krom ressassait sa colère. Depuis une heure, il savait que Monivanh avait échappé à l'attentat. Et qu'elle avait abattu le tueur. Faisant du même coup perdre la face à celui qui l'avait envoyé. Oung Krom bouillait de rage en pensant qu'une femme était venue à bout d'un soldat armé d'un AK 47 !

Il se mit à tirer furieusement sur sa touffe de poils, au risque de s'arracher la peau.

L'aigrelette musique khmère qui berçait le calme de son bureau n'arrivait pas à le détendre.

Brutalement il planta de toutes ses forces le K-Bar dans son bureau. Épinglant un épais dossier. La lame resta debout, vibrante, bien droite, enfoncée de plusieurs centimètres, reflétant le visage plein de haine du général Oung Krom.

Il demeura rigoureusement immobile quelques secondes, puis appuya sur la sonnette de son bureau.

Le planton surgit aussitôt. Le général laissa tomber un seul mot :

– Phuong !

***

Hal Davidof leva la tête, sentant le regard de Malko posé sur lui. Le petit échiquier de poche était posé en équilibre entre eux, sur une chaise.

– C'est à vous.

– Je sais, dit Malko. Mais je n'ai pas la tête à jouer.

Le jeune Américain ne changea pas d'expression.

– Des problèmes ?

– Oui, dit Malko. Et je crois que vous pourriez m'aider.

– Moi ?

Le hippie semblait sincèrement étonné.

Hal fronça les sourcils et, tout à coup, se mit à se gratter le mollet gauche. En même temps, son gros orteil s'agitait furieusement. Il grimaça :

– Mes nerfs sont fucked up...[1]. J'ai pris une balle dans la jambe en atterrissant à Kampong-Som il y a trois mois. Quand mon pied me démange je me gratte le mollet et ça me soulage...

De plus en plus étrange. Hal, avec sa chemise verdâtre toute trouée, faisait très « tropical tramp », hippie asiatisé, assimilé.

Il frotta énergiquement son mollet poilu.

– Monivanh m'a dit que vous étiez pilote sur une compagnie privée, continua Malko.

– Privée de tout, ouais ! J'ai fait deux ans de Vietnam sur F. 4. Napalm et roquettes. J'en avais marre de tuer des pauvres nia-qué. Ici, on se fait chier, mais on ne tue personne... Je pilote une vieille caisse. Un DC 3.

1. En plein bordel.

Quand il y a de l'essence. On se pose n'importe où ; on transporte n'importe quoi. Tout ce qui paie. C'est un général cambodgien qui possède la compagnie. Il fait un blé fou, en laissant les Khmers rouges couper une route... Ensuite, il assure, par air, le ravitaillement de la ville encerclée. Au prix fort, bien entendu. Et, en plus, il oublie de me payer...

Il s'arrêta d'un coup, comme s'il en avait trop dit. Malko ne perdait pas un mot. Techniquement, Hal Davidof faisait sûrement l'affaire. Mais pour le reste...

Le jeune Américain tira un chilom[1] de sa poche, l'alluma et commença à fumer avec volupté. L'odeur fade de la ganscha se répandit aussitôt dans l'air tiède. Les yeux bleus de Hal Davidof se posèrent sur Malko. Surpris et perplexes.

– Vous êtes dans quoi ?

– Les réfugiés, fit Malko. U.S. Aid.

Hal Davidof fit claquer sa langue d'un air entendu.

– Je vois.

Malko semblait avoir perdu soudain tout intérêt pour lui. Il se pencha sur les figurines du jeu d'échecs... Un photographe bardé d'appareils et couvert de poussière rougeâtre, retour du front, s'arrêta près d'eux. Hal leva les yeux sur lui, sans sourire.

– On m'a volé mes cookies, annonça-t-il d'un ton menaçant...

L'autre secoua la tête, compatissant.

– C'est pas chouette, fit-il. Ça doit être une Ti-Ba.

Hal grommela entre ses dents.

– Ti-Ba, mon cul.

Prudent, le photographe s'éloigna dans un cliquetis d'appareils. Malko décida de plonger.

– J'ai une offre à vous faire, dit-il. Qui peut vous faire gagner pas mal d'argent.

1. Pipe à haschich.

Le pilote leva un regard totalement indifférent. Vaguement ironique.

– Nope, Ça ne m'intéresse pas. Je vis avec ce que j'ai. Merci.

Il replongea la tête dans ses échecs.

Malko furieux, essaya de dissimuler sa déception. Il se retourna, aperçut Monivanh qui lui adressa un sourire d'encouragement, plongée dans une mystérieuse discussion avec Ti-Nam.

Hal Davidof leva la tête.

– Ti-Nam !

Abandonnant Monivanh, la Vietnamienne accourut docilement. Ce dernier lui parla à l'oreille. Elle lui répondit en chuchotant. Discrètement, Malko abandonna la partie d'échecs et rejoignit Monivanh.

Cela dura plusieurs minutes. Malko regrettait de ne pas avoir accepté l'invitation de Maddevi Shivarol. Il perdait son temps. Ti-Nam revint vers eux. Il y eut une courte discussion animée en cambodgien avec Monivanh. Puis, la Vietnamienne proposa à Malko :

– On va dîner tous les quatre.

Malko n'en voyait pas l'utilité.

– Je n'en ai pas très envie, dit-il.

– Hal, number one, fit-elle avec énormément de conviction.

Malko préféra ne pas répondre. Il perçut les éclats de la voix aigre de Ti-Nam.

Elle et Hal Davidof n'avaient pas l'air d'accord...

Ti-Nam s'écarta du jeune Américain, vint coller sa petite bouche à son oreille et chuchota :

– Monivanh a oublié de te dire. Le général pour qui travaille Hal, c'est Oung Krom. Et il a « beaucoup sweat » avec lui.

***

Méthodiquement, Hal Davidof engloutissait les lamelles graisseuses et craquantes du canard laqué. Comme s'il arrivait du Biafra. Il faisait sans cesse tourner le centre pivotant de la table, pour piocher dans un des plats. Entre chaque bouchée, religieusement, il tirait une bouffée de sa cigarette. Avec une sollicitude méticuleuse, en oubliant de manger, Ti-Nam vidait inlassablement des cigarettes Fortune de leur tabac pour les remplir de ganscha et les tendre au fur et à mesure à son amant. Sans même fumer. Monivanh se pencha vers Malko, hilare.

– Ganscha « number one ». One dollar, one kilo.

C'était cela la vraie démocratie. L'opium enfin à la portée du Peuple.

Comme tous les bons restaurants chinois, le Thai-San n'avait pas de salle commune, mais des petits salons au premier étage, agréablement climatisés. Évidemment, le service se ressentait du couvre-feu. À partir de 8 h et demie, les garçons avaient commencé à les gaver comme des oies. Pour être à neuf heures chez eux.

Malko surveillait Hal Davidof. À chaque cigarette de ganscha, le jeune hippie se détendait un peu plus.

Il acheva le canard laqué, rota, et demanda d'un ton badin à Malko.

– Pourquoi vous travaillez pour la CIA ?

Au moins, c'était direct. Malko crut à une plaisanterie.

– Je vous ai dit U. S. Aid, protesta-t-il.

– C'est pareil, fit joyeusement Hal. Comme South-East Asia Air transport. Ils voulaient que je travaille pour eux. Balancer des parachutages aux partisans... trop dangereux.

– Même si je travaillais pour la CIA, remarqua Malko, je ne vous le dirais pas.

Hal Davidof haussa les épaules.

– De toute façon, je n'en ai rien à foutre. C'est votre business.

De nouveau cela semblait mal engagé... Malko décida de prendre le taureau par les cornes.

– Vous n'êtes toujours pas intéressé par un job ?

– Non.

Les yeux dorés de Malko se rivèrent dans ceux de Hal Davidof.

– Même si c'est pour causer de sérieux ennuis au général Oung Krom ?

L'Américain en oublia de tirer sur sa cigarette. Fixant Malko comme un lapin hypnotisé par un cobra. La cigarette lui brûla les doigts. Il la lâcha avec un juron, demanda :

– Vous êtes sérieux ?

– Mortellement sérieux, fit Malko.

Hal Davidof n'hésita que quelques secondes, avant de se tourner vers Ti-Nam.

– Prenez un pousse toutes les deux. On vous rejoint au « Diplomate Club ».

Les deux filles se levèrent sans protester, et sortirent. Asiatiquement dociles. Hal Davidof fixa Malko de ses gros yeux bleus et froids.

– O.K. Dites-moi ce que vous voulez.

– Je cherche quelqu'un qui sache piloter un T. 28, pour une opération de courte durée et sans grand risque. Je fournis la machine.

Hal Davidof se renversa en arrière, alluma une cigarette de ganscha et murmura, l'air ravi.

– Un T. 28, hein... Et, ça se passerait loin ?

– Non.

– Dans Phnom Penh ?

– Oui.

Un ange passa, les ailes chargées de bombes. Hal Davidof ressemblait à un joueur de poker qui vient de tirer une quinte flush. Malko avança encore un peu :

– Vous seriez capable de faire décoller un T. 28 d'une route ?

L'Américain haussa les épaules.

– C'est pas plus difficile que d'arracher un D.C. 3 pourri plein de cochons noirs qui se baladent dans la cabine, sous les mitrailleuses communistes.

– Dans ce cas, dit Malko, je crois que nous pourrions nous entendre...

Hal fuma toute sa cigarette sans dire un mot. Enfin, il se décida :

– Avant tout, je vais vous dire un truc. Cette ordure de Krom ne m'a payé que deux mois. Contre lui, je n'ai aucun recours. Il peut me faire virer du Cambodge en cinq minutes si je gueule. Alors, je lui ai piqué quelques petites pièces sur un D.C. 6 cargo qu'il possède de moitié avec un général vietnamien. Assez pour l'empêcher de voler. Que je lui rendrai contre le fric qu'il me doit. Jusqu'ici, cela ne le gênait pas, il n'y avait pas d'essence pour les vols civils. Maintenant, il y en a. Et ça l'emmerde.

Je lui ai envoyé Ti-Nam pour discuter. Il ne veut toujours pas me payer. Au contraire, il fait venir de Saigon, un type pour me flinguer. Un professionnel envoyé par son associé, le général vietnamien. Alors, voilà mon deal : vous recevez ce gars et je vole pour vous.

C'était inattendu.

Hal, honnête, se pencha à travers la table.

– Attention ! c'est pas un enfant de chœur. Il vous flinguera avant que vous ayez le temps de dire ouf, s'il sent un coup fourré. Ce que je veux, c'est que VOUS le flinguiez !

Le général Krom comprendra et me filera mon pognon...

Malko scruta le regard bleu posé sur lui. Hal

était sérieux. Et il sentait que c'était à prendre ou à laisser.

– C'est entendu, s'entendit-il dire.

Mentalement, il demanda pardon à ses ancêtres.

Lui, Altesse Sérénissime, authentique Prince, se trouvait ravalé au rang de tueur à gages !

Hal avala une bouffée de ganscha à remplir le salon d'éléphants roses.

– O.K., dites-moi votre histoire. Dans dix minutes, ce restaurant va fermer.

Malko lui expliqua exactement ce qu'il attendait de lui. Les yeux de Hal Davidof pétillaient de joie. Il arrêta Malko d'un geste :

– Si je descends si bas, fit-il, ils sauront tout de suite que c'est pas un gars de chez eux.

– Tant pis, fit Malko.

– Quand j'ai lâché mes crottes, qu'est-ce que je fais avec mon T. 28 ?

– On vous donnera le point de rencontre, expliqua Malko. Un hélicoptère vous attendra au sud de Kompong-Som, au-dessus du golfe du Siam. Vous abandonnerez l'appareil et serez recueilli immédiatement. L'appareil vous ramènera à Pochentrong. Vous serez au « Phnom » pour l'heure du thé.

Hal hocha la tête.

– Ça semble coller. Mais ces T. 28, c'est une vraie vacherie, on se demande comment ils volent encore.

– Celui-là volera bien, assura Malko.

Le garçon entra, avec l'addition. Il était près de neuf heures. Malko abandonna une énorme liasse de riels et ils se levèrent.

– On ne va pas se coucher tard, grommela Hal. Demain, je vole à sept heures sur Kampot.

***

– Tic-Tic, no sweat [1], murmura Monivanh à l'oreille de Malko.

La Chinoise faisait un numéro de ventouse digne d'éloges. Malko, depuis sa conversation avec Hal Davidof, avait repris du poil de la bête. Il avait envie de Monivanh et cela mettait visiblement la Chinoise en joie.

En plus, c'était une alliée merveilleuse. Hal et Ti-Nam étaient partis se coucher depuis longtemps.

Le « Diplomatic Club » était toujours une fournaise. Et toujours aussi noir. Ils sortirent. On entendait les éternelles détonations dans le lointain.

Ils s'entassèrent dans la vieille Austin de Monivanh. Malko, de nouveau, éprouva une impression étrange en traversant cette ville totalement déserte, comme abandonnée. Monivanh conduisait à toute vitesse. Ils passèrent plusieurs groupes de soldats qui ne les arrêtèrent même pas.

Tout en conduisant, Monivanh avait posé sa tête sur l'épaule de Malko.

Le portail du « Phnom » était fermé. Monivanh descendit l'ouvrir, avança jusqu'au fond du parking. Mais il n'y avait pas de place. Elle fit signe à Malko de descendre, puis recula par l'avenue Monivong. Malko contempla le ciel plein d'étoiles.

Quelque chose bougea dans l'ombre, du côté des bungalows. Croyant que c'était l'employé qui montait la garde près de la piscine la nuit, il n'y prêta d'abord pas attention.

Puis il aperçut une masse sombre filer vers lui, au ras du sol. Phuong, l'araignée humaine. Il entra dans la zone de lumière et Malko vit briller une lame.

Monivanh poussa un cri perçant.

1. On va faire l'amour.

CHAPITRE VIII

Phuong avançait comme une araignée venimeuse, au ras du sol, sans qu'on voie très bien de quelle façon il se déplaçait. Le premier réflexe de dégoût surmonté, Malko se dit qu'en dépit du poignard, il allait facilement en venir à bout.

Ce n'était quand même qu'un infirme terriblement diminué.

Quand Phuong ne fut plus qu'à un mètre de lui, il envoya le pied, visant la tête, espérant l'assommer. Mais il ne rencontra que le vide. L'infirme avait esquivé avec une habileté incroyable. Il pivota sur lui-même et, tout à coup, Malko sentit ses jambes prises dans un étau. Se servant de sa jambe gauche déformée, recourbée en croc, Phuong lui appliquait une prise de judo !

Malko tomba en arrière, se reçut sur les mains. Aussitôt, Phuong fut sur lui. Ses muscles avaient la dureté de l'acier. Il immobilisa la tête de son adversaire, dans le creux de son coude gauche. Malko sentit la puanteur des haillons jamais lavés, vit le poignard partir inexorablement vers sa gorge. D'un effort désespéré, il réussit à se déplacer de quelques centimètres : la lame tailllada le col de sa chemise et la peau de son cou, lui causant une sensation de brûlure. Le bras lui comprima les carotides, un voile noir passa devant ses yeux.

Une seconde plus tard, un maelstrom fonça vers eux. Monivanh entrait dans la bataille. Avec un cri sauvage, elle surgit derrière Phuong, l'attrapa par les cheveux et, enserrant son cou de son bras droit, lui appliqua un étranglement d'une brutalité inouïe ! Phuong grogna, lâcha Malko. Celui-ci roula sur lui-même dans le gravier, étourdi.

Phuong et Monivanh luttaient farouchement, dans un entrelac confus de membres, avec des exclamations rauques. Elle avait forcé l'infirme à lâcher son poignard. Le visage crispé, un rictus tordant sa grosse bouche sensuelle, elle étranglait Phuong avec application. C'était horrible et fascinant. L'infirme semblait condamné. Soudain, prenant appui sur ses avant-bras, il sauta littéralement en l'air, à près d'un mètre de hauteur !

Surprise, Monivanh lâcha prise.

Phuong s'écarta de quelques mètres, mais loin de s'enfuir, fit face avec un cri haineux, les bras tendus en avant dans la position du karaté, les poings fermés.

Plus venimeux que jamais.

Mais Monivanh ne se laissa pas impressionner. Elle attaqua à coups de pieds précis, frappa un des poings tendus, envoya une pointe dans la poitrine de l'infirme, ratant la gorge. Phuong rendait coup pour coup, et même, recommença à avancer, repoussant Monivanh vers la piscine ! Malko tournait autour d'eux, désarmé par cette lutte féroce, ne sachant comment intervenir.

Lorsque Malko reprit connaissance, Monivanh contre-attaquait dans un moulinet de coups de pieds et de poings d'une précision mortelle. À son tour, Phuong recula vers la piscine. La Chinoise lui coupa aussitôt le chemin de la sortie. Elle voulait le noyer !

Phuong reculait centimètre par centimètre. Sa respiration sifflante montrait sa fatigue. Il avait pourtant une résistance incroyable.

Le ballet de ses membres grêles s'accéléra soudain. Il parvint à repousser Monivanh d'un mètre. Aussitôt, il prit son élan et, d'un bond de chat, sauta sur le capot d'une voiture américaine garée dans le parking ! Bien calé contre le pare-brise, il attendit la Chinoise, les poings en avant, enfin à sa hauteur, débarrassé du handicap de ses jambes mortes.

Monivanh attaqua aussitôt, cherchant à faire basculer l'infirme, le frappant à toute vitesse pour saisir une de ses jambes.

Elle arriva à saisir un pied, le tordit, tira, arc-boutée sur le gravier de toutes ses forces. Phuong n'attendait que cela. Avec un cri sauvage, il abattit ses deux mains nouées sur la nuque de la Chinoise, comme un marteau.

Monivanh recula, étourdie, à demi assommée, tournant sur elle-même, avec des moulinets défensifs. Phuong profita du répit, d'un bond souple, ressauta par terre, fila au ras du sol et disparut par la grille donnant sur l'avenue Monivong. Malko avait encore des éblouissements. Monivanh, appuyée à une voiture, soufflait bruyamment. Elle rejoignit Malko, l'interrogeant d'un ton inquiet.

– No sweat ? No sweat ?

– No sweat, affirma Malko, flageolant encore sur ses jambes.

Monivanh cracha un mélange de salive et de sang.

– Phuong number ten ! affirma-t-elle avec force.

Malko aurait même été jusqu'à vingt !

Cette attaque sauvage l'avait pris par surprise. Dans la même journée, c'était la seconde fois que le général attaquait. Son pied heurta un objet métallique. Il se baissa et ramassa l'arme abandonnée par le tueur. Une baïonnette plate et large de M. 16 dont on avait effilé les deux tranchants. Une arme terrible. Il décida de la garder en souvenir. À côté des épées de ses ancêtres.

Monivanh s'écria soudain :

– Beaucoup *sweat, here*, beaucoup *sweat* !

Malko passa la main sur son cou et la retira gluante de sang... Il coulait sur sa poitrine, trempant sa chemise de voile.

– C'est O.K., dit-il.

Ils gravirent le perron du « Phnom ». Les employés jouaient aux dames dans le hall comme tous les soirs, semblant n'avoir rien entendu de la bataille sauvage du jardin. Monivanh en interpella un et lui parla longuement en cambodgien. Il abandonna sa partie à regret, tandis que la Chinoise et Malko se dirigeaient vers l'ascenseur. La Chinoise avait une grosse boursouflure sur la tempe et son T-shirt était déchiré. C'étaient les seules marques apparentes de la bataille contre Phuong.

***

Sans un mot, le serveur posa son plateau sur la table basse. Malko se demanda pourquoi Monivanh avait demandé du thé à cette heure tardive. Il avait plutôt envie d'une bonne vodka... ou d'un magnum de Dom Pérignon. Mais Monivanh accomplissait peut-être un rite... Elle vint vers lui et le poussa vers le lit, avec un sourire.

– Tic-tic, *no sweat*[1].

Amusé, Malko se laissa faire. Monivanh avait la force et la dextérité d'une infirmière major. Elle l'eut déshabillé en un clin d'œil.

Tendrement, elle tamponna l'estafilade de son cou.

1. On va faire l'amour, pas de problème.

Puis se déshabilla à son tour. Elle était couverte de meurtrissures ! Quand Malko l'effleura, elle sursauta, son visage se renfrogna.

– Phuong beaucoup sweat, affirma-t-elle, sombrement.

Il prit conscience de la largeur de ses épaules, des muscles qui jouaient sous la peau mate et très claire. Elle avait des cuisses de coureur cycliste, un corps incroyablement musclé. Pas étonnant qu'elle ait tenu tête à Phuong. Mais maintenant, agenouillée, les mains sur ses cuisses, elle contemplait Malko avec adoration.

– Toi, beaucoup *butterfly* ! annonça-t-elle gravement.

Ce qui, dans son jargon, signifiait que Malko devait avoir de nombreux succès féminins.

Elle commença à couvrir son corps de baisers légers, revenant sur sa blessure, descendant jusqu'à son ventre sans insister, comme si ce n'était pas encore le moment. Elle s'amusa à frotter son torse contre le sien, et il sentit les pointes de ses petits seins durcir. Elle tournait autour de lui, à genoux sur le lit, comme autour de Phuong, un peu plus tôt.

Mais pas du tout animée des mêmes intentions. Malko ferma les yeux. À travers les volets, il entendait la canonnade nocturne habituelle. La bouche de Monivanh s'empara de lui, avec une douceur infinie. Millimètre par millimètre. Puis elle changea, s'installa à califourchon, s'empala avec une lenteur calculée. Il ouvrit les yeux, croisa son regard rieur. Il voulut la garder en lui, mais elle s'esquiva, lui offrit de nouveau sa bouche, avec un mouvement tournant qui arracha à Malko un grognement de plaisir. Sentant sa tension, Monivanh interrompit sa caresse, inquiète :

– *Number one ?*

– *Number one*, affirma Malko.

Rassurée, elle reprit son apostolat, utilisant les

ressources de sa bouche charnue, avec la délicatesse d'un chat, en une caresse presque impalpable, maintenant Malko au bord de l'explosion. Une fraction de seconde, l'idée l'effleura qu'elle avait envie de se faire violer...

De nouveau, elle l'abandonna, comme pour désamorcer son désir. Surpris, Malko ouvrit les yeux.

– *No sweat, no sweat,* assura Monivanh. Come back.

Il referma les yeux. Ce cérémonial minutieux et insolite finissait par être frustrant. De nouveau, il penchait furieusement pour le viol. Il regarda Monivanh : sa bouche épaisse semblait avoir doublé de volume.

Elle sauta hors du lit, courut vers la porte, éteignit !

– *No sweat!* assura la Chinoise dans le noir.

Cela devenait de plus en plus mystérieux.

Il entendit des bruits de porcelaine, se demanda ce que la Chinoise préparait.

Elle revint vers lui. Dans l'obscurité, il devinait à peine sa silhouette. À ses frôlements, il sentit qu'elle s'agenouillait, entre ses jambes qu'elle écarta doucement mais fermement. De nouveau, sa bouche l'engloutit, comme pour s'assurer qu'il n'avait rien perdu de son désir. Une fois de plus, elle l'abandonna au bord de l'explosion. Frustré, horriblement, il allait se laisser aller à une extrémité regrettable lorsque Monivanh chuchota :

– Tic-tic. *Number one* !

Il sentit aussitôt la porcelaine d'une tasse appuyer sur l'intérieur de ses cuisses, puis la sensation d'un liquide chaud sur ses testicules !

Monivanh tenait d'une main ferme la tasse de thé entre ses jambes. L'impression était extraordinaire. D'abord déroutante, puis étrangement agréable. Il poussa un grognement involontaire.

Monivanh venait de reprendre sa caresse. Mais cette

fois sa bouche était pleine de thé chaud ! Avec application, sans laisser échapper une seule goutte du liquide, elle accélérait son mouvement. Diaboliquement. Malko s'entendit crier. Le thé agaçait ses terminaisons nerveuses, multipliait les sensations. Malgré lui, ses reins décollaient du lit, allant au-devant de la caresse.

Il ne put, hélas, prolonger longtemps son délicieux supplice. Toute la tension qu'il avait accumulée se libéra d'un coup. Il explosa dans la bouche de la Chinoise, longuement, dans un réflexe incoercible, secoué de spasmes exquis. Soudée à lui, Monivanh l'avalait, mêlé au thé.

Lorsqu'il retomba, vidé, au physique et au moral, elle le libéra enfin, retira délicatement la tasse de thé et en but le contenu d'un coup.

Malko avait l'impression de sortir d'une merveilleuse essoreuse. Insatiable, Monivanh s'étendit sur lui et d'une habile reptation l'introduisit en elle.

Il était tellement excité qu'il n'eut pas l'impression d'avoir joui. À nouveau la muqueuse élastique de la Chinoise le serra, l'aspira comme une bête vivante, l'amenant, en un temps record à un nouvel orgasme. Il s'immobilisa le cœur cognant dans la poitrine, avec l'impression qu'elle avait extirpé de lui ses ultimes parcelles d'érotisme. Tout doucement, elle chuchota :

– Tic-tic, *number one* ?

Presque avec timidité.

Flirtant avec l'infarctus, Malko était incapable de répondre. C'était encore plus éprouvant que le combat avec Phuong... Monivanh avait vraiment des ressources très diversifiées. Elle savait peut-être même faire la cuisine...

Ils restèrent silencieux un long moment, écoutant les explosions lointaines. Puis Monivanh commenta fièrement.

– *Taiwan blow-job number one*[1]. Beaucoup *japanese come Taiwan.*

Malko se dit qu'honnêtement, on ne pouvait blâmer les Japonais d'apprécier ce thé de l'harmonie totale. Certains de ses amis auraient même gagné Formose à la nage, pour être à même de l'apprécier.

– C'est à Formose que tu as appris cela ? demanda-t-il.

Monivanh rit :

– *No, no.* Apprends toute seule. *No sweat.*

Malko avait l'impression d'avoir rajeuni de vingt ans... Monivanh, appuyée sur un coude, ses yeux soudain graves expliqua laborieusement :

– Avant, Monivanh beaucoup *butterfly*. Toi beaucoup *butterfly*. Maintenant Monivanh pas *butterfly*. Toi pas *butterfly*.

C'était, dans son jargon charmant une déclaration d'amour.

Il l'attira et la serra contre lui. Touché. Maintenant que le plaisir s'estompait, il commençait à repenser à ses problèmes. À la façon d'affronter le tueur venu de Saigon. Condition sine qua non à la poursuite de sa mission.

Il allait être obligé de redoubler de prudence. Jamais deux sans trois. Après Phuong, le général Krom enverrait d'autres tueurs.

Il ferma les yeux. Monivanh se colla contre lui. Une rafale de mitrailleuse lourde crépita lentement de l'autre côté du fleuve. Monivanh chuchota dans le noir :

– Demain, beaucoup *sweat*.

Ils pensaient à la même chose.

***

1. C'est bon, la pipe de Formose !

Le capitaine Shivarol n'arrivait pas à dormir. D'abord son nez le faisait horriblement souffrir. À l'hôpital Calmette, la radio avait diagnostiqué une fêlure du cartilage. Mais ce n'était pas sa seule cause d'insomnie. Il pensait et repensait à la scène avec Douglas Frankel. Pesant le pour et le contre. Maintenant que la peur de la mort immédiate s'était un peu calmée, il voyait les faits plus lucidement.

Maddevi bougea et se retourna. Il ne lui avait pas soufflé mot de l'histoire, racontant qu'il avait raté son atterrissage et heurté la bordure métallique de son cockpit. Elle n'avait fait aucun commentaire.

C'était tentant de se retrouver à la tête de l'armée de l'air cambodgienne, aussi réduite soit-elle. Il savait que Doug Frankel était assez puissant pour tenir sa promesse. Si tout se passait bien, il n'aurait qu'à rester caché quelques jours, le temps que le changement de gouvernement ait lieu. Ensuite, on le considérerait comme un héros.

La perspective d'empocher 10 millions de riels effaçait également beaucoup de ses angoisses. De nouveau, il se mit à penser à Liz Frankel avec concupiscence. Échafaudant un plan joignant l'utile à l'agréable. Soudain, un Tokay[1] commença son étrange cri, quelque part dans les poutres de la maison.

Soudain alarmé, le capitaine Shivarol se mit à compter les cris. Cela alla jusqu'à sept, puis s'arrêta.

Il fit la grimace dans le noir. Très mauvais présage. Comme tous les Khmers, il était horriblement superstitieux. Il décida d'aller le lendemain brûler des bâtonnets d'encens à la pagode. Et de consulter un devin, le jour où devait avoir lieu l'opération.

1. Gros lézard.

***

L'opium grésillait doucement au-dessus de la lampe. La sueur aux tempes, Doug Frankel attendait avidement que la petite boulette brune ait gonflé, pris des teintes irisées.

Kak, le vieux boy, l'inséra habilement dans le fourneau de la pipe et la tendit à l'Américain. Celui-ci colla l'embout à ses lèvres minces et aspira. Jusqu'au bout. La paix redescendit en lui. Brusquement le fantôme de Liz ne fut plus qu'une forme impalpable, perdue dans un autre monde, dénicotinisée...

Pour se tester, il essaya de l'imaginer faisant l'amour avec Shivarol, mais il n'éprouva rien. Comme s'il s'agissait d'une étrangère. Il devait en être à vingt pipes. En rentrant de son rendez-vous avec Malko, il avait trouvé Liz. Ils avaient dîné en silence, servis par la boyesse, faisant l'effort d'échanger des banalités. Pendant tout le repas, Douglas Frankel n'arrivait pas à chasser de son esprit la vision de sa femme écartelée, offerte à Shivarol.

Elle était partie se coucher, après lui avoir dit bonsoir d'une voix étrangement douce. Doug avait eu l'impression fugitive que s'il la suivait, elle ne se refuserait pas à lui.

Mais il n'avait pas pu. Il lui fallait d'abord quelques pipes d'opium pour exorciser ses fantômes... Il était sorti de l'appartement avec un sourire pour le troufion au M. 16 qui veillait vaguement sur le palier. À la main, son walkie-talkie « de soirée ». Un appareil muni d'un récepteur téléphonique et d'une grosse poignée le rendant plus facile à porter. Il devait le prendre jusque dans la fumerie. Ce qui faisait beaucoup rire les Cambodgiens...

Il garda la fumée le plus longtemps possible dans ses

poumons, puis la rejeta lentement. Il se sentait transparent, ailleurs, différent.

Lourdement, il se releva du bat-flanc, remit ses lunettes, se tamponna le front. Le boy leva un regard interrogateur.

– Y en a fini ?

– Y en a fini.

Encore étourdi, il jeta une poignée de riels à Kak et sortit. Après l'atmosphère moite de la fumerie, la fraîcheur relative de la nuit lui fit du bien. Il avait envie de marcher, bien que cela fût dangereux : les piétons étaient automatiquement considérés par les soldats gouvernementaux comme des Khmers rouges.

Il fit quelques pas dans la ruelle au sol défoncé, rejoignit une rue plus large totalement déserte, qui se jetait plus loin dans l'avenue Charles-de-Gaulle. Une des rares à ne pas avoir été débaptisée. Il n'était pas très loin de chez lui. Peu à peu l'air tiède dissipait les vapeurs les plus épaisses de l'opium.

Il s'arrêta et urina longuement contre une palissade de bois. Se demandant si un jour il trouverait la paix, comme ces vieux bonzes qu'on voyait des heures immobiles au pied de la pagode, perdus dans une méditation éternelle. Il se mit à penser au général Krom. Cette lutte feutrée et féroce le passionnait. Tous les coups étaient permis et cela finirait probablement par la mort d'un des deux adversaires. Doug Frankel ne craignait pas la mort. Il savait que ce n'était qu'un éblouissement passager et parfois même pas douloureux, avec ensuite, une paix qui n'en finirait pas...

Souvent, il avait scruté les yeux et les visages des morts pour essayer de savoir... Mais il n'avait vu la plupart du temps qu'une surprise figée. Douglas Frankel jura soudain !

– God damn it !

Il avait oublié son walkie-talkie dans la fumerie !

Il revint sur ses pas. Pourvu qu'on ne lui ait pas volé ! Si l'appareil tombait entre les mains de Khmers rouges, le responsable du dispatching allait être ivre de rage.

Il tournait le coin de la ruelle quand la porte de la fumerie s'ouvrit. Il s'immobilisa instinctivement. Kak surgit de la porte basse. Mais il n'était pas seul. Derrière lui, au ras du sol, se profilait l'abominable silhouette de Phuong. Celui-ci houspillait le vieux boy, l'injuriant d'une voix aiguë. Doug Frankel était trop loin pour comprendre les paroles.

L'Américain recula dans l'ombre. Brusquement ramené à la réalité. Phuong travaillait pour le général Krom. Que faisait-il avec son boy ?

L'étrange couple s'éloigna dans la direction opposée. Lentement, l'infirme tournait comme une toupie d'horreur autour du vieux boy, qui traînait les pieds autant que faire se pouvait. Empruntant des petites rues, ils se dirigèrent vers le sud de la ville. Derrière eux, Doug Frankel leur emboîta le pas silencieusement.

Ils marchèrent pendant près d'une demi-heure. Tout à coup, trois soldats surgirent d'une encoignure, barrèrent la route à l'infirme et au boy. Doug s'effaça dans l'ombre. Ce n'était pas le moment d'exhiber son laissez-passer. Il suivit la discussion de loin, vit l'infirme tirer de ses hardes un papier qu'il montra au soldat, entendit les criailleries habituelles, avant que le couple insolite ne se remette en route. Il se décolla de sa cachette, dès que les soldats se furent éloignés.

Un peu plus loin, ils traversèrent l'avenue Monivong pour s'engager dans une rue perpendiculaire à la grande avenue. Trois cents mètres plus loin, se dressaient les premiers barbelés protégeant Chamcar-Mon. C'est sûrement là que Phuong amenait le vieux boy. Inutile de demander pourquoi... Krom avait envie d'être au courant des derniers potins. Les lèvres minces de Douglas Frankel se serrèrent en un sourire cruel. C'était à son tour d'envoyer un message à son adversaire.

Ne se cachant plus, il avança en pleine lumière, faisant volontairement crisser ses semelles sur l'asphalte. Kak se retourna le premier, s'immobilisa. Phuong l'imita. Les deux hommes ne purent reconnaître l'Américain que cent mètres plus loin. Le boy demeura paralysé, mais Phuong comprit aussitôt. Il se mit à fuir à une vitesse incroyable vers les barbelés, essayant d'alerter les soldats par des cris aigus... Doug Frankel se baissa, saisit dans la gaine de son mollet son 357 Magnum et démarra aussitôt. Kak était resté cloué sur place.

Douglas Frankel rattrapa Phuong vingt mètres plus loin. L'infirme fit face, les yeux démesurément agrandis, les bras en avant, les poings fermés. Il poussa un sauvage cri de karaté, dérisoire, en face du revolver de l'Américain.

Doug Frankel étendit le bras, tira quatre balles en succession rapide, dans le torse de l'infirme. Rejeté en arrière par les impacts, Phuong roula dans le fossé, avec un cri inhumain, secoué de spasmes réflexes.

Surmontant son dégoût, Doug Frankel se pencha sur lui, tâtonna dans les hardes déjà gluantes de sang et trouva le walkie-talkie. Il entendit des cris du côté de la caserne et une rafale de M. 16 balaya la rue. Les soldats se réveillaient... Doug Frankel s'aplatit dans le fossé, recula vers l'autre extrémité de la rue. Une nouvelle rafale claqua, suivie d'un hurlement. Kak avait été touché. L'Américain vit son corps tressauter sous les balles de M. 16. Il avait été tué sur le coup. L'Américain plongea dans une ruelle, s'éloigna en courant. Il connaissait les habitudes des soldats. Ils ne s'aventureraient pas hors de leur poste avant plusieurs minutes, le temps qu'un M. 113 fasse une sortie.

Il tourna le coin de la rue, essoufflé et s'arrêta quelques secondes. Prenant dans sa poche des cartouches, il rechargea le Magnum, referma le barillet et le remit en place. Puis, il s'éloigna vers Monivong, prenant soin de marcher au milieu de la rue.

Le général Krom allait être furieux. Mais, lui, avait perdu le meilleur boy-pipe de Phnom Penh.

L'un compensait l'autre.

***

Malko n'arrivait pas à chasser de son esprit le rendez-vous mortel avec le tueur venu de Saigon. Le téléphone grelotta pitoyablement.

C'était la voix zozotante de Doug Frankel.

– Je suis en bas, à la piscine, annonça l'Américain. Je vous ai commandé un café. Il y a du nouveau.

Monivanh avait disparu. D'elle, il ne restait que le plateau de thé et la tasse froide. Malko sourit en pensant à l'acharnement érotique de la jeune Chinoise.

Il s'habilla rapidement, glissa son pistolet extra-plat dans son attaché-case et le prit avec lui. Quoique à Phnom Penh, il puisse se promener avec un M. 16 sans attirer l'attention. Le M. 16 était aussi courant qu'un parapluie.

Les boys se levèrent avec un ensemble touchant lorsqu'il passa dans le couloir.

Bien qu'il ne fût pas neuf heures du matin, Douglas Frankel semblait déjà fripé. Ses yeux étaient presque fermés derrière ses lunettes. Sa voix était encore plus âpre que d'habitude.

– Phuong ne viendra plus nous ennuyer, annonça-t-il.

Il raconta à Malko ce qui s'était passé. Ce dernier, à son tour, raconta sa soirée. Et le « contrat » qu'il avait passé avec Hal Davidof. L'Américain hocha la tête, approbateur.

– Bravo ! Il fallait un type comme vous pour dégeler Haï. Il est bizarre. Maintenant que nous avons nos deux pilotes, il faut entrer en contact avec l'Autre Côté.

– C'est indispensable ? demanda Malko.

Doug Frankel eut un sourire rusé.

– Il faut tout prévoir. Pas question que la « company » puisse être accusée. Donc, la radio du G.R.U.N.K.[1] va annoncer que l'appareil ayant attaqué Chamcar-Mon a été se poser à Kratie. Personne n'ira le chercher là-bas, ni vérifier...

Doug Frankel était enchanté. Malko moins.

– Les Khmers rouges vont demander une compensation ?

L'Américain hocha la tête.

– Sûrement ; cela va se négocier. Comme tout ici. Au pire, ils vont demander des obus de 105 et de l'essence. De toutes façons, ils les auraient eus. Alors...

Il se leva.

– Allons-y. Vous allez faire connaissance de mon ami le colonel Lean qui commande la Police Spéciale.

Malko suivit. Perplexe. C'était étonnant de voir le chef de la CIA à Phnom Penh se rendre tranquillement à un rendez-vous avec des Khmers rouges, chez le commandant de la police politique chargée de les traquer.

Quand il fut dans la Fury blindée de Frankel, il dit :

– Il y a quand même un petit détail à régler. Ce tueur qui vient de Saigon...

Douglas Frankel eut un sourire venimeux.

– Vous allez le tuer. Comme convenu.

1. État-Major des Khmers rouges.

CHAPITRE IX

Au moment où le colonel Lean ralentissait pour tourner à droite dans la voie 1101, une rue non pavée, un pousse qui roulait devant la BMW du Cambodgien fit un brusque écart à gauche, se jetant pratiquement sous les roues ! Le chef de la police spéciale se dressa sur ses freins en jurant. Le pare-chocs avant de la voiture frôla l'arrière du pousse. Paisiblement, le conducteur poussa sur ses pédales et reprit sa droite. Lorsqu'il dépassa le cyclo-pousse, Malko s'attendait à ce qu'il le tue ou qu'il le couvre d'injures.

Pas du tout. Les deux hommes échangèrent au contraire un sourire entendu !

– Nous avons failli l'écraser, remarqua Malko.

D'une voix douce, le colonel Lean commenta :

– Il a fait un écart pour ne pas écraser une fourmi ou un insecte. Il a eu une vision. Un esprit lui a soufflé que l'être minuscule était la réincarnation d'un saint bonze. Alors il aurait préféré se faire écraser lui-même, que de le toucher ! Cela arrive souvent. »

Le pousse « hanté » se perdit dans l'avenue encombrée et le colonel Lean tourna à droite, sans écraser de bonze réincarné.

Étrange Cambodge. Malko se remémora ce que Frankel avait dit du colonel Lean :

– Attention, il est méchant comme une teigne...

Méchant peut-être. Mais en tout cas superstitieux. Ils filèrent le long de la 1101, un chemin non asphalté, plein de trous, bordé de maisons sur pilotis, encombré d'enfants. Tout le contraire d'un quartier résidentiel.

Comme aux U.S.A. les rues, à Phnom Penh, n'avaient que des numéros.

Un kilomètre plus loin, au coin de la voie 809, le Cambodgien freina.

– Nous sommes arrivés, annonça-t-il.

***

La villa du colonel Lean évoquait plus la ligne Maginot que le château de Versailles. Dans un souci louable d'esthétique, on avait installé une forêt de plantes vertes sur les rangées de sacs de sable protégeant le grand balcon. Mais les fenêtres étaient obturées par des empilements de sacs verdâtres, de petits bunkers flanquaient gracieusement les quatre coins de la bâtisse, des réseaux de barbelés recouvraient les fleurs du jardin. Sans parler des soldats couverts de grenades formant un cordon infranchissable autour du mur de la villa.

Malko se dit que le colonel devait dormir avec un casque et un gilet pare-balles... Pour l'instant, il semblait parfaitement détendu, pourtant. Il ralentit, donna un petit coup de klaxon et les soldats se précipitèrent pour ouvrir la grille.

Le colonel Lean qu'ils avaient été retrouver dans le petit building du ministère de l'Intérieur avait insisté pour que Doug Frankel laisse sa « Fury » blindée. Malko s'attendait à trouver un dur : il avait trouvé un petit Khmer aux joues pleines, souriant perpétuellement, rondouillard et affable. Même pas armé : la seule chose qui rappelait ses fonctions était la caisse de grenades et la mitraillette Uzi posées à même le plancher de sa BMW dans laquelle ils avaient pris place.

Le colonel Lean conduisait lui-même une BMW 3 500 beige flambant neuve. Malko lui en avait fait compliment Fièrement, le Cambodgien avait précisé :

– Ici, à Phnom Penh, elle vaut 13 millions de riels...

Le prix d'une Rolls-Royce dans un pays civilisé ! Malko avait remarqué :

– J'espère que vous avez une bonne assurance.

Le chef de la police spéciale avait souri aux anges.

– Il n'y a pas d'assurances à Phnom Penh, Monsieur. Il faut faire attention, c'est tout...

Ils sortirent de la BMW, traversèrent le jardin aux barbelés, pénétrèrent dans une pièce meublée banalement. Un Cambodgien au visage lisse et intelligent, vêtu d'un pantalon et d'une chemise, se leva vivement et vint serrer la main du colonel Lean.

Ce dernier se tourna vers Malko et Doug Frankel.

– Voici Monsieur Ganapak. Il est arrivé de Kratié tout à l'heure.

Kratié était aux mains des Khmers rouges depuis des mois.

Ils s'assirent tous les trois. Le colonel semblait parfaitement à son aise. On apporta un plateau avec du Perrier, du Pepsi-Cola, de l'orangeade. Malko se contenta d'un grand verre de Contrex.

Il examina avec intérêt le Cambodgien assis en face de lui. Ses cheveux noirs rejetés en arrière, son visage ascétique et ses yeux brûlants évoquaient parfaitement le militant révolutionnaire.

Doug Frankel se pencha vers Malko et dit à voix basse, tandis que le Khmer rouge et le colonel Lean bavardaient en cambodgien :

– Monsieur Ganapak est le bras droit du nouveau patron des Khmers rouges. Nous nous sommes déjà rencontrés pour établir les bases d'une sorte de négociation. J'ai besoin de lui pour notre projet. Je vais être obligé de parler khmer, il ne parle ni français, ni anglais.

La dernière gorgée de Pepsi-Cola avalée, l'Américain entama une conversation animée avec l'envoyé de l'Autre Côté. La rauque langue khmère était totalement incompréhensible pour Malko.

Le colonel Lean, plus souriant que jamais, se pencha vers Malko.

– Venez, je vais vous faire visiter ma maison...

Discret comme une bonne maîtresse de maison, Malko accepta son offre et ils sortirent du salon laissant en tête à tête, le responsable de la CIA et celui des Khmers rouges. Un soldat leur apporta du thé qu'ils burent debout. Le colonel Lean avait visiblement envie de plaire à son hôte.

– J'aime beaucoup Monsieur Frankel, énonça-t-il. C'est un homme qui comprend bien le Cambodge...

Malko accepta le compliment sans commentaire. Son interlocuteur s'appuya à un gigantesque réfrigérateur et soupira :

– Nous sommes dans une situation difficile. Le Maréchal n'a pas le sens des réalités. Je ne l'aime pas du tout. Et la situation militaire est très mauvaise. Très, très mauvaise.

Propos inattendus dans la bouche du chef de la police politique du régime ! Malko approuva sans se compromettre. Le colonel Lean, comme s'il avait été trop loin, corrigea :

– Je n'aime pas beaucoup l'Autre Côté non plus.

Un lieutenant entra, s'approcha du colonel et salua. Ils échangèrent quelques mots. Le chef de la police spéciale demanda à Malko de s'écarter pour qu'il puisse ouvrir la porte du réfrigérateur.

Machinalement, il jeta un coup d'œil à l'intérieur.

Sentit son cœur descendre dans ses talons. Croyant à une plaisanterie macabre.

Sur toutes les étagères de l'énorme réfrigérateur s'alignaient des têtes humaines ! Coupées au ras du cou avec, chacune, une étiquette jaune accrochée à l'oreille. L'odeur écœurante du formol s'échappant de la porte ouverte prit Malko aux narines. Sans s'occuper de lui, le colonel Lean farfouilla dans l'étagère la plus basse et en sortit la tête aux yeux clos d'un homme qui avait été jeune et beau, avec un visage allongé gâché par un éclat d'obus qui lui avait enlevé en partie le menton. Il referma la porte sur cette vision d'horreur et tendit la tête au lieutenant Celui-ci remercia d'un sourire et sortit sans manifester la moindre émotion, tenant à bout de bras la tête par les cheveux.

Le colonel Lean, devant l'air choqué de Malko expliqua avec un sourire digne de Bouddha :

– Ce sont des chefs Khmers rouges. Nous gardons les têtes pour obtenir des ralliements. Quelquefois, les prisonniers ne veulent pas croire qu'ils sont morts. En ce moment, mes hommes sont en train d'interroger un prisonnier important.

Malko pensa à Ganapak, l'envoyé des Khmers rouges, se demandant s'il connaissait l'existence de ces têtes... La spécialité du colonel Lean, c'était les infiltrations en territoire ennemi, d'aprés Doug Frankel. Ce n'était pas la seule... Le Cambodgien laissa tomber soucieux :

– J'espère qu'il va la rapporter vite. Sinon elle ne se conservera plus... Avant nous n'avions pas ce réfrigérateur, il fallait les mettre dans des jarres, mais ce n'était pas bien.

– Au moins, vous êtes bien équipé maintenant, dit Malko. C'est l'U.S. Aid ?

Le colonel rit de bon cœur.

– Non ! Non ! Je l'ai réquisitionné à l'hôpital militaire de la région. Il servait à mettre les vaccins. Ici, il est plus utile.

De nouveau, il laissa éclater sa joie. Ce petit bouddha grassouillet et macabre commençait à faire froid dans le dos de Malko, avec sa cruauté tranquille, joyeuse et planifiée. Discrètement, le colonel consulta sa montre et dit à Malko.

– Je pense que vous pouvez aller retrouver Monsieur Frankel. J'ai des papiers à signer en haut. Je vous rejoins.

Il devait aller chercher son crâne !

Malko trouva Doug Frankel et Monsieur Ganapak penchés sur une carte. L'Américain arborait un sourire radieux sur son visage rond.

– Tout est d'accord ! zozota-t-il triomphalement.

Le Khmer rouge ébaucha un sourire discret. Ils replièrent la carte.

Monsieur Ganapak salua Malko d'un discret signe de tête et se glissa hors de la pièce, puis disparut dans le jardin. Doug Frankel paraissait avoir rajeuni de vingt ans.

– La radio du Grunk annoncera que le T:28 s'est posé à Kratié et que l'attentat était l'œuvre d'un sympathisant du Prince Sihanouk, annonça-t-il. Cela n'étonnera personne car il y en a déjà eu un. Nous avons déterminé l'endroit où nous ferons l'échange de pilotes. Ils s'abstiendront de toute action offensive. C'est sur la route N° 4. À la limite des lignes gouvernementales.

Malko trouvait que c'était presque trop beau !

– Que demande-t-il ?

– Je vais discuter les derniers détails avec le colonel Lean. Il ne faut pas l'oublier. Il ne serait pas content.

D'ici que la tête de Douglas Frankel se retrouve dans

le grand réfrigérateur... La porte s'ouvrit sur le colonel Lean réjoui. Il avait dû récupérer son trophée...

Les deux hommes discutèrent quelques minutes. Le marché était conclu. Malko commençait à étouffer, en dépit des grands ventilateurs. Il fut heureux de voir Doug Frankel se lever. Le colonel Lean s'excusa beaucoup d'avoir trop de travail pour les raccompagner. Il leur donna son chauffeur et la B.M.W. de 13 millions. Apparemment sans inquiétude, Malko, fugitivement, se demanda si le réfrigérateur n'était pas rempli de têtes de mauvais chauffeurs... Dès qu'ils furent sortis de la villa, il parla de sa macabre découverte à Doug Frankel. L'Américain haussa ironiquement les épaules :

– Les autres ont le même truc avec les têtes de ses hommes à lui qui se sont fait prendre. C'est très bon pour l'intimidation...

– Qu'a-t-il réclamé pour sa participation à l'opération ?

– Une barge d'essence. Sur le prochain convoi de Saigon. Il faut bien que les Khmers rouges fassent rouler les véhicules qu'ils piquent aux gouvernementaux.

– Mais comment allez-vous la livrer ?

Doug Frankel sourit de la candeur de Malko.

– Sur la route de Battengbang, il y a une station-service à la limite de la zone « libérée ». Elle débite beaucoup, beaucoup d'essence.

Étrange guerre, décidément. Ils doublèrent un cyclo-pousse écrasé par le poids de deux soldats et de leurs armes. Ils allaient au front... À titre individuel.

– Pourquoi est-ce que le colonel Lean nous aide ? demanda Malko.

Doug Frankel soupira.

– C'est une longue histoire. Depuis toujours, Lean est le rival du général Krom. Il ne croit pas à la survie du régime Lon-Nol. Alors, il prend ses précautions des deux côtés. Il coupe les têtes, mais il rend de petits services... En attendant d'en rendre des grands. En Asie, les têtes coupées n'ont jamais été un obstacle à une réconciliation.

– Vous avez confiance en lui ?

Doug Frankel eut un rire grinçant.

– Bien sûr que non ! Mais je crois que pour l'instant, ce n'est pas moi qu'il a intérêt à trahir. Cela peut changer. Très vite.

Ils longeaient une immense zone non bâtie où des centaines de réfugiés campaient dans de vieux wagons, à côté de l'Université. Puis le chauffeur coupa à droite, vers le sud.

– Maintenant, nous allons nous occuper de votre rendez-vous de ce soir, dit Doug joyeusement.

***

Doug Frankel plongea dans les allées couvertes du Marché Olympique, suivi de Malko. La Mecque des marchands de tissus et des tailleurs. L'Américain parcourut cent mètres et s'arrêta en face d'une petite échoppe. Aussitôt, en les reconnaissant, le boutiquier, un Cambodgien, les fit entrer dans son arrière-boutique, en plein vent.

– Que voulez-vous, Monsieur ?

Il parlait un français appliqué et scolaire, tout souriant. Doug Frankel dit :

– Quelque chose qui marche bien. Communiste.

L'autre hocha la tête, écarta une veste pendue, à demi finie et, sortit ce qui parut à Malko un Colt 45 automatique.

– Très beau, souligna le tailleur. Tire très bien.

Il prit l'arme, dirigea le canon vers le ciel et tira trois coups, en succession rapide. Malko reçut une douille brûlante sur l'épaule. Déjà le tailleur avait remis l'arme dans sa gaine.

– 50 000 riels, annonça-t-il.

Doug Frankel reprit le pistolet et le tendit à Malko.

– Regardez les marques.

Malko distingua des caractères chinois gravés dans l'acier noir. C'était une réplique exacte fabriquée par les communistes.

– C'est ce qu'il vous faut, trancha Doug Frankel.

Il tira un paquet de dollars et en compta soixante-dix. Le tailleur les empocha et tendit le faux Colt à l'Américain.

– La semaine prochaine, j'aurai une mitrailleuse, annonça-t-il. Très bon état.

Édifiant. Ils ressortirent, le colt dans une petite boîte. Doug Frankel l'offrit à Malko.

– Si besoin est, ce soir, c'est cela que vous utiliserez. Vous l'abandonnerez après. On mettra l'accident sur le dos des Khmers rouges. Je soutiendrai que ce type travaillait pour la « company ». On lui fera une vachement belle oraison funèbre. Un héros de l'ombre américain abattu par les méchants communistes.

Il en buvait du petit lait. La B.M.W. les avait abandonnés. Ils s'installèrent dans deux cyclo-pousses.

Malko se détendit, fouetté par l'air tiède. C'était vraiment le moyen de transport idéal. Silencieux, rapide, non polluant et bon marché : 100 riels la course. Mais dès qu'ils rejoignirent l'avenue Monivong, ils faillirent être asphyxiés par les émanations des innombrables scooter-autobus.

Ils passèrent devant la majestueuse cathédrale ocre et la gare, depuis longtemps inutilisée. Malko essaya de se vider le cerveau. Il y avait neuf chances sur dix pour qu'il ait à commettre un meurtre de sang-froid avant la fin de la journée. Ce qu'il avait toujours réussi à éviter, depuis qu'il était au service de la Central Intelligence Agency.

***

Il y avait un mot dans la case de Malko : « Rendez-vous au Khemara. À cinq heures. Hal. »

Le Khemara était un hôtel sur l'avenue Monivong, sans jardin et sans piscine. En pleine ville, à deux pas du marché. Doug Frankel était reparti à l'ambassade. Malko décida de marcher jusqu'au Khemara.

Pour se donner le temps de réfléchir. Cela ne faisait guère qu'un kilomètre. En entrant, il avait rencontré Monivanh qui lui avait annoncé, très excitée, la mort de Phuong. Elle avait eu l'air déçue qu'il le sache déjà. Mais après Phuong il y en aurait d'autres... L'attaché-case pesait lourd à son bras, entre le colt chinois, son pistolet extra-plat et le walkie-talkie... En cinq minutes, il fut trempé de sueur.

En face de la gare, il céda à l'appel d'un pousse et s'installa sur le coussin défoncé.

***

Coquettement, Hal Davidof avait attaché ses longs cheveux en catogan. Il était rasé de frais, attablé devant une soupe chinoise dans la salle du Khemara, en face d'une Cambodgienne outrageusement maquillée, boudinée dans une minirobe noire, qui avait l'air de ce qu'elle était : une pute de bas étage.

– Vous n'avez pas changé d'avis ? demanda le pilote.

Ses yeux bleus scrutaient Malko intensément. Comme toujours, il puait la ganscha. La fille paraissait muette. Hal rassura Malko.

– Elle ne parle pas anglais...

La salle du Khemara, qui ressemblait à un café de province, était pleine de putes, de vieux coloniaux à la trogne enluminée, de pilotes américains civils, se racontant les dernières aventures de la semaine. Le garçon prit la commande de Malko et lui demanda à l'oreille s'il voulait une fille très jeune et très propre...

Pas présentée par ses parents, mais presque. Avec énormément de conviction, il ajouta : « Tic-tic number one[1] ».

Hal coupa, furieux.

– Tic-tic number ten ! Fous-nous la paix.

– Où est le rendez-vous ? demanda Malko.

Le hippie se détendit imperceptiblement.

– Vous voyez la colline qui occupe le rond-point au bout de l'avenue Daun Penh. Il y a une pagode tout en haut. Le gars attendra là. À sept heures. Je dois lui apporter les pièces...

– Comment est-il ?

Le jeune hippie secoua la tête.

– Blond, trente, trente-cinq ans. Pas très costaud. Mais vachement dangereux. Il s'appelle Jim. Jim Miller. Ne cherchez pas à le baratiner. C'est une ordure. À Saigon il a pris un contrat pour flinguer trois filles qui avaient doublé un revendeur d'héroïne. La plus jeune avait quinze ans. Il lui a filé une balle dans le ventre et l'a laissée crever pendant deux heures. Ensuite, il a tiré une balle dans la tête des deux autres...

Malko enregistra.

– Sait-il à quoi ressemblent les pièces que vous avez soustraites ?

– Non, je ne crois pas. Mais n'essayez pas de le doubler. Cela retomberait sur moi.

– N'ayez pas peur, affirma Malko. Vous n'en entendrez plus parler.

1. Elle baise très bien.

À l'occasion, il savait être féroce. Ses ancêtres n'avaient pas bâti leur domaine sans verser un peu de sang...

Il se leva.

– À ce soir.

Hal secoua la tête.

– Vous êtes vachement optimiste. Attendez, je viens avec vous.

Ils sortirent. En face s'étalait la façade mutilée du cinéma « Phnom », fermé depuis qu'une grenade de source indéterminée y avait tué 35 personnes. Hal prit sa conquête par la taille.

– Je vais me faire faire une gâterie au San Francisco, le petit bar d'en face. Je penserai à vous.

Il claqua les fesses de la Cambodgienne qui rit niaisement. Malko héla un cyclo-pousse. Espérant que Doug Frankel aurait le temps de mener à bien tous les préparatifs pour son expédition.

***

Une ombre s'interposa entre le soleil et lui, et il ouvrit les yeux. Drapé dans un ravissant sampot rose, Maddevi Shivarol lui souriait.

– Êtes-vous libre pour le thé aujourd'hui ? demanda-t-elle.

Malko eut un sourire contraint, se leva et lui baisa la main.

– Je suis absolument désolé. Malheureusement, j'ai un rendez-vous que je ne peux pas manquer tout à l'heure.

Une lueur désappointée passa dans les yeux de la jeune femme.

– C'est si important que cela ?

– Hélas !

Le regard de Maddevi Shivarol fila derrière lui et elle lâcha d'une voix sifflante.

– À force de fréquenter ces putains, vous finirez par attraper une maladie !

Dignement, elle s'éloigna, en balançant les hanches. Malko se retourna, vit Monivanh et comprit. La Chinoise vint s'accroupir près de lui. Timidement elle leva les yeux.

– À sept heures, beaucoup sweat...

Comment diable le savait-elle !

CHAPITRE X

Le 45 automatique chinois pesait à la ceinture de Malko qui regrettait amèrement son pistolet extra-plat. Il avait horreur de la situation dans laquelle les circonstances le jetaient.

Le gigantesque escalier de pierre menant à la pagode du Vat Phnom était heureusement presque désert. Il s'agissait d'une vraie colline piriforme, dont le sommet dominait les toits plats de la ville. Au pied de la colline s'étalait un jardin circulaire planté d'arbres.

Malko se retourna et aperçut, par la trouée d'une rue le ruban jaunâtre du Tonlé Sap.

Un jeune couple de Cambodgiens, aux visages lisses d'adolescents, croisa Malko, descendant les hautes marches, la main dans la main. Il les envia. La nuit commençait à tomber.

Il se retourna une fois de plus, pour s'assurer qu'il n'était pas suivi. Ni par un ennemi, ni par un ami. Il avait du se fâcher et menacer Monivanh pour qu'elle renonce à l'accompagner. La Chinoise était restée sagement au bord de la piscine, pépiant avec Ti-Nam.

Doug Frankel était revenu le chercher et l'avait déposé au pied du Vat Phnom. Avec précautions, il lui avait tendu un carton de quarante centimètres de côté, assez lourd, et zozoté :

– Bonne chance.

Ce n'était pas un souhait inutile. Malko atteignit la plate-forme où se trouvait la pagode. Sur le terrain qui l'entourait, se dressaient de petites maisons de bois dominant à moitié le vide, habitées par les bonzes de la pagode. Il y avait même un lavoir ! Malko fit le tour de la pagode, comme en se promenant. Trois bonzes en robe safran, le crâne rasé, accroupis sur le rebord de pierre le fixèrent avec curiosité. L'un lui sourit avant de reprendre sa méditation.

Malko s'arrêta devant la porte ouverte de la pagode. Une forte odeur d'encens lui sauta aux narines.

Il se déchaussa et entra. Un énorme Bouddha doré le contemplait, occupant tout le fond de la pagode. Des scènes de la vie de Bouddha avaient été peintes de façon naïve, sur les murs et le plafond. À part lui, il n'y avait qu'une vieille femme prosternée devant une gerbe de bâtonnets d'encens. Un bonze surgit de derrière le Bouddha, traversa, sans un regard. Ce lieu sacré était ouvert à tous. Malko décida de s'asseoir dans la position du lotus, comme s'il méditait, le paquet posé devant lui.

La crosse du 45 chinois le gênait, mais il pouvait difficilement le poser par terre. Le temps s'écoulait sans bruit. La vieille femme partit Malko se demanda si Hal n'avait pas été « intoxiqué », si toute l'histoire du tueur n'avait pas été inventée par le général Krom pour lui faire peur.

La natte crissa près du Bouddha doré. Malko leva les yeux. Ne distingua d'abord qu'une robe safran. Un bonze qui venait de surgir de derrière la statue. Il lui fallut une fraction de seconde pour remonter au visage.

Les yeux clairs, les cheveux blonds et le nez pointu n'étaient pas asiatiques.

Et le colt 45 automatique dans la main du faux bonze n'avait rien d'un moulin à prières.

– Levez-vous et venez par ici, fit l'inconnu en anglais avec un accent traînant.

Lentement, Malko obéit, reprenant son calme. Ainsi, le tueur était bien venu.

Il s'approcha de ce dernier, remarqua le chien relevé de l'arme, les yeux froids qui l'examinaient. Le tueur détendit son bras comme un serpent, collant le canon du pistolet contre la tempe de Malko. Rapidement, il le tâta, trouva le 45 chinois, le prit et le glissa dans sa propre ceinture.

– Vous êtes Jim Miller ?

L'expression du tueur en robe safran ne changea pas.

– Et vous ?

– Je suis un ami de Hal.

Le tueur recula un peu et dit pensivement.

– Alors, comme ça, vous êtes un ami de Hal. Et vous avez envie de vous faire trouer la tête à sa place. C'est gentil, ça...

Malko pensa aux trois filles de Saigon assassinées.

– Hal m'a dit de vous remettre ceci, dit-il. Il ne pouvait pas venir.

Il montra le paquet qu'il avait laissé à sa place.

Jim Miller grimaça un sourire venimeux.

– Je suis venu de Saigon pour le voir. Ce n'est pas gentil.

– Je vous ai dit qu'il ne pouvait pas, dit Malko. Il est à l'aéroport. Qu'est-ce que cela fait puisque j'ai ce que vous êtes venu chercher.

Le tueur secoua la tête.

– Ça fait. On m'a dit de lui donner une petite leçon. Pour qu'il ne recommence pas ses conneries. De lui casser un peu les dents, par exemple. Vous voyez...

Il parlait d'une voix lente, ironique, détachée. Froidement cruelle. Malko ne douta pas une seconde qu'il ne mette ses menaces à exécution.

– Écoutez, dit-il, vous voulez ce paquet ou non ? Moi, je ne suis pour rien dans vos histoires.

– Bien sûr que je le veux, fit Miller.

– Alors, prenez-le.

Jim Miller eut un petit ricanement :

– Vous me prenez pour une bille ! Prenez-le et passez devant moi. Par ici. Il désignait un couloir qui passait derrière le Bouddha et aboutissait à l'arrière de la pagode.

Malko alla prendre le carton et s'engagea derrière la statue dorée.

Ils aboutirent sur le pourtour, près du lavoir. Jim Miller poussa Malko en avant.

– La baraque au coin, vite.

C'était une des maisons des bonzes.

Malko traversa l'espace découvert pieds nus... poussa la porte.

Un jeune bonze, un vrai, était en train de faire cuire du riz sur un petit réchaud. Il ne parut aucunement surpris de l'intrusion de Malko. Miller entra à son tour et s'adossa à la porte. Rapidement, il se débarrassa de sa robe safran et apparut en chemise et pantalon. Sans lâcher son Colt.

– Mon copain ne dira rien, annonça-t-il. D'abord parce qu'il ne comprend pas l'anglais et ensuite parce que je lui fais gagner beaucoup d'argent. On a un bon petit racket d'antiquités. Il est en train de me vendre Angkor par petits morceaux... Asseyez-vous.

Malko s'assit sur la natte.

Miller tendit le bras armé du Colt vers le paquet.

– Maintenant, ouvrez-moi ça.

***

Malko sentit le picotement de la peur courir sur le dessus de ses mains. Il attira le paquet à lui. Pensant à son contenu. De quelque façon qu'on l'ouvre, la grenade mise en place par Doug Frankel pour venir à bout de Jim Miller allait exploser. Il ne resterait pas grand-chose de lui-même, du bonze et du tueur. Ce dernier ne le quittait pas des yeux, avec une expression méchante et rusée.

Malko arracha la première bande de plastique. Puis la seconde collée en croix. Il n'avait plus qu'à écarter les deux parties du dessus pour déclencher l'explosion.

C'était quand même trop bête de mourir de cette façon. La voix grinçante de Miller lui vrilla les oreilles.

– Alors ?

Malko ne répondit pas. S'il parvenait à jeter la boîte vers son adversaire, il avait une chance minuscule de s'en sortir en s'aplatissant sur le sol. Mais Jim Miller aurait le temps de le cribler de balles.

Son silence se prolongeant, l'Américain interpella le bonze en cambodgien. Celui-ci, abandonnant son réchaud, se glissa aussitôt hors de la cabane sans un regard pour Malko. Jim Miller recula à son tour vers la porte, le Colt toujours braqué sur Malko.

– Petit malin, hein, siffla-t-il... Le coup de la grenade, on me l'a fait vingt fois. Tu aurais mieux fait de ne pas te charger des commissions de ce connard de Hal Davidof.

Il sortit, laissant la porte ouverte.

Recula pas à pas jusqu'à un gros pilier de bois, à cinq ou six mètres de la cabane.

– Que faites-vous ? demanda Malko.

– Ta gueule, fit placidement Jim Miller. Je vais me foutre derrière ce pilier. Ensuite tu pourras ouvrir ton truc. *Il rit.* Si tu ne l'ouvres pas, je te jure que je te vide mon chargeur dans le ventre. Tu as le choix...

Il recula lentement, se glissa derrière le pilier sans quitter Malko des yeux, ne laissant dépasser que son avant-bras prolongé du Colt. Malko n'avait pas bougé.

Furieux contre lui-même. Il s'était enfermé dans une situation sans issue.

S'il ouvrait la boîte de carton, il se suicidait. S'il ne l'ouvrait pas, Jim Miller allait l'abattre. À cette courte distance, il n'avait aucune chance d'échapper aux balles du gros 45.

– Vas-y, cria la voix de l'Américain.

Malko ne bougea pas. L'autre appela encore.

– Je compte jusqu'à cinq.

Il commença à compter à haute voix. Malko pensa aux corps déchiquetés par les obus de 105 dont il avait vu les photos. Il valait encore mieux affronter les balles du colt. Il tourna le regard vers le pilier derrière lequel l'Américain s'était abrité. Seul dépassait le bras armé du colt...

La mort allait jaillir de son canon. Malko vida sa poitrine et chercha une pensée bien sereine. Ni le château de Liezen, ni Alexandra ne le reverraient. Une boule se forma dans sa gorge. Il se redressa en entendant la voix de Jim Miller hurler :

– Trois... Quatre.

Il y eut une fraction de seconde de silence insupportable. La voix méprisante de Jim Miller cria :

– Cinq, connard !

***

La détonation du Colt fit sursauter Malko. Tous ses muscles bandés, il attendait l'impact. Il y eut un second coup de feu. Instinctivement il roula sur lui-même, hors du carré de la porte, mais les parois légères ne le protégeaient guère.

Aplati sur la natte hors de vue de la porte, il attendit, le cœur cognant dans la poitrine, s'attendant à chaque seconde à voir surgir Jim Miller.

Comme rien ne se passait, il se dit que l'Américain

attendait sa sortie, pour l'abattre plus tranquillement. C'était bien dans sa manière. Les deux balles avaient été tirées seulement pour effrayer Malko... Maintenant, l'autre s'amusait. Un grondement métallique parvint à Malko, s'enfla, devint assourdissant. Cela venait du rond-point, en bas du Vat Phnom. Des véhicules à chenilles.

– Malko !

La voix rocailleuse et bien connue domina le fracas des blindés. Malko crut avoir rêvé. C'était celle de Monivanh ! De nouveau, la Chinoise appela :

– Malko !

Il se rua à travers la porte. Brusquement assourdi. Un convoi de M. 113 en route pour le front défilait en bas du Phnom dans un vacarme de ferraille effroyable, couvrant tous les autres bruits.

Monivanh, bien droite comme toujours, se tenait près du corps de Jim Miller, les chaussures de Malko dans la main gauche et un Colt 45 dans la droite !

L'Américain était étendu, sur le ventre, deux énormes taches rouges dans le dos de sa chemise. Malko s'agenouilla près de lui, souleva les cheveux blonds et vit les yeux vitreux. Monivanh s'approcha.

– *No sweat, no sweat. Come quick Maulen*[1].

C'était facile de reconstituer ce qui s'était passé. Monivanh avait surgi de la pagode et tiré dans le dos de Jim Miller. La Chinoise ne prenait pas de risques. La chemise de Jim Miller était roussie. Elle avait tiré à bout portant ! Les M 113 continuaient à passer dans un vacarme de fin du monde. Malko vit son 45 chinois coincé sous le corps de l'Américain et l'attrapa.

Le bonze avait disparu.

Grâce au fracas des véhicules blindés, personne ne semblait avoir entendu les détonations.

1. Tout va bien, tout va bien. Viens tout de suite. Vite.

Malko se précipita dans la cabane, remit une bande plastique sur la boîte et la prit.

– Filons, dit-il à Monivanh.

Elle remit son arme sous sa chemise et il reprit ses chaussures. Puis, avec le 45 chinois, il tira deux coups en l'air, avant de le jeter près du cadavre.

Les Cambodgiens s'intéressant peu à la balistique, il y avait peu de chances que la supercherie soit découverte. Malko respira avidement en descendant les hautes marches de pierre.

Décidément, ce n'était pas encore son jour. C'était bon la vie. Le dernier des M 113 venait de disparaître. On les entendait encore gronder au loin. Il regarda avec attendrissement les cheveux noirs de Monivanh, devant lui. Une fois de plus, elle lui avait sauvé la vie. Il faudrait qu'il sache comment elle était arrivée là !

***

On frappa à la porte de Malko. Enroulé dans une serviette, ce dernier s'approcha du battant, après avoir pris son pistolet extra-plat.

Prudent.

– C'est Hal, cria une voix à travers le battant.

Malko ouvrit. Le hippie américain se tenait devant lui, hilare, brandissant une énorme liasse de riels.

– Ce son of a bitch vient de me faire envoyer ça ! jubila-t-il. Les nouvelles vont vite...

Le cadavre de Jim Miller ne devait pas être encore complètement refroidi. Le général Krom avait décidément un bon service de renseignements. Hal Davidof tapa sur l'épaule de Malko.

– Quand vous voulez, pour votre truc... Et maintenant, je vous invite à bouffer.

Il s'assit sur le lit.

– Vous avez eu du pot, remarqua-t-il. Monivanh

n'était pas tranquille. Elle est montée au Vat Phnom après vous. Et a trouvé vos chaussures abandonnées.

***

Le général Krom, dans un état de fureur totale, arpentait l'allée longeant la villa du maréchal Lon-Nol. D'un seul coup, il avait perdu son informateur et un de ses meilleurs éléments. Phuong ne serait pas facile à remplacer. Il ignorait si c'était Doug Frankel qui l'avait tué ou le soi-disant représentant de l'U.S. Aid, mais cela revenait au même.

Quelque chose de grave était en train de se préparer, contre lui, sans qu'il sache quoi. Il s'arrêta en face du bâtiment des Conseils des Ministres, tiraillant furieusement sa touffe de poils noirs.

Qu'est-ce que les Américains pouvaient bien mijoter ?

Il fallait absolument qu'il le sache. C'était une question de vie ou de mort pour lui. Il serra les dents en pensant à Phuong. Il allait frapper et tant pis pour les conséquences diplomatiques. Il écraserait ses deux ennemis. On ne retrouverait d'eux que de la charpie. Il avait des moyens immenses et beaucoup de ruse.

Il repartit à grande enjambée vers la villa du maréchal Lon-Nol. Il fallait lui remonter le moral tous les matins et lui brosser un tableau souriant de la situation Le maréchal Lon-Nol avait ses marotes. Pour l'instant, il ne rêvait rien moins que de rejeter les Vietnamiens à la mer, pour former une grande nation khmère... Avec les Laotiens et les Thaïlandais. Qui vomissaient les Cambodgiens.

Le général Krom poussa le grillage anti-grenades de la villa. Décidé à pulvériser ses ennemis.

CHAPITRE XI

– Hal Davidof est à notre disposition après-demain, annonça Malko. Il ne vole pas pour sa compagnie.

– Très bien, approuva Douglas Frankel, je vais donner le feu vert au capitaine Shivarol. Il faudra qu'il décolle assez tôt de Pochentrong, vers huit heures du matin. Nous l'attendrons sur la route n° 4, au kilomètre 42. À cet endroit, la route est droite sur deux kilomètres environ, et il n'y a pas d'arbres. Les lignes des Khmers rouges sont un peu plus loin. Il y a un poste gouvernemental qui nous servira de P.C.

Malko regardait la carte étalée sur le bureau. Maintenant que le plan qu'il avait élaboré pour se débarrasser du général Krom prenait forme, il recommençait à ressentir l'excitation de l'action. Le meurtre de Jim Miller ne semblait pas avoir bouleversé les populations. Même le général Krom semblait avoir mis son élimination sur le compte d'un mouvement d'humeur de Hal Davidof. Hélas, pour une opération en douceur, il y avait déjà quatre morts.

– Vous êtes sûr de Shivarol ? demanda Malko.

– Je ne pense pas qu'il recule, fit Douglas Frankel. Il reprend goût à la vie. Liz m'a avoué qu'elle le voyait aujourd'hui... Donc, il joue le jeu.

– Donc, fit Malko, après-demain à midi, tout sera fini.

Doug Frankel secoua la tête.

– Pas tout à fait. Il faudra que Hal Davidof soit recueilli par l'hélicoptère et revienne à Phnom Penh.

– Et Shivarol ?

– Il fera ce qu'il voudra. Ou il reste avec nous et on le planque. Ou il se débrouille tout seul. C'est son affaire. Je suis sûr qu'il viendra. Ne serait-ce que pour prendre possession de sa prime de vol...

– Sa prime de vol ?

L'Américain sourit. Méchamment.

– Un camion d'obus de 105 qu'il va sûrement livrer séance tenante. Pour se faire un peu d'argent de poche. Je lui fais confiance.

De toute façon, la radio du Grunk annoncera que le T. 28 s'est posé à Kratié et que le pilote a demandé l'asile politique.

Malko contempla de l'autre côté de l'avenue les barbelés de Chamcar-Mon. Se demandant si leur adversaire se doutait du plan machiavélique tramé contre lui. Le général Oung Krom était loin d'être un imbécile. Et il avait des réflexes rapides. Il était souhaitable qu'il n'ait pas établi de rapport entre l'élimination de Jim Miller et la CIA...

Seul l'avenir le dirait.

La partie de roulette cambodgienne continuait.

– Il n'y a plus qu'à mettre en place le deuxième étage de la fusée, dit Malko.

Les petits yeux de Doug Frankel pétillèrent d'une joie mauvaise derrière ses lunettes. Il prit la carte annotée et l'enferma à clef dans son bureau.

– On y va, dit-il.

***

Dès que la « Fury » noire s'immobilisa en bordure du petit terrain vague, une nuée de gosses l'entoura. Il n'y avait pas beaucoup de distractions dans le quartier populaire de Tuk-Maak, qui longeait la route de Pochentrong. Des milliers de petites maisons sur pilotis dans des jardins luxuriants bordant des voies poussiéreuses se coupant sagement à angle droit.

Malko descendit. Au fond de l'espace découvert, coincé entre deux propriétés bâties, se dressait une cabane sur pilotis autour de laquelle jouaient des cochons noirs. Doug descendit à son tour.

– C'est là.

Ils montèrent l'escalier branlant extérieur, aboutissant dans une petite pièce sombre. Un bébé était couché sur une natte, veillé par une femme. Cela sentait l'encens et la mangue pourrie. Une jeune fille surgit de la pénombre. Doug demanda :

– Senang, ici ?

Elle désigna une autre pièce qui s'ouvrait sur la gauche.

– Ici.

Doug et Malko avancèrent, découvrant une scène étrange. Un Cambodgien était agenouillé devant un petit autel bouddhiste surchargé de décorations, de cierges, de bâtonnets d'encens. Très maigre, l'allure d'un adolescent, vêtu d'une chemise et d'un pantalon de soie jaune, un bandeau autour du front, les traits ascétiques, mais un énorme brillant et une émeraude à la main gauche et des ongles démesurés. Il se livrait à un curieux manège : les yeux fermés, il ouvrait la mâchoire à se la décrocher, la refermait, se prosternait au ras du sol, se redressait. Un peu en retrait, se tenaient deux officiers cambodgiens, assis sur leurs talons, sérieux comme des papes, des bâtonnets d'encens à la main.

– C'est Senang, mon pote, le devin, souffla Doug Frankel à Malko. Il est en transe pour appeler l'esprit.

Senang interrompit sa transe pour adresser un imperceptible signe de tête à l'Américain. Les deux officiers ne prêtaient aucune attention aux nouveaux arrivants. L'un d'eux posa une question au devin en cambodgien. Senang répondit aussitôt d'une étrange voix efféminée, chantante, horripilante, en se tordant les mains. Puis replongea dans ses contorsions. Cela dura encore plusieurs minutes, dans un silence absolu.

Puis Doug Frankel soupira bruyamment, fit un geste comme pour sortir. Senang lui jeta un regard rapide. De nouveau il ouvrit une bouche démesurée, se tortilla, rouvrit les yeux, éructa une longue phrase d'un ton pleurnichard.

Aussitôt, il reprit une attitude et une expression plus normales, assis sur ses talons. Visiblement déçus les deux Cambodgiens se levèrent à regret.

Après avoir posé à regret quelques billets dans une assiette, ils sortirent. Doug Frankel semblait s'amuser franchement.

– Qu'est-ce qu'il leur a dit ? demanda Malko.

– Que l'esprit ne pouvait pas venir maintenant. Qu'il était très occupé sur la route 30 à venir en aide à un croyant attaqué par les Khmers rouges... Senang était ennuyé. Il n'aime pas décevoir la clientèle. Mais il ne peut rien me refuser.

Senang ôta son bandeau, se leva, vint serrer vigoureusement la main de Doug. Il enveloppa celle de Malko d'une emprise souple, avec un regard velouté et fondant. Une vraie folle perdue.

– Ferme ta baraque, ordonna Douglas Frankel, on va parler de choses sérieuses.

Le devin glapit un ordre et la vieille femme repartit avec le bébé malade. Ce qui lui sauvait probablement la vie...

Malko, Doug et Senang s'assirent en face de l'autel bouddhiste. La fille leur apporta du thé dans des tasses ébréchées.

– Senang, annonça solennellement en français Doug Frankel, je t'apporte la fortune et la gloire.

Les yeux du devin papillotèrent, se fixèrent sur Malko avec une répugnante tendresse, revinrent à l'Américain.

– Je vous remercie, Monsieur Frankel, dit le devin de sa voix haut perchée et douce.

Il ressemblait à un adolescent vicieux, qui aurait trop abusé des joies solitaires.

– Tu fais toujours des horoscopes pour le maréchal ? demanda-t-il.

– Oui, oui, approuva Senang. C'est très difficile parce que...

Doug Frankel l'interrompit :

– Parfait. Tu vas aller à Chamcar-Mon aujourd'hui et tu vas demander à voir le maréchal. Tu vas dire que l'esprit t'a visité et que tu as eu une vision importante à son sujet.

– Mais je n'ai pas eu de vision, protesta le devin d'une voix aiguë.

– Tu vas l'avoir, fit Doug Frankel. C'est une question de minutes. Tu ne vas pas me dire que l'esprit va passer la journée sur la route 30 avec cette chaleur...

Il arrivait malgré tout à garder son sérieux. Senang qui comprenait vite, baissa les yeux.

– Mais qu'est-ce que je vais dire au maréchal ? demanda-t-il d'une voix pleine d'hésitation.

Doug Frankel se pencha vers le filiforme Cambodgien et martela :

– Tu vas dire au maréchal que l'esprit t'a annoncé qu'il allait courir un très grand danger dans deux jours. Que tu vois du sang partout.

Senang écoutait visiblement perplexe, cherchant

l'explication de cette bizarre requête. Quand même mal à l'aise. Doug Frankel insista :

– Il faut que tu sois assez convaincant pour que le maréchal lui-même te reçoive. Tu crois pouvoir y arriver ?

– Peut-être, fit le devin. Mais l'esprit...

– L'esprit, c'est moi, coupa Doug Frankel. Tu as confiance en moi, non ? Je n'ai jamais rien dit pour les foulards sacrés...

Le regard de Senang fila vers le sol. Il demanda d'une voix fluette :

– C'est vraiment un très grand danger ?

– Un danger de mort, affirma Doug Frankel d'un ton sinistre. Le maréchal te sera sûrement très reconnaissant.

L'œil de Senang brilla fugitivement. Il envisageait déjà les avantages qu'il pourrait sortir d'une telle position.

– Je vais aller à Chamcar-Mon, dit-il. Je ferai tout mon possible pour vous sur son Excellence le maréchal...

Doug eut un bon sourire et se leva.

– Je vois que tu es un ami. Tu verras, tout marchera bien. Et tu auras d'autres visions qui consolideront ta position.

Ils se levèrent. Senang les raccompagna jusqu'à l'escalier branlant. Malko remarqua que toute la cabane était faite de vieilles caisses d'obus de 105... C'était le Cambodge. Ils durent écarter une nuée de gosses en train d'astiquer la « Fury ».

– Qu'est-ce que c'est que cette histoire de foulards sacrés ? demanda Malko.

Douglas Frankel rit de bon cœur.

– Une combine juteuse. Senang a monté une affaire de foulards sacrés, bénis par les bonzes de la pagode, qu'il vend aux soldats pour les protéger. Cela passe par les colonels. Bien entendu, ceux-ci gardent la moitié du prix des foulards pour eux. Le hic, c'est que les soldats n'avaient pas d'argent pour les payer. Alors, ils ont froidement facturés à notre commission mixte d'achats d'armes les foulards comme matériel militaire !

J'ai découvert le pot-aux-roses. Au lieu de casser leur coup, j'ai laissé faire. Dans le pays, il faut savoir fermer les yeux parfois. Sinon, on se fait beaucoup d'ennemis.

Ça a permis à Senang d'acheter une petite épicerie. Aujourd'hui, ça nous sert.

Malko ne fit aucun commentaire. Si les contribuables américains savaient que leurs dollars servaient à acheter des foulards douteusement sacrés... Avec, en plus, la bénédiction de la CIA.

Roulant lentement à cause des embouteillages de la route de Pochentrong, ils dépassèrent un salon de coiffure en plein air. Une dizaine de fauteuils installés sur le trottoir avec des miroirs, accrochés au mur d'en face.

– Vous êtes certain qu'il parlera à Lon-Nol ?

– Sûr. Il va tous les soirs à Chamcar-Mon. Le maréchal est très superstitieux. Il ne pourra pas laisser une occasion pareille...

Malko en avait le vertige. Il n'y a qu'en Asie que de telles combinaisons étaient possibles. Leur plan reposait sur des éléments que l'on pouvait qualifier de hautement volatiles. Il repensa au pilote cambodgien, clef de voûte de l'opération.

– Avez-vous des nouvelles du capitaine Shivarol ?

– Il est prêt.

Il leur fallut encore vingt minutes pour revenir au « Phnom ».

– Nous avons deux jours à attendre, conseilla Doug Frankel. Donnez l'impression que vous avez laissé tomber. Que le général Krom nous foute la paix. Reposez-vous.

Malko avait vraiment envie de se reposer. La veille au soir il avait encore retrouvé Monivanh dans son lit. Silencieuse et insatiable.

Il se dirigea vers le perron, inspectant au passage la piscine et le Cyrène.

Une longue silhouette mince, dévêtue par un minuscule bikini rouge attira soudain son regard. Étendue sur le ventre, un verre près d'elle, les cheveux défaits dans le dos. Curieux, il s'approcha tout doucement. Dieu merci, l'envahissante Monivanh n'était pas en vue.

– Cette fois. Je suis à vous.

Maddevi Shivarol se retourna avec la vitesse d'un serpent. Malko vit immédiatement l'ecchymose sous son œil gauche et la pommette enflée, les yeux aux prunelles énormes striés de rouge. Elle avait fumé de la ganscha.

– Vous avez eu un accident ? demanda-t-il surpris.

La jeune Cambodgienne se redressa, alluma une cigarette et dit d'une voix égale :

– Si on veut. J'ai trouvé mon mari avec sa poule. La femme de Frankel, chez moi. Elle m'a frappée, il n'a rien fait pour me défendre. Ensuite, ils sont partis tous les deux. Mais ils ne perdent rien pour attendre. Je sais où ils coucheront ce soir. Je vais les attendre.

– Pourquoi ?

– Pour les tuer.

Ses yeux brillaient d'un éclat dément, comme de la porcelaine brûlante. Elle souffla nerveusement la fumée de sa cigarette. Malko maudit le trop galant capitaine Shivarol. Mort, il pourrait difficilement piloter un T. 28.

– Le tuer est peut-être une solution extrême, plaida-t-il.

Maddevi Shivarol ne répondit même pas, butée,

perdue dans son rêve de vengeance. Le cerveau en ébullition, Malko fixa le cou gracile de la jeune femme. Le serrer définitivement semblait la seule solution pour éviter le désastre. Il espérait pourtant trouver une solution moins brutale.

– Détendez-vous, conseilla-t-il.

Elle haussa les épaules.

– Je ne peux pas.

Malko faisait fonctionner ses cellules grises à la vitesse d'un ordinateur. Il resta silencieux un moment avant de proposer.

– À mon tour de vous inviter à prendre le thé... Avant votre expédition punitive.

Maddevi leva un œil intéressé :

– Où ?

– Chez mon ami Frankel, il n'est pas là cet après-midi. Sa ti-ba nous préparera cela. Nous serons tranquilles.

Ses yeux dorés en disaient beaucoup plus que ses paroles. Les traits de Maddevi Shivarol perdirent un peu de leur dureté.

– Si vous voulez, accepta-t-elle sans enthousiasme excessif. Mais elle avait besoin de se détendre. S'offrir cet étranger dont elle avait envie était parfait,

Malko se leva.

– Je vous précède. Venez dans une demi-heure. J'ai une ou deux choses à faire avant. Je ne pensais pas avoir la joie de vous voir aujourd'hui.

– Très bien, accepta Maddevi. Je me repose encore un peu ici et je vous rejoins.

***

Maddevi Shivarol monta d'un trait les deux étages. L'escalier était désert et le petit building silencieux.

Elle était déjà venue une fois chez Doug Frankel à l'occasion d'un cocktail.

Mais cette fois, elle avait dans son sac un automatique noir avec un chargeur de huit cartouches. Dès qu'elle aurait fait l'amour avec Malko, elle irait tuer son mari et Liz Frankel.

Grâce à une couche épaisse de fond de teint, elle avait presque entièrement effacé les traces de coups. Un sampot mauve moulait son corps provoquant. Mais ses yeux brûlaient encore de haine.

Elle arriva au deuxième étage, sonna à la porte de Douglas Frankel.

Le soldat de garde sur le palier regarda Maddevi avec un intérêt non dissimulé. La porte s'ouvrit. Il eut le temps d'apercevoir une silhouette masculine, puis Maddevi Shivarol, fut littéralement happée à l'intérieur comme par un aspirateur géant.

Il y eut un cri aigu. Maddevi Shivarol effectua une gracieuse trajectoire à travers la pièce, projetée par-dessus l'épaule de Monivanh par une savante prise de judo. Elle retomba sur le tapis bleu de Chine au moment où son sac s'écrasait contre le mur, vomissant un poudrier, divers objets et l'automatique noir.

Malko referma vivement la porte derrière elle. Inutile d'affoler le soldat.

Maddevi Shivarol n'eut pas le temps de se relever. La terrible Monivanh plongea sur elle, lui appliqua un étranglement féroce et serra. Les jambes de la Cambodgienne volèrent dans tous les sens dans un grand envol de sampot mauve. Elle essaya de mordre, de se dégager, mais Monivanh avait une force prodigieuse.

Encore décuplée par la jalousie... En quelques secondes, Maddevi Shivarol fut de la couleur de son sampot.

– Lâche-là, cria Malko. Tu vas la tuer.

Monivanh relâcha sa prise. À regret.

Mais Maddevi Shivarol resta étendue, inconsciente. Pas même essoufflée, Monivanh attrapa un rouleau de cordelette blanche et transforma sa rivale en saucisson cambodgien en un temps record. À ne plus pouvoir remuer les narines. Elle avait l'air d'un panier tressé.

– Parfait, admira Douglas Frankel. Porte-la dans la chambre.

Étalé dans un fauteuil, il avait assisté paisiblement au pugilat. Monivanh se baissa et chargea Maddevi Shivarol sur ses épaules. Malko la suivit jusque dans la pièce voisine. La chambre de l'Américain était un vrai blockhaus. Le plancher s'était à demi effondré sous le poids des sacs de sable qui cernaient le lit. La fenêtre était condamnée, ne laissant qu'une étroite meurtrière. Un M. 16 était posé près du lit, avec un énorme walkie-talkie et un empilement impressionnant de grenades et de chargeurs.

Monivanh posa sans douceur Maddevi Shivarol entre deux sacs de sable. Puis elle lui donna un coup léger du tranchant de la main sur la gorge. Cherchant de l'air, Maddevi ouvrit la bouche toute grande. D'un geste preste autant qu'espiègle, Monivanh enfonça dedans un projectile de lance-grenade M. 79 de trois centimètres de diamètre et ficela par-dessus un chiffon. Quand elle sortit de la chambre, Maddevi Shivarol commençait déjà à vomir...

Monivanh sourit à Malko, le pouce en bas.

– Maddevi, number ten.

Ravie.

La voix de Douglas Frankel leur parvint du living.

– Allons dîner. Demain, nous allons avoir une dure journée.

C'était le moins qu'on puisse dire... Avant de partir Douglas Frankel ferma soigneusement le verrou. Malko lui souffla :

– Et Liz ?

– Elle ne viendra pas, dit l'Américain. Elle m'a téléphoné à l'ambassade. De toute façon, elle n'a pas la clef de ce verrou. Et ce n'est pas elle qui détacherait Maddevi Shivarol.

Elle lui enfoncerait plutôt la grenade jusqu'à la glotte.

CHAPITRE XII

La « Fury » noire blindée accéléra, dépassant un convoi militaire. Douglas Frankel conduisait, Malko à côté de lui. Hal Davidof somnolait sur la banquette arrière, en tenue de vol, ses longs cheveux dissimulés par sa perruque.

La route 4 s'allongeait devant eux, presque rectiligne, bordée de rizières et d'une jungle très clairsemée. Un paysage plat comme la main. La seule de Phnom Penh à être ouverte sur près de 50 kilomètres... Des paysans repiquaient le riz, insouciants de la guerre. Ils traversèrent un village entièrement détruit, pris et repris vingt fois. Puis deux jeeps équipées de mitrailleuses, embossées sur le bas-côté de la route. Les Khmers rouges n'étaient jamais très loin.

Malko pensa à Maddevi Shivarol saucissonnée dans la chambre de Frankel. Ce dernier ne lui avait pas donné de détails sur la façon dont il avait contacté le capitaine Shivarol, mais l'avait assuré que tout était sous contrôle. Y compris l'hélicoptère qui devait recueillir Hal Davidof.

L'Américain avait dû fumer pas mal d'opium la veille au soir parce que son calme était impressionnant. Plus que jamais, il méritait son surnom de « moon-face ».

Il ralentit pour franchir un petit pont défendu par un mirador et un gosse d'une dizaine d'années armé d'un M. 16 deux fois grand comme lui. On était dans une région de riches rizières et les soldats avaient des joues rebondies de paysans bien nourris. Malko avait peu dormi. Une fois de plus, Monivanh était venue se glisser dans son lit, expliquant qu'elle n'était plus du tout « Butterfly ».

Ils roulèrent en silence près de trois quarts d'heure. Puis Doug Frankel ralentit et stoppa sur le côté de la route. Elle continuait devant eux, droite et déserte, tournait à droite à environ trois kilomètres le long d'une cocoteraie. À gauche de la route, Malko aperçut un petit poste gouvernemental, un carré de baraques en tôle protégées par quatre petits miradors et deux emplacements de mortiers.

Un gros camion bâché était arrêté devant.

– Nous sommes arrivés, annonça Doug Frankel.

À l'arrière, Hal qui n'avait pas dit un mot depuis le départ, se souleva sur un coude et ouvrit un œil bleu délavé :

– C'est là ?

– Oui, fit Malko, préparez-vous.

Le pilote s'étira et sortit de la voiture. Douglas Frankel se dirigea vers le camion. La portière du véhicule s'ouvrit. Une silhouette sauta à terre, vint à la rencontre de l'Américain.

Malko reconnut le visage enjoué et un peu bouffi du colonel Lean dans un uniforme sans aucun galon.

Hal Davidof fit quelques pas vers l'herbe du bas-côté, s'allongea sur le dos et alluma son chilom.

– J'espère que ce con va bien se poser, soupira-t-il.

Doug Frankel revenait vers eux avec le colonel Lean. Toujours aussi souriant. Il serra la main de Malko avec componction.

– Tout est O.K., annonça l'Américain. Le colonel

est là depuis l'aube. Les lignes communistes sont là-bas, après le virage. Ils sont prévenus et ne tireront pas sur l'avion.

Il regarda sa montre.

– Shivarol devrait être là dans une demi-heure au plus tard...

Brusquement, Malko se demanda s'il ne rêvait pas. Tout semblait tellement facile. Il regarda Hal Davidof, étendu sur le dos. Totalement insouciant...

Un groupe de Cambodgiens, hommes et femmes, apparut soudain sur la route, venant des lignes communistes, marchant très lentement, se penchant, se redressant, faisant une cueillette insolite sur le goudron de la route.

– Qu'est-ce que c'est ?

Doug eut un sourire mince :

– Le colonel a réquisitionné des réfugiés d'un camp voisin pour qu'ils nettoient la route, expliqua Doug Frankel. Qu'il n'y ait pas de problème avec l'atterrissage. C'est dangereux, il va se poser avec ses bombes...

Malko regarda le ruban de goudron, luisant sous le soleil. Une borne indiquait : Phnom Penh, 42 kilomètres. À d'imperceptibles crispations de son visage lisse, il se rendit compte que le colonel Lean était nerveux. Les réfugiés arrivèrent à leur hauteur, débarrassant la route des plus grosses pierres. Le colonel les renvoya d'un ordre bref.

On entendit des tirs d'arme automatique loin sur leur gauche.

Un vrombissement dans le ciel leur fit lever la tête. Un avion s'approchait, venant de l'est, volant au ras des cocotiers. En moins d'une minute, il fut au-dessus d'eux. Malko vit nettement les quatre bombes accrochées sous les ailes. C'était un T. 28 monomoteur, aux marques de l'armée cambodgienne. Il effectua un virage juste avant les lignes communistes, revint vers eux, dans l'axe de la route, perdit de l'altitude. Le train d'atterrissage commença à sortir.

Le colonel Lean tira Malko par la manche.

– Il vaut mieux aller nous abriter. Monsieur.

Les bombes ! Ils coururent jusqu'au poste, s'accroupirent derrière un remblai de sacs à l'entrée. Près de la sentinelle équipée d'un AK 47. Un vieux Cambodgien tout ridé.

– Et Hal ? s'écria soudain Malko.

Le pilote hippie ne s'était pas déplacé. Appuyé sur un coude, il regardait le petit T. 28 s'approcher au-dessus de la route en tanguant. Le regard de Malko se porta sur le camion, à trois mètres d'eux. Les caisses à claire-voie laissaient voir les obus de 105, verdâtres, lisses et mortels.

Si les bombes du T. 28 explosaient à l'atterrissage, on ne retrouverait d'eux que de tout petits débris... Les roues du T. 28 touchèrent le goudron dans un petit nuage de fumée. Il zigzagua légèrement, arriva à la hauteur de Hal, ralentit. Les quatre bombes ne s'étaient pas décrochées.

Un sifflement de soulagement s'échappa des lèvres minces de Doug Frankel. Il s'extirpa de sa position incommode.

– Allons-y.

La sentinelle ridée les regarda s'éloigner. Totalement indifférente. Le T. 28 fit demi-tour sur la route à grands coups de moteur, revint vers eux, roulant très lentement. Ses ailes se balançaient.

Hal Davidof consentit enfin à se lever, rajustant sa perruque. Malko, Doug Frankel et le colonel Lean le rejoignirent. Quelques soldats étaient montés dans un des miradors du camp et observaient curieusement la scène. Le cockpit du T. 28 luisait dans le soleil. Le petit avion s'arrêta à leur hauteur, dans un nuage de poussière rouge. À côté de Malko, le colonel Lean eut une brève exclamation de surprise et tendit le bras vers le cockpit. Malko regarda à son tour : il y avait deux personnes à bord du T. 28.

Qui accompagnait le capitaine Uch Shivarol ?

***

L'hélice tournait toujours. Le cockpit coulissa en arrière, révélant deux têtes. La silhouette du poste avant se dressa, descendit sur l'aile, ôta son casque de vol.

C'était le capitaine Shivarol.

La seconde l'imita, plus maladroitement. À son tour, elle sauta à terre, ôta son casque, libérant un flot de cheveux auburn. Malko eut brusquement envie d'être ailleurs. C'était Liz Frankel ! Il tourna la tête vers le chef de station de la CIA. Doug Frankel était transformé en statue de pierre. Les muscles de ses mâchoires durcis, le regard figé, les épaules affaissées. Malko eut pitié de lui.

Le capitaine Shivarol vint vers eux, suivi de sa compagne. Malko remarqua tout de suite l'étui du 45 ouvert sur la hanche. Prudent. Le colonel Lean s'écarta imperceptiblement. Ses veux allaient de Frankel à Shivarol sans arrêt.

Indifférent, Hal Davidof se curait les oreilles avec une pointe de bambou.

Liz Frankel passa devant le capitaine Shivarol et s'approcha de son mari, cria, à cause du moteur :

– C'est moi qui ai voulu l'accompagner, dit-elle. Il y a eu un drame hier avec sa femme ; il ne reviendra plus à Phnom Penh.

– Je sais, dit Frankel.

Sa voix était presque normale, pourtant Malko y

décela une tension bizarre, comme s'il se retenait de pleurer.

Lentement, comme s'il avait du mal à prendre sa décision, il tourna la tête vers Hal :

– Vous êtes prêt ?

Sa voix était redevenue normale. La tension baissa un peu.

– On échange notre équipement, et c'est O.K., dit l'Américain.

– Dépêchez-vous.

Le capitaine Shivarol était déjà en train d'ôter sa combinaison de vol et son harnais. Hal l'enfila aussitôt. Les deux hommes se hissèrent sur l'aile du T. 28, puis Hal se glissa dans le cockpit, s'attacha. Le Cambodgien lui montrait les instruments en hurlant à cause du bruit du moteur. Hal poussa la manette des gaz et le moteur gronda. Puis le Cambodgien sauta à terre. Hal Davidof fit fonctionner les commandes des ailerons et de la dérive. Il était prêt à partir.

Tranquillement, Liz Frankel passa devant les trois hommes, allant vers le camion. Un blue-jean délavé moulait ses hanches généreuses et ses longues jambes. Ses cheveux balayaient ses épaules. Elle s'éloigna sans un regard pour son mari.

Ce dernier escalada l'aile à son tour. Il tendit à Davidof une carte sous plastique que l'Américain agrafa sur son genou gauche.

– Voici le point où on vous recueillera. Surtout pas de radio. L'hélicoptère sera au niveau 30. La météo annonce une visibilité de dix miles. Vous ne pouvez pas le rater. Attention à la D.C.A. de Chamcar-Mon.

Hal sourit, ironiquement.

– Ce ne sera pas pire que les Nord-Vietnamiens de la piste Ho-Chi-Minh.

– Souvenez-vous : essayez de tout mettre dans le bâtiment convenu !

Hal poussa la manette des gaz et hurla.

– O.K., *the good Lord is on my side*[1] !

Doug Frankel sauta lourdement à terre et courut jusqu'au bord de la route. Le vrombissement du moteur augmenta ; le T. 28 faisait son point fixe. Un nuage de poussière jaillissait derrière sa queue. Puis, Hal lâcha les freins et le petit appareil se mit à rouler de plus en plus vite.

Deux cents mètres... Trois cents... Quatre cents. Il ne décollait toujours pas. Doug jura.

– Bon sang, qu'est-ce qu'il fait !

Ils étaient tous fascinés par l'avion qui cahotait de plus en plus vite. Comme pour aller s'écraser dans les cocotiers. Enfin, les roues quittèrent le sol et il s'éleva, passant au ras des cocotiers qui bordaient la route. Le colonel Lean eut un rire nerveux.

Le T. 28, presque sans prendre d'altitude, revenait sur eux, volant au-dessus de la route, train rentré. Malko se demanda tout à coup si Hal n'allait pas s'offrir la joie de sa vie en étrennant sur eux sa première bombe.

Le T. 28 se contenta de passer dans un grondement de tonnerre à dix mètres au-dessus d'eux. Quelque chose s'en détacha. Instinctivement, ils plongèrent tous vers le fossé. Puis Malko leva les yeux et éclata de rire : un objet noir descendait mollement dans l'air tiède. La perruque de Hal...

Tout en regardant le T. 28 s'éloigner vers Phnom Penh Malko se demanda s'ils ne jouaient pas aux apprentis sorciers. Après tout, personne ne connaissait la précision de Hal Davidof en tant que bombardier. Le T. 28 disparut à l'horizon. Il serait au-dessus de Phnom Penh cinq minutes plus tard.

Le capitaine Shivarol s'approcha de Doug Frankel.

1. Dieu est avec moi.

– Avez-vous encore besoin de moi ?

Doug Frankel le toisa. Impénétrable.

– Vous pouvez partir. Le camion est là. Le chargement est O. K. On vous attend. Quand vous arriverez après le virage, faites cinq appels de klaxon. Ensuite, arrêtez-vous au premier barrage.

Liz Frankel attendait près de la cabine du camion. Sans un mot, le capitaine Shivarol s'éloigna vers le véhicule. Il y monta ainsi que Liz Frankel. Le mari de celle-ci alla lentement vers le camion. Mais il ne s'approcha pas de la cabine, se contentant de faire le tour du véhicule. Le démarreur couina. Une fois, deux fois, dix fois... Probablement ému, Shivarol n'arrivait pas à démarrer. Le moteur rugit enfin. En marche arrière, le camion regagna la route. Malko aperçut le profil de Liz Frankel, les cheveux auburn. Elle se tenait très droite. L'engin tourna et la première hurla. Il s'éloigna, dans la même direction que le T. 28.

– Et voilà ! fit Doug Frankel, d'une voix qui sonnait faux.

Tous regardèrent le camion qui roulait vers les lignes communistes. Il ne restait plus aucune trace de l'opération. Sauf la perruque de Hal ramassée par un des soldats du poste. Malko était gêné par l'expression de douleur contenue qui filtrait à travers les traits figés de Douglas Frankel.

– Nous rentrons a Phnom Penh ? proposa-t-il.

– Oui, oui, bien sûr, fit l'Américain d'un ton absent.

Mais il ne bougea pas.

Du camion on ne voyait plus qu'un nuage de poussière. Il s'engagea dans le virage où le T. 28 avait failli se crascher, disparut derrière le rideau d'arbres. Distinctement, ils entendirent les coups de klaxon. Un, deux. trois, quatre... Le cinquième fut remplacé par une explosion gigantesque.

Une énorme colonne de fumée noire et blanche

s'éleva instantanément là où s'était trouvé le camion. Accompagné d'un terrifiant roulement de tonnerre. L'onde de choc arriva jusqu'au groupe immobile sur la route, les bousculant, les secouant, accompagnée d'une vague d'air brûlant, assaisonné a l'âcre odeur du TNT des obus de 105. Là-bas la colonne de fumée et de poussière montait comme un champignon atomique au milieu des cocotiers déchiquetés.

Les trois hommes n'arrivaient pas à détacher les yeux de l'énorme nuage qui obscurcissait l'horizon. Pour une raison inconnue, le camion de munitions venait d'exploser. Il ne devait rien rester du capitaine Shivarol ni de Liz Frankel. Ils n'avaient même pas dû avoir le temps de comprendre.

Les soldats sortirent du camp, curieux. Là-bas, le champignon persistait, s'effilochant peu à peu, dans la chaleur. Doug Frankel se mit en marche comme un automate vers sa voiture. Un tic nerveux le faisait cligner des yeux comme s'il riait. Ses lèvres avaient disparu. Il se laissa tomber au volant, mit en marche. Malko se pencha :

– Où allez-vous ?

Doug Frankel tourna lentement la tête vers lui.

– Voir, dit-il d'une voix blanche.

– Très dangereux, objecta le colonel Lean qui avait suivi. Les communistes vont croire qu'on leur avait tendu un piège.

L'Américain ne répondit même pas. Malko ouvrit la portière et s'assit à côté de lui. Il démarra aussitôt. La silhouette du colonel cambodgien diminua dans le rétroviseur, lis parvinrent à la ligne des cocotiers. La poussière et la fumée n'étaient pas encore retombées. La chaussée était défoncée, craquelée comme par un tremblement de terre. Un cocotier avait été coupé comme un crayon, un autre gisait plié en deux. Le sol était noir, brûlé. Du camion, il ne restait qu'une carcasse noircie retombée dans la savane maigre, encore entourée de fumée.

Doug Frankel arrêta la « Fury » et descendit. L'air sentait encore le TNT et la poussière fit éternuer Malko.

Pas la moindre trace d'êtres humains. Doug Frankel fit quelques pas, la tête baissée, vers le camion. Comme dans l'espoir insensé de trouver quelque chose...

Soudain, les explosions sèches d'un AK 47 partirent d'une lisière de jungle, 200 mètres devant eux. Suivies par les sifflements de plusieurs balles. Doug Frankel ne sembla pas les avoir entendues. Malko le prit par le bras, le força à s'abriter derrière un tronc calciné.

– Ne faites pas l'idiot, dit-il. C'est sur nous qu'ils tirent. Cela ne sert à rien. Partons...

L'Américain se laissa entraîner, jusqu'à la route. Deux ou trois coups de feu éclatèrent encore derrière eux.

Au moment où ils arrivaient au fossé. Doug Frankel s'arrêta net devant un objet brun. Malko vit une chaussure, un élégant boot, avec une fermeture éclair sur le côté. Puis l'horreur le submergea : dans la chaussure, il y avait un pied, avec un bout de chair qui dépassait, coupée net.

Doug Frankel se baissa et ramassa l'objet, en le tenant par la pointe. Malko, à la taille, vit qu'il s'agissait d'une chaussure de femme.

C'était cauchemardesque. Il n'osait pas Interrompre la méditation de Frankel. Soudain, l'Américain dit d'une voix absente :

– On les avait achetés à Hong-Kong, il y a six mois, elle ne les mettait jamais. Elle disait qu'ils étaient trop chauds.

Il hésita, puis reposa la chaussure contenant le pied de sa femme, là où il l'avait trouvée. Et se dirigea d'un pas lourd, vers la voiture. Il fit demi-tour sans se presser. Cible facile pour les B. 40 des Khmers rouges.

Mais on les ignora, ils reprirent la direction de l'avant-poste gouvernemental. Le colonel Lean n'avait pas bougé. Doug Frankel descendit et dit d'une voix absente :

– Je repars le premier. Rendez-vous comme convenu. À tout à l'heure. Merci pour tout.

Malko n'avait pas envie de parler. Ils ralentirent pour passer le pont à voie unique, une dizaine de kilomètres plus loin, le très jeune soldat cambodgien était toujours là.

Alors seulement, Doug Frankel tourna la tête vers Malko.

– Je ne savais pas qu'elle venait, dit-il d'une voix égale. On ne pouvait pas laisser Shivarol se promener chez les Khmers rouges. C'était trop dangereux. Mais je vous jure que je ne savais pas qu'elle venait...

CHAPITRE XIII

Le T. 28 filait à 500 pieds au-dessus des rizières et des marécages entourant Phnom Penh.

Hal Davidof ayant débranché sa radio dès le début du vol, pouvait se concentrer sur le pilotage. Le petit appareil répondait parfaitement. Il allait survoler Phnom Penh dans moins d'une minute. Il obliqua vers le sud pour éviter la zone de l'aéroport de Pochentrong. Dieu merci, la tour de contrôle n'avait qu'une idée approximative des avions dans le circuit.

Ça faisait à Hal Davidof un drôle d'effet de se retrouver aux commandes d'un avion de combat, même aussi vieux que le T. 28. Mais il y avait moins de risques qu'au Viêt-nam. C'était une vraie promenade. Le Tonlé Bassac, petit fleuve qui se jetait dans le Mékong, au sud de Phnom Penh, surgit devant lui, avec ses berges abruptes, couvertes de végétation luxuriante. Il rit, pensant qu'il serait à la piscine du « Phnom » à temps pour déjeuner de langoustines grillées. Doucement, il vira sur l'aile, pour revenir vers Phnom Penh par l'est.

D'un geste décidé il dégagea les sécurités du système de largage des quatre bombes de 250 livres. Il descendit encore, augmenta le régime pour voler au maximum de vitesse du T. 28. Soit, environ 550 à l'heure... Ce n'était pas un « Phantom ». Il avait décidé d'effectuer son bombardement en un seul passage. Ce serait trop bête de se faire descendre par les mitrailleuses de Chamcar-Mon. Il se cala sur son siège, resserra son harnais et se concentra. Il lui restait environ vingt secondes.

Le Mékong surgit sous ses ailes, limoneux, énorme, encombré de cargos. Hal se repéra sur la berge cimentée en biais de la rive ouest, donna un petit coup de palonnier, laissant à sa droite l'arc de triomphe de l'avenue du 9 Tola, et descendit jusqu'à 200 pieds passant en trombe au-dessus, des baraques en tôle des réfugiés. Il vit les gens lever la tête ; les avions avaient l'interdiction de survoler Phnom Penh... Il restait cinq secondes... quatre, trois, deux...

Les innombrables antennes de l'ambassade US ne restèrent qu'une fraction de seconde dans le champ de vision de Hal. Il eut à peine le temps de voir les barbelés, puis le toit blanc et plat du long bâtiment futuriste du Conseil des Ministres.

Les deux pouces de Hal Davidof appuyèrent en même temps sur le système de largage des bombes. Le T. 28 fit un bond libéré des 1 000 livres de mort subite larguées à moins de 150 pieds. Hal Davidof vira sec sur sa gauche, aperçut vaguement des soldats qui couraient vers un M. 113. Chamcar-Mon avait déjà disparu. Vu d'avion, Phnom Penh ressemblait à un immense parc. Dans son rétroviseur. Hal vit une colonne de fumée noire monter de l'enceinte du Palais Lon-Nol. Il était furieusement tenté de refaire un passage pour voir les dégâts, mais c'était vraiment tenter le diable... Il avait environ vingt minutes de vol jusqu'à Kompong Som. La plupart du temps, au-dessus du territoire communiste. Il décida de continuer à voler très bas, à vue, priant le ciel pour qu'il ne se trouve pas nez à nez avec un autre T. 28 en mission officielle.

Ensuite, dès qu'il aurait repéré l'hélicoptère, il n'aurait plus qu'à abandonner le T. 28 et à sauter en parachute au-dessus du golfe du Siam. Il se demanda soudain si toutes les histoires qu'on racontait au sujet des requins étaient vraies... Il regarda au-dessous de lui. De nouveau, c'était la jungle, les rizières. Il se détendit. Tout avait été d'une ridicule facilité. Et les forces aériennes cambodgiennes ne disposant que d'autres T. 28, il ne risquait pas d'être intercepté...

Il se demanda si le général Krom avait été touché par une de ses bombes. Il le souhaitait vivement.

***

À cette pensée, il se mit à chanter à tue-tête dans le cockpit. Il frôlait la cime des arbres. De cette façon les mitrailleuses communistes ne pouvaient pas le repérer à temps. Le front était étroitement enchevêtré. Pour l'instant il était en territoire dangereux. Il se détendit en voyant la route de Kompong Som, sur sa droite, un barrage de M. 113 et une batterie de mortiers.

Brusquement, un choc violent ébranla le T. 28. L'aile gauche se souleva, comme empoignée par une main invisible. Le T. 28 s'inclina sur la droite en une glissade mortelle. Affolé, Hal se mit à lutter avec ses commandes. Désespérément, il mit les gaz à fond, joua de ses volets, essaya de reprendre de l'altitude. Le T. 28 vibrait comme s'il allait se désintégrer.

En inspectant son aile gauche. Hal poussa un horrible juron il en manquait le tiers : arraché ! Il comprit d'un coup ce qui était arrivé, un des obus de mortier tiré par la batterie avait traversé son plan sans exploser : les mortiers étaient faits pour exploser à l'arrivée, pas au départ. Rapidement, il appuya sur la commande du train. Le voyant rouge s'alluma. Mais le T. 28 ne répondait plus, amorçant sans cesse une glissade à droite. Hal essaya de compenser au pied... Ne réussit qu'à faire remonter le T. 28 d'une centaine de pieds. Jamais, il n'arriverait à Kompong Som.

Au-dessous de lui, c'était le mélange habituel de jungle et de savane, assez accidenté. Il aperçut le ruban de la route, maintenant sur sa gauche. S'il y arrivait, il était sauvé. Mais le T. 28 vibrait de plus en plus, perdant de l'altitude.

Hal comprit qu'il n'arriverait même pas à la route. Il essaya seulement de maintenir le T. 28 en ligne de vol. Mais le petit avion tombait comme une pierre vers la jungle. En un éclair Hal aperçut des hommes enterrés autour de M. 113 d'un poste gouvernemental. Des balles traçantes montèrent vers le T. 28, d'en face. Il réussit encore à éviter un gros cocotier, puis son aile gauche en heurta un plus petit et ce qui en restait s'arracha au ras du fuselage. Le reste du T. 28 fila au ras du sol, arrachant des arbres plus petits, puis se désintégra en heurtant une petite colline couverte de bananiers.

Cramponné à ses commandes, Hal hurla :

– Shit, Shit, Shit ! [1]

Puis le pare-brise sembla voler vers son visage et écrasa son cri. Il eut l'impression que tout son corps se déchirait et se dit bêtement qu'il allait se casser les deux jambes.

***

– Il l'a fait ! murmura Malko.

Un M. 113 arrêté au milieu de l'avenue bloquait le carrefour en face de l'ambassade U.S. Des soldats cambodgiens, visiblement nerveux, gardaient les barbelés de Chamcar-Mon en nombre inhabituel. Et surtout, une colonne de fumée montait entre les cocotiers, du coum-

1. Merde, merde, merde.

pound. Hal Davidof avait rempli sa mission.

Les grilles de l'ambassade U.S. s'ouvrirent devant la « Fury » noire. Une partie du personnel était massée sur le perron et dans le jardin. Une ravissante secrétaire cambodgienne courut vers Doug Frankel.

– On a bombardé Chamcar-Mon, le Président est mort !

Le chef de Station de la CIA vira au livide.

– Nom de Dieu !

Malko eut l'impression que son estomac se remplissait de plomb. Si c'était vrai, les conséquences politiques allaient être incalculables.

– Le chargé d'affaires vous cherche partout, dit la secrétaire. Il est sur le toit.

***

La moitié du personnel de l'ambassade était massé sur le toit, fasciné par la colonne de fumée noire qui montait de l'autre côté de l'avenue.

Le chargé d'affaires, personnage au long visage solennel et imbu de lui-même, se rua sur Douglas Frankel.

Malko, resté discrètement en arrière, entendit les éclats de voix du diplomate :

– Où étiez-vous ? Il paraît que le maréchal Lon-Nol est mort !

Doug Frankel répliqua furieux, à bout de nerfs.

– Quoi « il paraît » ! Vous ne savez rien de précis ?

Le chargé d'affaires faillit passer par-dessus la rambarde. De rage.

– C'est *vous* qui êtes censé me renseigner, éructa-t-il.

– Je vais vous renseigner, fit Doug Frankel. Laissez-moi le temps.

Il regarda la colonne de fumée noire qui s'élevait de

Chamcar-Mon, juste au milieu, là où se trouvait la villa blindée du maréchal. Quel merdier ! Au moment où il allait redescendre, la voix énervée du dispatcher éclata dans plusieurs walkie-talkie.

– Station zéro, appel à toutes les stations. Stand-by, je répète, stand-by. Une communication importante va vous être faite. Restez où vous vous trouvez...

– Qu'est-ce que cela signifie ? demanda Malko.

– Le dispatcher prend ses mesures en cas de coup de force communiste, expliqua Doug Frankel. Comme chaque fois qu'il y a un événement imprévu et grave. Pour nous évacuer sur Kompong Som.

Une secrétaire se glissa près de lui et murmura quelque chose à son oreille. L'Américain se tourna vers Malko :

– Le colonel Lean désire me voir. Allons-y.

***

Pour la première fois depuis que Malko le connaissait, le colonel Lean transpirait légèrement et ne souriait pas. Il avait repris son uniforme de colonel.

– Le bâtiment visé a été entièrement détruit par les bombes annonça-t-il. Le maréchal Lon-Nol est indemne.

Doug Frankel scrutait le Cambodgien avec intensité.

– Pourquoi le bruit court-il qu'il était mort ?

Le colonel Lean se troubla imperceptiblement.

– Eh bien, il semble que... très exceptionnellement... de façon tout à fait fortuite, n'est-ce pas, le maréchal ait décidé aujourd'hui de tenir le Conseil des Ministres dans le bâtiment qui a été bombardé...

Mais il a eu beaucoup de choses à faire... Il était en retard.

Le Cambodgien se tut. Cette fois, il transpirait pour de bon. Doug Frankel n'avait plus de lèvres.

– C'est tout ?

Le colonel Lean eut un geste signifiant que le reste n'était pas important.

– Une des bombes est tombée sur l'école. Il y a quelques pertes parmi les enfants.

Malko sentit un goût de cendres dans sa bouche. Hal aurait des comptes à rendre. Doug Frankel semblait plongé dans une profonde méditation intérieure. Il se leva, tendit la main à l'officier cambodgien.

– Merci pour votre aide. J'espère que tout se passera bien.

Le colonel Lean semblait quand même inquiet.

– Attention à Krom, avertit-il. Il se doute peut-être de quelque chose. Je suis convoqué à Chamcar-Mon pour l'enquête.

Doug Frankel esquissa un sourire indéfinissable, et dit d'une voix un peu forcée :

– J'espère qu'il vous laissera ressortir. Vous pouvez le lancer sur la piste du capitaine Shivarol. Il ne risque plus rien.

***

Ron April tournait depuis une heure aux commandes de son Sikorsky, à 3 000 pieds au-dessus du golfe du Siam, balayant l'horizon à s'user les yeux. Il savait que le T. 28 ne le contacterait pas par radio. Donc, il ne fallait pas le rater. Heureusement, le trafic aérien dans ce coin était pratiquement nul, et le temps restait dégagé. avec une visibilité parfaite.

Un point brillant apparut au-dessus de la côte. Ron April fit pivoter sa machine pour le voir mieux. Mais ce n'était qu'un DC 3 allant se poser à Kompong Som. Le T. 28 avait près d'une demi-heure de retard. Inquiétant. Ron April décida d'attendre encore une demi-heure. Quelque chose d'anormal s'était passé. Si l'opération avait été décommandée on l'aurait prévenu. Donc, quelque chose était arrivé au T. 28.

Ron avait l'impression de se retrouver à Tan-Son-Nut, attendant les gars des « gun-ships » revenant de mission. Il en manquait toujours.

C'était la même angoisse.

Le silence radio avait du bon, mais laissait dans le noir.

Ron prit son micro et appela son dispatching, à Pochentrong.

– Ici, Zébra !, dit-il, je n'ai toujours aucun contact. Je vais être bientôt obligé de rentrer.

– Restez où vous êtes, dit son contrôleur, je vous rappelle.

Et Ron April continua à décrire des cercles au-dessus du golfe du Siam, à 3 000 pieds, guettant les cumulus blancs qui surmontaient la côte cambodgienne. Espérant de moins en moins.

Dix minutes plus tard, la voix du contrôleur de Phnom-Penh éclata dans ses oreilles. Volontairement neutre.

– Zébra !, ici Zébra zéro, nous n'avons aucune information. Over.

– Bien reçu, fit Ron April. Je rentre. J'ai tout juste assez de fuel.

Il coupa sa radio, mit les gaz et fonça vers la côte. Dans une demi-heure, il serait à Pochentrong. Il essaya de ne pas penser au T. 28. Depuis quatre ans, Ron travaillait dans une unité spéciale basée en Asie du Sud-Est. Tout ce qu'il savait du pilote du T. 28, c'est qu'il était Américain comme lui et remplissait une mission ultra-secrète pour la CIA. C'était assez pour qu'il le plaigne. Sachant qu'un jour, lui non plus ne reviendrait pas.

***

Le général Oung Krom contemplait ce qui restait de la salle de conférence. Perplexe. Le bombardement avait été effectué avec une précision extraordinaire. Trois des quatre bombes de 250 livres étaient tombées juste sur le bâtiment, trouant le plafond et dévastant l'intérieur. Vide, à ce moment par un hasard extraordinaire. Si le maréchal Lon-Nol n'avait pas été pris au dernier moment, avant de s'y rendre, d'un malaise causé par son hémiplégie, il aurait péri. Et avec lui, le général Krom. Ce dernier fit mentalement la liste de ceux qui connaissaient l'existence de ce Conseil des Ministres extraordinaire. Il y en avait extrêmement peu.

Par le colonel Lean, il connaissait déjà le nom du pilote : le capitaine Shivarol. C'est là que le bat blessait, on l'avait vu décoller aux commandes et il avait disparu. En compagnie d'une autre personne.

Or, sa femme s'était, également, volatilisée.

Pourtant le capitaine Shivarol n'avait aucune raison de commettre un acte semblable. Il n'était pas pro-Sihanouk, sa femme ne faisait pas de politique. Tous les deux étaient notoirement anti-communistes. Elle n'était quand même pas partie avec lui dans le T. 28 !

Un lieutenant arriva vers le général en courant.

– Le maréchal Lon-Nol désire effectuer une promenade en ville, afin de se montrer.

Le général Krom tira furieusement sur ses poils noirs. Il ne manquait plus que cela !

***

– Le fumier, gronda Doug Frankel. Il a bien essayé de nous baiser !

Malko regarda l'Américain qui venait de raccrocher son téléphone, sans comprendre.

– Que se passe-t-il ?

– Lean. Il savait que Lon-Nol devait se trouver dans le bâtiment bombardé ! Alors qu'il avait juré le contraire. Sans un incident de dernière minute, le maréchal Lon-Nol était tué et la CIA portait le chapeau ! Il s'est servi de nous !

Malko s'expliquait enfin l'extraordinaire gentillesse du colonel commandant la police spéciale. Il travaillait pour ses propres intérêts. Décidément Doug Frankel n'était pas encore assez asiatisé.

– Vous vous êtes servi de Shivarol aussi, remarqua-t-il cruellement. Dès le début, vous aviez décidé qu'il ne survivrait pas.

Doug Frankel haussa les épaules. Ses yeux étaient bordés de rouge, sa voix avait une sorte de lassitude désespérée.

– Je ne pouvais pas faire autrement, plaida-t-il. Shivarol était une planche pourrie. Je vous jure que ce n'était pas une vengeance personnelle. Mais je ne savais pas que Liz partait avec lui.

– Vous auriez pu l'empêcher de prendre le camion ou désamorcer l'engin qui l'a fait exploser.

– Je ne pouvais pas. Lean l'avait branché sur le démarreur. Et je ne pouvais pas refuser à Shivarol le camion.

Malko n'insista pas. Seul, Doug Frankel savait la vérité. Et il ne la révélerait à personne. Malko se dit qu'il n'aimerait pas être dans sa peau.

– Madame Shivarol est toujours chez vous, remarqua-t-il. Ce serait extrêmement fâcheux qu'on l'y trouve.

– Nous allons nous en occuper, dit d'une voix plus ferme l'Américain.

***

Le général Krom essayait de percer le sourire poli du colonel Lean. Il savait que l'autre le détestait, mais connaissait son influence. Une idée lui vint soudain à l'esprit. Lean était un de ceux qui savait l'emploi du temps du vieux maréchal.

– Vous avez de bons contacts de l'autre côté ? demanda-t-il douceureusement.

Le colonel Lean approuva nerveusement.

– Oui, c'est-à-dire, j'envoie souvent des gens... Nous ramenons des renseignements. Vous les connaissez.

– Très bien, dit Krom. Je veux que vous mettiez tous les hommes que vous avez sur une mission précise : retrouver le capitaine Shivarol. J'offre une récompense de dix millions de riels à celui qui me le ramènera vivant.

Le colonel Lean fut obligé de baisser les yeux. La vie réservait quand même de bons moments. D'une voix rassurée et plus ferme, il répondit :

– Je vais donner des ordres immédiatement. Cela sera difficile, mais pas impossible. Il faudra peut-être l'échanger.

– Contre n'importe qui, coupa le général Krom. J'en prends la responsabilité...

Au moment de monter dans sa B.M.W., Lean se dit qu'il allait falloir aux hommes chargés de cette mission de très bons yeux pour retrouver le capitaine Shivarol. Et un tamis très fin.

CHAPITRE XIV

Les deux hélicoptères tanguaient lentement au-dessus des arbres de l'avenue 9 Tola, soulevant parfois des nuages de poussière, essayant de rester à la verticale de la Rolls-Royce blanche aux vitres fumées, arborant le fanion du maréchal Lon-Nol. On distinguait nettement les mitrailleurs de chaque côté, surveillant les toits.

La Rolls du vieux maréchal – toutes glaces fermées – avançait au milieu d'une vingtaine de jeep et de camions bourrés de soldats. Deux M. 113, ouvraient la marche, dans un grincement assourdissant de chenilles. Les rares badauds qui n'avaient pas été repoussés par les soldats ou terrorisés par cet impressionnant équipage ne voyaient rien.

Rencogné à l'arrière de la Rolls, le maréchal Lon-Nol ne poussait pas l'héroïsme jusqu'à saluer la foule. Aussi, la plupart de ceux qui voyaient passer le convoi se demandaient-ils ce que cela signifiait. Depuis son attaque d'hémiplégie, le maréchal ne se montrait plus en public.

Après le croisement de l'avenue du 19 Mars 1970, le convoi accéléra un peu, dans le vacarme métallique des M. 113. Assis à côté du maréchal, le général Oung Krom arborait un visage sombre. Il avait déconseillé au maréchal cette promenade de propagande. C'était un risque inutile, Phnom Penh était infestée de membres du Funk[1]. Un B.40 ne ferait qu'une bouchée de la Rolls-Royce blindée. Le général Krom avait fait placer le chef de l'aviation en résidence surveillée. Mais il avait hâte qu'on lui amène le capitaine Shivarol.

***

– En tout cas, il est vivant, murmura avec soulagement Doug Frankel.

Le convoi du maréchal Lon-Nol défilait sous les fenêtres de l'ambassade américaine avant de tourner à droite pour rentrer dans Chamcar-Mon. À travers les vitres de la Rolls, Malko devina la haute silhouette du général Krom. Entre l'hélicoptère et les M. 113, le vacarme était effroyable, sans parler de la poussière... Un flot de cyclo-pousses et de voitures se traînaient patiemment derrière le convoi officiel, résignés et indifférents..

Phnom Penh ne semblait pas s'être ému outre-mesure de l'attentat. Bien sûr, il y avait encore plus de M. 113 et de soldats autour des bâtiments officiels, mais la plupart n'avaient pas la place de mettre un sac de sable supplémentaire. Les proclamations martiales dénonçant l'odieuse tentative lues à la radio gouvernementale laissaient la population de glace : le riz était passé de 2000 à 20000 piastres en trois mois, alors Lon-Nol ou un autre...

Doug Frankel referma la fenêtre et regarda sa montre : midi. Le chef de la CIA était tendu et soucieux. Il alluma une énorme radio posée sur son bureau et reliée à un magnétophone, tourna les boutons et finit

1. Front Uni National Khmer (communiste).

par tomber sur une voix hachée, entrecoupée de parasites, débitant un texte interminable en cambodgien.

– C'est la radio du Grunk expliqua-t-il à Malko. Ils diffusent un bulletin d'informations, deux fois par jour.

– Et Hal ? demanda Malko.

– On le verra tout à l'heure au « Phnom ». J'ai hâte de le féliciter. Il a bien fait son boulot.

– Presque trop bien, remarqua Malko. Si Lon-Nol était mort...

Doug Frankel colla soudain l'oreille au poste, et se mit à prendre des notes à toute vitesse. Depuis l'explosion du camion, c'est là première fois que Malko le voyait un peu détendu. Finalement, il ferma le poste.

– Ça y est ! exulta-t-il. Ils ont annoncé qu'un officier des Fanks venait de se poser à Kratie avec son appareil après avoir bombardé le Palais du maréchal Lon-Nol !

Malko ne fit aucun commentaire. Si les gens savaient que la CIA travaillait la main dans la main avec les Khmers rouges ! Enfin, ils touchaient au bout de leur entreprise. Il n'y avait plus qu'à porter l'estocade. En souhaitant qu'elle soit moins sanglante que le reste. Malko s'efforçait de toutes ses forces de ne pas penser aux enfants.

L'Américain sortit de la pièce. Il réapparut quelques minutes plus tard et se laissa tomber dans son fauteuil.

– J'ai annoncé la nouvelle au conseiller politique.

– Il n'est pas au courant ?

Doug Frankel sursauta, comme si Malko avait proféré une obscénité.

– Vous êtes fou ! *Personne* n'est au courant à l'ambassade. Il y a trop de fuites. Je me méfie des Français. Ils seraient trop contents de nous emmerder. L'hélicoptère qui a recueilli Hal Davidof dépend de Saigon. Il ignorait de qui il s'agit. Nous sommes les seuls à savoir la vérité.

– Et Madame Shivarol ? demanda Malko. Qu'allons nous faire d'elle ?

Doug Frankel eut un sourire ironique.

– Maintenant que son mari est officiellement traître, elle va se montrer beaucoup plus souple. Nous allons pouvoir la relâcher.

– Vous ne craignez pas qu'elle file directement chez le général Krom.

L'Américain secoua la tête négativement.

– Non, c'est trop dangereux pour elle. Il serait tenté de la torturer pour lui faire avouer où est son mari. Je pense qu'elle va essayer de se cacher un certain temps. Nous ne sommes pas obligés de lui dire que son mari est mort.

On frappa à la porte.

– Entrez, cria Doug Frankel.

La tête ravissante de la secrétaire cambodgienne passa par l'entrebâillement, et annonça avec un sourire d'excuses.

– Un monsieur insiste pour vous voir. Je ne le connais pas. Voici sa carte.

Elle déposa une carte sur le bureau. Les lèvres de Doug semblèrent s'escamoter et ses traits s'affaissèrent.

– Faites-le entrer, dit-il presque avec fébrilité.

La fille disparut et la porte se rouvrit sur un grand gaillard habillé en civil qui puait le militaire. Il serra vigoureusement la main de Doug Frankel et ce dernier le présenta :

– Ron April, Prince Malko Linge... Que se passe-t-il, Ron ? Je croyais que vous repartiez pour Saigon directement.

L'Américain secoua la tête.

– Il ne s'est rien passé, sir, c'est pourquoi je suis venu. Je ne voulais pas téléphoner...

Les yeux délavés de Doug Frankel étaient de marbre.

– Quoi, rien ? où est Hal Davidof.

Le pilote d'hélicoptère secoua la tête.

– Je ne sais pas, sir. J'ai tourné au point de rendez-vous plus de 45 minutes après l'heure prévue. J'ai été obligé de rentrer, j'allais être à court de fuel. Je n'ai pas vu de T. 28.

Doug Frankel passa nerveusement sa main sur son visage et échangea un regard avec Malko.

– Voyons, fit-il, vous êtes sûr de ne pas l'avoir raté ?

Le pilote secoua la tête.

– Positivement, il n'est pas venu dans le coin. Le temps était dégagé, j'avais une visibilité de 20 miles... Ou alors, il est passé très loin. Mais il ne pouvait pas s'égarer à ce point là. Il y a le terrain de Kompong Som comme point de repère.

– Il se serait donc perdu en mer, murmura Doug Frankel. S'il a été trop loin, il n'a peut-être pas eu assez de carburant pour revenir...

Malko hocha la tête, pas convaincu. L'Américain semblait prendre ses désirs pour des réalités. Il y avait beaucoup plus de chances pour que Hal Davidof soit tombé au-dessus de la terre ferme. Ou chez les gouvernementaux, ou chez les communistes... Dans les deux cas, c'était plus que fâcheux. Il fallait le retrouver... Doug Frankel semblait avoir suivi le même raisonnement. Il eut un sourire forcé à l'adresse de Ron April.

– O.K., Ron, ce n'est sûrement pas de votre faute. Retournez à Saigon et faites un rapport à qui vous savez. À propos, qu'avez-vous dit aux Cambodgiens pour vous poser à Pochentrong ?

– Ennuis de rotor.

– Très bien. Bonne route.

Il se leva et lui serra la main. Le pilote sortit du bureau et aussitôt l'Américain éclata :

– Bon sang ! J'étais sûr qu'on aurait un pépin avec

ce hippy. Il a pu faire n'importe quoi. Aller au Laos, ou Dieu sait où...

– Ou s'écraser quelque part...

Un ange aux ailes en bouillie, traversa le bureau. Douglas Frankel se leva.

– Il faut tout de suite que je prévienne Lean. S'il est de l'autre côté, qu'on s'assure de lui. Rendez-vous chez moi. Nous allons peut-être avoir besoin de Maddevi Shivarol.

Malko ne voyait pas en quoi. Mais il commençait à se dire que la roulette cambodgienne prenait des proportions inquiétantes. Si le général Krom retrouvait Hal Davidof dans l'avion du capitaine Shivarol, même abruti de ganscha, il allait en tirer certaines conclusions. Qui risquaient d'être funestes pour leur foie.

***

Maddevi Shivarol demeura immobile, les yeux dans le vague, caressant machinalement ses lèvres endolories et coupées par la grenade de M. 79. Malko réprima difficilement une nausée à l'odeur de son bâillon. Sans même se relever, elle entreprit de masser ses jambes et ses poignets ankylosés. Puis elle leva les yeux sur Malko et demanda presque sans colère.

– Pourquoi avez-vous fait cela ?

Il ne restait plus grand-chose de la tigresse de la veille, décidée à écorcher vive sa rivale.

– Pour vous empêcher de commettre un meurtre, dit Malko.

Il l'escorta jusqu'à la pièce voisine, prit une bouteille de cognac sur une table et lui en servit un grand verre. Elle en but une large gorgée.

Malko se dit qu'il fallait lui révéler au moins une partie de la vérité.

– Votre mari a commis un attentat contre le

maréchal Lon-Nol dit-il. Il s'est réfugié avec la femme de Douglas Frankel chez les Khmers rouges. Leur radio a annoncé que son avion s'était posé à Kratie.

Maddevi Shivarol posa son verre, dit d'une voix blanche.

– C'est impossible ! Il hait les communistes. Vous mentez. Pourquoi Monsieur Frankel s'intéresse-t-il à mon mari ? Je veux partir d'ici.

Ses yeux affolés allaient de Malko à la porte de l'appartement de Doug Frankel. Malko pensa à la sentinelle sur le palier.

– Vous êtes libre, dit-il. Mais je crois qu'il vaut mieux vous cacher, car la police spéciale vous recherche aussi. On pense que vous étiez avec lui lorsqu'il a décollé de Pochentrong ce matin.

Maddevi cracha de colère.

– Ils doivent être à Bangkok ou à Saigon, mais pas chez les communistes.

– Que voulez-vous faire ? demanda Malko. Il est difficile de rester ici. C'est dangereux pour Monsieur Frankel.

Maddevi Shivarol lui fit face, avec un rictus amer.

– Vous avez autre chose à me proposer ?

Malko soupira intérieurement. Maddevi Shivarol avait peur. Elle ne chercherait pas à leur glisser entre les doigts. C'était toujours ça.

– Nous pouvons aller chez une amie sûre, suggéra Malko.

– Votre putain ?

C'était parti malgré elle ! ses yeux s'éteignirent brusquement et elle dit :

– Après tout, cela m'est égal. Je veux me reposer. Conduisez-moi.

***

Malko écoutait distraitement les bruits d'eau dans la salle de bain, surveillant plutôt ceux de la rue. Il était assis sur un volcan. Tant qu'on ne saurait pas où se trouvait Hal Davidof et le T. 28. Un chasseur-bombardier ne disparaissait pourtant pas comme un cerf-volant...

Maddevi Shivarol sortit de la salle de bains enroulée dans une superbe serviette rouge. Monivanh, assise à côté de Malko se dressa d'un bond et se rua sur Maddevi, essayant de lui arracher la serviette. Il y eut aussitôt un échange d'injures furieuses que Malko ne comprit malheureusement pas... Puis d'un geste sec Monivanh récupéra « sa » serviette, abandonnant Maddevi Shivarol échevelée, les yeux hors de la tête et nue comme un ver.

Maddevi cracha à la chinoise une injure d'une obscénité raffinée. S'enroula dans son sampot et jeta à Malko :

– Dites à votre putain que si elle recommence, je vais voir le général Krom.

Malko soupira. L'accueil de Monivanh avait été plus que glacial. La suite ne valait guère mieux. C'était pourtant le seul endroit possible pour cacher Madame Shivarol.

***

– Je suis certain que Monivanh va très bien s'occuper de vous, affirma-t-il.

Dans tous les sens. Monivanh ne la laisserait même pas traverser le jardin !

Malko n'avait pas envie de s'éterniser. Douglas Frankel devait être en train de mettre tout en œuvre pour retrouver Hal Davidof. Mort ou vif. Il fit une prière muette pour que le T. 28 se soit *vraiment* abîmé dans le golfe du Siam.

Sans trop y croire.

***

Le général Oung Krom relut pour la dixième fois l'état que venait de lui apporter le chef d'État-Major de l'armée de l'air. C'était incontestable : tous les T. 28 de la force aérienne khmère se trouvaient au terrain de Pochentrong. Sauf, évidemment celui volé par le capitaine Shivarol. Qui, d'après la radio du Grunk se trouvait à Kratie, chez les communistes... Donc quelque chose ne collait pas.

– Tu es sûr de ce que tu dis ?

L'officier hocha la tête affirmativement.

– Certain. Je suis monté dans un cocotier et j'ai regardé avec des jumelles. C'est bien l'épave d'un T. 28. Il est tombé ce matin, vers onze heures. Je l'ai vu passer, il arrivait du nord et volait très bas. Il est tombé juste devant nos lignes tout de suite après et a explosé.

Le général Krom jouait avec une ancienne figurine d'ivoire représentant une danseuse du ballet royal. Perplexe. Si on ne lui soumettait pas automatiquement tous les états des pertes en matériel de l'armée cambodgienne, il n'aurait peut-être pas découvert ce fait insolite avant plusieurs jours.

Théoriquement, deux T. 28 avaient disparu. En réalité, un seul manquait.

Que les communistes aient menti, cela n'avait rien d'étonnant. C'était de la bonne propagande. Mais que faisait le T. 28 au sud de la ville ? Dans cette direction, le seul aéroport était celui de Kompong Som aux mains des gouvernementaux. Il n'allait quand même pas s'y poser après avoir bombardé Chamcar-Mon ! Et il n'avait pas assez d'essence pour aller à Bangkok.

Donc il fallait récupérer ce mystérieux T. 28 en trop. Savoir qui était aux commandes.

– Il faut monter une attaque, ordonna-t-il au capitaine. Pour reprendre le terrain où se trouve cet avion. Le plus vite possible.

Le capitaine approuva plus que mollement.

– Les autres sont très forts, là-bas. Ils ont des B. 40, des mortiers de 82 et ils sont enterrés. Je n'ai qu'une soixantaine d'hommes dans ce secteur.

Le général Krom caressa sa longue touffe de poils noirs.

– Tu auras des M. 113 pour t'appuyer et deux compagnies de renfort. Dès demain matin. Ainsi qu'une batterie de 105 avec 200 obus. Je viendrai moi-même. Je veux cet avion.

CHAPITRE XV

Le roulement d'une canonnade presque ininterrompue réveilla Malko en sursaut. Il resta immobile dans l'obscurité, écoutant. Cela venait du sud de la ville. Il lui sembla que c'était beaucoup plus important que les autres nuits. Il regarda sa montre. 5 heures 30. Monivanh dormait à côté de lui, bras et jambes écartés. Le lit était plus large que les lits jumeaux du « Phnom ». Malko avait tenu à dormir dans la villa de Monivanh. À cause de Maddevi Shivarol qui dormait dans la chambre voisine. Monivanh s'éveilla à son tour.

– Écoute, dit Malko.

Elle tendit l'oreille vers le roulement lointain, secoua la tête.

– No sweat, camarades.

En trente secondes, elle se rendormit. Malko n'y arriva pas, comptant les salves. Depuis qu'il se trouvait à Phnom Penh, il n'avait encore entendu un tir d'une telle violence. Il se demanda quel objectif justifiait ce déploiement de force. L'aube commençait à filtrer à travers les stores de bois. Il pensa à Hal. Qu'était-il arrivé au jeune hippie ? Il était certain que le général Krom allait chercher à savoir si la CIA n'était pas derrière le bombardement. Il était urgent de le mettre hors circuit... Il se tourna et tenta de se rendormir. Mais la canonnade continuait.

***

La fumée blanche du départ du 106 enveloppa le M 113 qui recula de trois mètres. Le général Oung Krom juché sur l'engin, observa l'arrivée de l'obus sur une lisière de cocotiers, 300 mètres devant lui. En dépit du terrifiant bombardement des 105, les Khmers rouges s'accrochaient au terrain. Ils devaient être enterrés comme des taupes.

– Attaquez ! hurla-t-il dans le micro de sa radio.

Les M. 113 déployés en demi-cercle dans la jungle clairsemée arrosaient les positions adverses au 106 sans recul depuis vingt minutes. Le sol était jonché de douilles brûlantes. Les communistes ripostaient peu.

Les M. 113, bourrés de soldats, s'ébranlèrent. Aussitôt, les mitrailleuses lourdes communistes se déchaînèrent sur ceux qui avançaient à découvert. Un des M. 113 après avoir avancé de dix mètres fut secoué par une terrible explosion puis resta immobile, entouré de fumée noire. Un B. 40 communiste venait d'exploser à l'intérieur. Des soldats se précipitèrent pour tirer le pilote dehors. La tête vint toute seule : le corps n'était plus que de la bouillie...

Les gouvernementaux jaillirent des portes arrière des M. 113, baïonnette au bout du M. 16, tandis que les engins blindés écrasaient sous leurs chenilles les points d'appui communistes. Une des mitrailleuses se tut. Les Khmers rouges reculaient. Pourquoi sacrifier des hommes pour défendre ce bout de cocoteraie ? Le général Krom avait les yeux fixés sur un cocotier déchiqueté au pied duquel se trouvait un amas de ferrailles. Il dirigea son M. 113 droit dessus, puis hurla de stopper. L'engin cracha ses soldats qui se mirent à tirer sur tout ce qui bougeait.

Sautant à terre, le général Krom repéra un trou individuel dans lequel un Khmer rouge agonisait, sur les débris de son AK 47, haché par des éclats de 106. Le général aboya un ordre bref. Un des soldats fonça vers le trou, posa son M. 16, prit son ceinturon, le passa autour du cou du mourant et l'étrangla rapidement, au milieu du cercle amusé de ses camarades.

À grandes enjambées, sans se soucier des balles qui sifflaient partout, il se dirigea vers les débris du T. 28.

L'appareil s'était écrasé au milieu d'un terrain découvert, ce qui avait empêché les Khmers rouges de s'en approcher. Des débris étaient éparpillés sur deux cents mètres, mais le centre du fuselage était presque intact. Le général Krom, en l'atteignant, sentit l'odeur fade de la mort : le pilote était toujours là. Il escalada l'aile, se pencha sur le cockpit qui avait volé en éclats.

La tête du pilote avait passé à travers le plexiglas. Il était méconnaissable, enflé par la chaleur, horrible à regarder. Le corps était broyé également et l'odeur qui s'en dégageait, effroyable. Il resta en arrêt devant les longs cheveux emmêlés, poisseux de sang, descendant jusqu'aux épaules du mort.

Des cheveux beaucoup plus clairs que n'importe quel Cambodgien.

Il étouffa un juron.

C'était son pilote, ce fou d'américain hippie ! Il n'en revenait pas. Que faisait-il dans le T. 28 du capitaine Shivarol ? Aucun doute n'était possible. Les numéros correspondaient. C'est donc lui qui avait bombardé Chamcar-Mon. Mais pourquoi et pour qui ?

La stupéfaction du général fit brutalement place à la rage. Il se retourna et héla un soldat :

– Coupe-lui la tête.

Le soldat obéit, sans dissimuler son étonnement. On

ne décapitait que les ennemis et les communistes n'avaient pas de T. 28.

Le soldat prit son coupe-coupe, plus efficace qu'une baïonnette. Avec l'aide de deux camarades, ils sortirent le corps du cockpit et commencèrent à détacher la tête de Hal Davidof de son corps.

Krom regardait, le visage sombre, cherchant à comprendre. Le meurtre de Jim Miller qu'il avait pris pour une réaction désespérée du pilote, prenait une nouvelle dimension. Il chercha dans sa mémoire qui connaissait Hal ? Monivanh... On retombait sur la CIA. Mais il n'arrivait pas à croire que les Américains soient assez fous pour liquider Lon-Nol de cette façon.

Il y avait autre chose. Et beaucoup de points mystérieux. Le capitaine Shivarol avait bien décollé de Pochentrong avec sa femme ; on les avait vus.

Où étaient-ils maintenant ?

Les coups de feu se calmaient. Les communistes s'étaient installés sur des positions de repli et les gouvernementaux les poursuivaient mollement... Les soldats descendirent du cockpit et apportèrent au général la tête de Hal Davidof enveloppée dans une toile verte. Il la jeta dans sa jeep.

Si Hal Davidof avait pu voir le prix dépensé pour récupérer ses cheveux longs, il en eut certainement été profondément flatté. Le général Oung Krom prit le volant de sa jeep, fit un demi-tour et fonça vers Phnom Penh. Il fallait trouver coûte que coûte comment Hal Davidof s'était retrouvé aux commandes du T. 28 du capitaine Shivarol.

Et surtout qui l'avait assis dans le siège du pilote.

***

Malko sonna et la jeune bonne khmère de Doug Frankel lui ouvrit.

Malko traversa le triste living-room, gagna la chambre. Un peu partout, il y avait des berceaux pour recharger les walkie-talkie. Doug Frankel était en train d'achever de se raser.

– Rien de neuf sur Hal ? demanda Malko.

– Rien.

L'Américain acheva sa besogne, se rinça, mit ses lunettes et annonça :

– Nous avons rendez-vous avec Senang. Il faut précipiter les choses.

C'était aussi l'avis de Malko.

***

– Lon-Nol a fait jeter 150 devins en prison !

Doug Frankel exultait, tandis que Senang discourait de sa voix aiguë, avec des gestes volubiles, des clins d'œil exaspérants, une emphase soudaine, des rires aigrelets. Décidément, Malko semblait lui plaire beaucoup. Doug Frankel assis sur une pile de plateaux d'argent écoutait attentivement les explications du devin.

– Cela s'est très bien passé, annonça-t-il.

Ils étaient entassés dans la minuscule arrière-boutique d'un des argentiers de la rue des Argentiers, à côté de l'ancien Palais Royal. Hélas, les boutiques étaient vides, il n'y avait plus de touristes. Phnom Penh était passé de 600 000 à 2 millions d'habitants mais il n'y avait plus d'argent, non plus d'ailleurs. Ce qu'on vendait sous ce nom n'était qu'un pâle alliage à la composition douteuse.

Ils avaient trouvé Senang au milieu d'un océan de boîtes argentées en forme d'animaux, plongé dans une profonde méditation. Probablement sur les moyens de monnayer sa nouvelle gloire.

L'Américain résuma la situation à Malko.

– Le maréchal l'a fait convoquer une heure après

l'attentat, il était très impressionné par la prédiction de Senang. Il lui a demandé comment il avait pu prévoir avec autant de précision l'attentat dont il avait été la victime. Senang lui a expliqué qu'il était branché en prise directe sur l'âme d'un arrière-grand-père de Lon-Nol, plein de bonne volonté et de clairvoyance...

Le maréchal a décidé de le consulter désormais tous les jours avant de prendre une décision importante.

Senang, ravi, souligna d'un rire aigrelet, la traduction. Il comprenait parfaitement le français... Doug Frankel se tourna vers le jeune homosexuel :

– Très bien, Senang. Je t'ai rendu service. Un grand service. Maintenant, tu vas m'en rendre un, à ton tour...

Senang écoutait, la tête penchée sur le côté, soudain figé et beaucoup plus lointain. Malko sentit qu'il allait essayer de se défiler... Doug dit lentement :

– Il y a un homme qui a une très mauvaise influence sur le maréchal. Un homme dont les vibrations sont néfastes, qui attire à lui les mauvais esprits. Il faut que le maréchal l'écarte, sinon, sa vie sera de nouveau en danger...

Senang opinait prudemment. Sans répondre. Attendant la suite, Doug Frankel était sérieux comme Cagliostro.

– Cet homme, continua l'Américain, il va falloir que tu révèles son nom au maréchal, continua Doug Frankel. Pour son propre bien.

– Qui est-ce ? demanda timidement Senang.

– Le général Oung Krom, fit paisiblement l'Américain.

Les yeux du devin firent un tour complet. C'est tout juste s'il n'entra pas en transes. Krom semblait lui inspirer une terreur totale, physique, abjecte.

– Le général Krom est très très puissant, objecta-t-il. Le maréchal l'aime beaucoup.

Les yeux de Doug jetèrent un éclair.

– Tu es aussi puissant que lui maintenant... Tu connais les secrets de la Vie et de la Mort. Tu as sauvé la vie du maréchal.

Senang hocha la tête, presque convaincu de sa propre toute-puissance, mais objecta de sa voix haut perchée :

– Si le général Krom apprend que j'ai dit cela, il sera très en colère.

– Mais il n'osera pas toucher à un protégé du maréchal, affirma doucereusement Doug Frankel.

Senang n'était pas convaincu. Il recula imperceptiblement, comme s'il voulait se fondre dans la cloison.

– Je ne crois pas... que je peux dire une chose comme cela au maréchal, dit-il. Je ne sens pas de mauvais esprit autour du général Krom...

Il se défilait, l'ordure... Les lèvres de Doug Frankel furent avalées une nouvelle fois. Il poussa un soupir qui ressemblait à un sifflement, et laissa tomber d'une voix suavement venimeuse :

– C'est fâcheux. Parce que, moi, je vois beaucoup de mauvais esprits autour de toi. Des esprits qui iront dire au maréchal comment tu étais au courant pour l'attentat. Il risque d'être très très mécontent... Ils pourraient aussi lui dire que tu n'es qu'un horrible farceur doublé d'une canaille...

Senang était devenu de la couleur d'un vieil ivoire. Il bafouilla quelques mots incompréhensibles, puis se fendit d'un sourire servile.

– Je vois le maréchal demain, dit-il. Il veut me consulter sur la manière de reprendre Oudong aux communistes. J'essaierai de lui dire pour le général Krom...

Doug Frankel se leva avec un bon sourire :

– C'est cela, essaie... Je te verrai demain soir. N'oublie pas de dire à Lon-Nol que tu penses que l'attentat n'aurait pas eu lieu si Krom n'avait pas été là...

Ils sortirent dans la rue étroite et mal pavée, se terminant aux anciennes écuries des éléphants blancs. Doug Frankel soupira :

– Je crois qu'il ne va pas se dégonfler.

Malko préféra ne pas répondre.

***

Monivanh allait sortir dans le jardin lorsqu'elle aperçut la jeep pleine de soldats s'arrêter devant la grille. Elle entendit l'un d'eux héler un gosse, demandant où elle habitait.

Elle se rua dans la chambre de Maddevi Shivarol : elle était vide. Elle fonça vers la salle de bains : la porte était fermée. Monivanh appela à travers le battant.

– Des soldats ! Venez vite. Sortez.

Mais c'était déjà trop tard. Les soldats étaient dans le jardin. L'un d'eux cria :

– Viens ici, toi.

Monivanh fila à travers la maison, poursuivie par plusieurs soldats, prit son élan, grimpa sur une des énormes jarres qui parsemaient le jardin, franchit un muret d'un mètre de haut et détala à travers le jardin de la maison voisine. Elle entendit les hurlements de Maddevi Shivarol, terrifiée par les soldats qui enfonçaient la porte de la salle de bains.

Maddevi Shivarol essaya de ne pas frissonner en fixant la tête de Hal Davidof posée sur le bureau du général Oung Krom. C'était pourtant un objet monstrueux, répugnant, putréfié.

– Où est ton mari ? répéta le général Krom.

La Cambodgienne avait les mains attachées derrière le dos, les chevilles liées et on l'avait agenouillée sur une règle triangulaire. Pour commencer... Elle releva la tête :

– Je vous ai dit que je ne savais pas... Demandez à Douglas Frankel. Sa femme était avec mon mari.

Krom s'avança et la gifla. Douglas Frankel était la seule personne qu'il ne pouvait pas interroger. Mais il exultait d'avoir mis la main sur Maddevi Shivarol. L'histoire commençait à se débrouiller...

– Pourquoi ton mari a-t-il bombardé Chamcar-Mon ?

– Je n'en sais rien. Je ne sais rien de tout cela.

Elle se mit à pleurer, brisée, n'en pouvant plus. Krom l'observait pensivement. Il tenait un bout du fil. À lui de savoir bien démêler la pelote.

– Pourquoi te cachais-tu ?

– J'avais peur, avoua-t-elle. Je ne comprends pas ce qui arrive. Je suis sûre que mon mari n'a pas bombardé Chamcar-Mon. Qu'il n'est pas chez les communistes. Que...

Le général Krom l'interrompit d'un geste. Il savait juger les gens. Maddevi Shivarol disait la vérité.

– Veux-tu m'aider à retrouver ton mari ? demanda-t-il. Sans rien dire à personne. Elle renifla ses larmes, approuva de la tête.

– Très bien, dit-il. Je vais te faire détacher.

Il donna un ordre et un soldat s'approcha de la prisonnière, défit ses liens. Elle se mit debout en titubant. Le général Krom alla mettre sur l'électrophone un disque de musique khmère. Un seul homme pouvait lui dire où se trouvait le capitaine Shivarol.

L'envoyé de l'U.S. Aid. Le complice de Douglas Frankel. Il allait utiliser Maddevi Shivarol pour s'en emparer et le faire parler. Par tous les moyens. Il se dit qu'il ne résisterait pas plus que les autres au supplice des épingles. Ou à d'autres. Il n'y avait pas de surhomme. Il hésita, pensant au colonel Lean. Lui connaissait mieux les potins de Phnom Penh que lui. Il pourrait compléter le puzzle. Mais il décida finalement de garder pour lui la présence de Maddevi Shivarol dans les locaux de la 1re Division.

Jusqu'à ce qu'il se soit emparé de son ennemi.

CHAPITRE XVI

Monivanh poussa un cri rauque, se tordit les mains, de grosses larmes coulant sur son visage plat. Puis, elle adressa une longue phrase à Ti-Nam. La Vietnamienne tourna vers Malko un visage tragique :

– Elle veut se suicider !

Il ne manquait plus que cela ! Malko passa son bras autour des épaules de la Chinoise. Ce n'était pas de sa faute si les hommes du général Krom avaient enlevé Maddevi Shivarol. C'était extrêmement fâcheux, mais ce n'était pas de sa faute. Il fallait la retrouver. Monivanh renifla, approuva silencieusement... Malko s'assit sur le lit de Hal. Cette fois le général Krom contre-attaquait sérieusement. Malko revenait de sa réunion avec le devin quand Monivanh l'avait harponné et conduit dans le bungalow de Hal, occupé depuis sa disparition par Ti-Nam. C'est là qu'il avait appris la bonne nouvelle...

Il essayait de déterminer ce que la femme du capitaine Shivarol pouvait apprendre au général Krom. Ne serait-ce que la liaison de son mari avec Liz Frankel.

Il fallait prévenir ce dernier d'urgence... Au moment où il allait sortir du petit bungalow, Ti-Nam éclata en sanglots à son tour !

– Hal, gémit-elle. Où est Hal ? Je suis sûre qu'il m'a

quittée pour aller à Saigon, qu'il lui est arrivé quelque chose.

– Elle reniflait, le visage inondé de larmes, dans un gros chagrin d'enfant. Malko la réconforta :

– Il reviendra...

Il laissa les deux filles et sauta dans le premier taxi du jardin pour se faire conduire à l'ambassade américaine.

***

– Monsieur Frankel est au ministère de l'Intérieur.

La secrétaire du chef de station de la CIA enveloppa Malko d'un long regard velouté. Le rêve de toutes les secrétaires cambodgiennes était de se faire entretenir, justement par un homme du style de Malko. Ce dernier se demanda pour qui elle travaillait. Les Français, les Khmers rouges ou le général Krom. Ou les trois...

Heureusement le ministre de l'Intérieur n'était pas à plus de 500 mètres. Il avait gardé son taxi. Le petit bâtiment sans étage, au milieu d'un jardin ressemblait à tout, sauf à une antre de barbouzes. La « Fury » noire de Doug Frankel était garée à côté du porche.

Il lui fallut convaincre deux sentinelles et trois secrétaires avant de se retrouver devant la porte du Chef de la Police Spéciale. Dès que le colonel Lean l'aperçut, il se précipita. Une grosse ride barrant son front.

Doug Frankel grogna et demanda :

– Que se passe-t-il ?

– Krom a enlevé Maddevi Shivarol, annonça Malko.

– Shit !

Le colonel Lean ne dit rien, mais une lueur de panique passa dans son regard noir. Malko raconta ce qui s'était passé. Doug Frankel eut un claquement de langue dégoûté.

– Cela ne va pas mieux de notre côté. Notre ami Lean a de mauvaises nouvelles. Ce matin, les gouvernementaux ont monté une attaque de grand style pour s'emparer de l'épave d'un T.28 tombé hier entre les lignes... Je n'ai pas besoin de vous faire un dessin...

Le colonel Lean se gratta discrètement la gorge.

– Ce qu'il y a d'inquiétant, murmura-t-il, c'est que le général Krom ne m'a pas mis au courant de ce nouveau développement...

Autrement dit, Krom soupçonnait le colonel Lean d'avoir trempé dans l'affaire ! De mieux en mieux.

– J'espère que Senang va intervenir vite, fit Doug Frankel pour se remonter le moral. Sinon, nous risquons des problèmes. *Il pointa un doigt vers Malko.* Vous êtes le suivant sur la liste de Krom. Il faut prendre des précautions. Le chargé d'affaires est à Bangkok. Je vais vous prêter sa voiture, c'est une Pontiac blindée. Il y a un garde de corps avec.

– Ce n'est pas cela qui va nous faire retrouver Maddevi Shivarol.

Doug Frankel se leva.

– Revenez avec moi à l'ambassade. Nous allons mettre tout cela au point.

***

– Attendez-moi là, Leroy.

Le grand noir hocha la tête affirmativement sans desserrer les lèvres. Il se cala confortablement dans la Pontiac et alluma une cigarette. Montagne de chair taciturne, une mitraillette Uzi sur les genoux et son téléphone-radio par terre. Branché en permanence sur le dispatcher. Le chauffeur était un « Marine » imberbe et rose, raide comme un automate. Ils avaient promené Malko toute la journée, de camp de réfugiés en camp de réfugiés, avec une escorte de motards cambodgiens.

Malko en avait un peu assez de cette protection encombrante. Plus son pistolet extra-plat dans son attaché-case. Il avait donné rendez-vous à Monivanh dans le bungalow de Hal. Espérant qu'elle aurait appris du nouveau.

Il frappa et la voix de Ti-Nam lui cria d'entrer.

La fumée de la ganscha était tellement épaisse qu'il distingua à peine la Vietnamienne. En maillot, elle était étendue sur le lit, les yeux rouges comme un lapin russe d'avoir trop fumé.

– Monivanh viendra seulement à sept heures, annonça-t-elle.

Comme Malko faisait mine de s'en aller, elle le retint par le poignet.

– Attends, j'en ai assez d'être seule.

Elle se remit à pleurer. Malko s'assit sur le bord du lit. Elle se calma. Il aperçut une petite boîte de plastique transparent contenant un énorme scarabée noir. Posée sur le lit de Ti-Nam.

– Tu fais collection ? demanda-t-il.

Un sourire ambigu éclaira les larmes de la Vietnamienne.

– Tu ne sais pas ce que c'est ?

Il avoua son ignorance.

Brutalement, Ti-Nam fut de nouveau en larmes.

– Hal, fit-elle : il aimait tellement...

– Il aimait quoi ?

De nouveau, un regard coquin se glissa à travers ses larmes. La ganscha la rendait aussi instable qu'un pendule.

– Tu vas voir !

En une seconde, elle avait oublié son chagrin. Elle s'agenouilla d'un bond, força Malko à s'allonger, le dénuda partiellement, commença à le caresser avec un naturel parfait.

Il ne la vit même pas ouvrir la boîte de plastique,

mais sentit tout à coup quelque chose lui chatouiller le bout du sexe. Il eut un sursaut de recul et Ti-Nam pouffa de rire.

Tenant le coléoptère délicatement de la main droite, elle se servait du mouvement furieux de ses huit pattes fines pour agacer les terminaisons nerveuses de Malko. Ce dernier pensa à Leroy attendant dans la Pontiac, gravement entre sa mitraillette et son téléphone. L'Asie réservait de temps à autre de bonnes surprises. Après tout, il serait peut-être mort le lendemain. Ou dans deux heures.

– Tu aimes ? demanda Ti-Nam.

– C'est curieux, avoua Malko.

– Quand Hal a trop fumé de ganscha, c'est ce que je lui fais.

Maintenant sa bouche avait remplacé ses doigts. Alternant avec les pattes infatigables du coléoptère. Concentrée gravement sur la besogne, Ti-Nam dosait savamment l'agacement et la détente, laissant les pattes griffues s'accrocher à la chair la plus fragile, les guidant vers les endroits les plus sensibles, puis calmant la tension avec le fourreau tiède de sa bouche.

Malko n'en pouvait plus. Il voulut attirer Ti-Nam, mais elle lui échappa :

– C'est avec lui que tu fais l'amour...

Pour l'hallali, Ti-Nam renonça presque entièrement à se servir de sa bouche, se contentant de promener le scarabée d'un mouvement rotatif au-dessus de Malko. De façon à ce que les huit pattes l'étreignent en même temps.

Emporté par un fantastique orgasme, il n'entendit même pas les coups frappés à la porte, tandis que Ti-Nam, penchée sur lui, achevait ce que le coléoptère ne pouvait faire, en dépit de son entraînement.

Honteux, le scarabée s'enfuit.

Les coups à la porte recommencèrent. Puis une voix dit quelque chose en cambodgien.

– C'est pour toi, annonça Ti-Nam.

Malko n'eut que le temps de se rajuster tandis que la Vietnamienne plongeait sous le lit à la recherche du scarabée honteux.

La silhouette rondouillarde du colonel Lean se découpait dans le contre-jour. D'un coup d'œil rapide, il jugea la scène avec un sourire plein d'indulgence. Les femmes et la drogue n'ont jamais été que des péchés véniels en Asie.

– Je suis désolé de vous déranger, annonça-t-il, mais des informateurs m'ont rapporté quelque chose d'intéressant. Il semble que Madame Shivarol ait pu échapper au général Krom.

– Où est-elle ? demanda Malko oubliant instantanément le scarabée.

Lean inspecta le jardin comme s'il fourmillait d'espions de Krom.

– Il paraît qu'elle s'est réfugiée au Cambodiana, parmi les réfugiés... Mais il m'est difficile d'y aller.

Malko marchait déjà vers la Pontiac.

– J'y vais, dit-il. Prévenez Monsieur Frankel.

***

Malko regarda l'énorme bâtiment au toit en forme de pagode qui se dressait au bord du Mékong. Le dernier rêve du Prince Sihanouk. Un gigantesque hôtel de six étages et 2 000 chambres au milieu d'un grand parc. Un rêve pour le tourisme. Seulement il n'y avait jamais eu assez d'argent pour aller au-delà du gros œuvre. Le Cambodiana n'était qu'une gigantesque carcasse inachevée et le jardin une immensité boueuse à l'abandon.

Des milliers de réfugiés s'y étaient peu à peu

installés, colonisant les sous-sols et le rez-de-chaussée. Cinq ou six mille... Les autorités avaient fait murer les escaliers menant aux étages supérieurs, pour limiter les dégâts. Personne ne savait exactement combien ils étaient, ni qui ils étaient.

– Venez avec moi, dit-il à Leroy.

Le Noir laissa sa mitraillette, ne gardant qu'un colt au côté et son téléphone. Lean avait précisé à Malko que Maddevi Shivarol se terrait dans la partie donnant sur le Mékong, près de la future piscine...

Lui et Leroy montèrent le grand escalier menant à la « réception ». Une sorte de cour des miracles où se pressaient plusieurs centaines de réfugiés, achetant et vendant n'importe quoi. Sauf une bande de gosses, personne ne s'occupa d'eux. Ils s'enfoncèrent dans le dédale des couloirs. Partout, il y avait des chalits, des nattes, des familles entassées à même le sol. Sans eau, sans électricité, sans hygiène, dans une odeur effroyable. Malko avançait avec précaution, scrutant la pénombre.

Pendant près d'une heure, il ratissa ainsi tous les sous-sols, sans rien voir qui ressemble à Maddevi Shivarol. Leroy commençait à être nerveux.

– Faudrait peut-être rentrer, proposa-t-il. Il y a trop de gens ici.

Et au détour d'un couloir, Malko la vit surgir ! Pieds nus, enroulée dans un sampot beige, les cheveux tirés, pas maquillée. Elle aperçut Malko, poussa un cri et détala à travers le couloir menant à la berge du Mékong.

Instinctivement, Malko démarra derrière elle. Jamais il n'aurait pensé qu'elle allât si vite. En vingt mètres, ils eurent distancé Leroy. Il entendit le Noir crier :

– He ! Wait a minute !

Maddevi tourna à gauche, dans une coursive en plein air, longeant le futur jardin sur le Mékong. Malko surgit à son tour. Plusieurs hommes, des Asiatiques – en tenue noire, étaient tapis le long du mur. Ils se ruèrent sur lui avec une brutalité inouïe, le plaquèrent au sol. Un choc violent sur la nuque lui fit perdre connaissance.

Il sentit vaguement qu'on le prenait par les quatre membres et qu'on le jetait dans le jardin en contrebas. Puis, il y eut des coups de feu et sa dernière pensée fut que le colonel Lean avait trahi.

Ce qui était très, très mauvais signe.

CHAPITRE XVII

Leroy Brown avait l'impression d'avoir flirté avec un bulldozer. Entendant des voix, il fit un effort désespéré pour ouvrir les yeux. Dans un brouillard, il perçut la voix de Douglas Frankel.

– Leroy, qu'est-il arrivé ? Où est le Prince Malko ?

Il parvint enfin à garder les yeux ouverts. Il était dans une petite chambre d'hôpital, entouré de plusieurs infirmiers cambodgiens, d'un colonel et de Douglas Frankel. Nu, le corps couvert d'ecchymoses, les deux jambes bandées. Pourtant, il ne souffrait pas. Tout lui revint d'un coup. La poursuite dans le Cambodiana, les hommes en noir. Il avait eu le temps de tirer. On avait riposté puis quelqu'un l'avait assommé par derrière. Dans un coin, il vit sa belle tenue marron, salie et déchirée.

– Les enculés, explosa-t-il.

Le colonel cambodgien remarqua, en parfait anglais :

– Quand votre chauffeur a donné l'alerte, il était trop tard pour rattraper vos agresseurs. Ils ont franchi le Mékong. En emmenant la personne avec qui vous étiez. Vous l'avez échappé belle. Les communistes auraient pu vous achever.

Doug Frankel jura à mi-voix, et jeta un œil noir au colonel.

– Qu'est-ce que vous foutiez au Cambodiana ? demanda-t-il.

Leroy Brown s'étira avec une grimace de souffrance.

– Quelqu'un – un Cambodgien – est venu voir le Prince. Immédiatement après, il m'a annoncé que nous allions chez les réfugiés.

– C'est Krom ! gronda l'Américain.

L'officier cambodgien dissimula sa gêne derrière un sourire contraint et poli, faisant comme s'il n'avait pas entendu.

– Nous allons faire tout notre possible pour retrouver le commando qui a enlevé ce fonctionnaire de l'U. S. Aid, assura-t-il.

Doug Frankel, l'air mauvais, lui jeta :

– Ce ne sont pas des Khmers rouges ! Ce sont les hommes du général Oung Krom.

Le Cambodgien accentua son sourire. De plus en plus gêné. Subodorant une intrigue bien asiatique et bien tortueuse. Le général Krom était un État dans l'État. Et le chef de la CIA à Phnom Penh n'avait pas que des amis.

– Voulez-vous une protection supplémentaire. Monsieur ?

L'homme de la CIA lui jeta un regard féroce :

– Merci, j'ai ce qu'il me faut. Soignez bien Leroy Brown.

Sans dire au revoir à personne, il sortit de la chambre, parcourut à grands pas le couloir aux murs constellés de lézards, regagna sa « Fury ». C'est le jeune « Marine » rescapé de l'enlèvement qui conduisait.

– Au « Phnom », ordonna Doug Frankel.

Heureusement l'hôpital Calmette se trouvait à

500 mètres de l'hôtel... Doug Frankel était ivre de rage. Le général Krom venait de marquer un point peut-être vital. Il n'osait pas penser à ce qu'il allait faire à Malko pour apprendre la vérité.

Dès que la « Fury » s'immobilisa dans le jardin du « Phnom », il sauta à terre, fonça au bungalow de Hal, tambourina furieusement à la porte. Jusqu'à ce que la tête ensommeillée de Ti-Nam apparaisse.

– Le Prince a été enlevé, dit-il. Où est Monivanh ?

– Elle dort dans sa chambre, dit la Vietnamienne. Elle m'a dit qu'elle l'attendait...

– Quelqu'un est venu le voir, dit Frankel, juste avant qu'il parte au Cambodiana. Tu l'as vu ?

Ti-Nam hocha la tête, effrayée :

– Oui. C'était le colonel Lean.

– Lean !

Doug Frankel avait poussé un véritable rugissement. Ti-Nam recula, effrayée. Mais déjà l'Américain s'était repris.

– O. K. Merci. Préviens Monivanh. C'est sûrement Krom. Et fais attention.

Il repartit à grands pas vers sa voiture. Amer, décidé et angoissé. Le colonel Lean allait payer cher cette trahison. Mais cela risquait de ne pas ressusciter Malko.

***

Les rangers du général Oung Krom semblaient énormes, à cette distance. Malko se fit la réflexion qu'il n'avait jamais vu de chaussures sous cet angle, les yeux à la hauteur de la semelle. Il essaya de détourner la tête, pour se prouver qu'il pouvait encore faire quelque chose...

Il était enterré debout jusqu'au cou, dans une fosse cylindrique creusée d'avance, où on l'avait enfoncé à force comme un bouchon, les mains liées derrière le dos, les chevilles entravées, totalement impuissant. Le froid de la terre rougeâtres le glaçait, lui donnait l'impression qu'il était déjà mort. Il pouvait à peine respirer et l'angoisse lui oppressait la poitrine autant que les parois du trou. Il y avait une demi-douzaine d'hommes enterrés comme lui, des Cambodgiens au regard vitreux qui devaient être là depuis plusieurs jours, d'après leur état. Lorsque Malko avait repris connaissance, il descendait le Mékong dans une petite embarcation à fond plat, entouré des hommes en noir qui l'avaient kidnappé. Ils avaient touché terre au sud de la ville. Sur un vieux ponton de bois.

On l'avait emmené dans une sorte de cour en terre battue, recouverte d'un toit de tôle, jouxtant un dépôt de M. 113. Un des centres d'interrogatoires des Forces Spéciales cambodgiennes. D'abord, Malko n'avait rien vu que quelques seaux retournés posés par terre. Sans doute pour l'impressionner, des soldats les avaient retirés dès son arrivée : sous chaque seau, il y avait la tête d'un homme enterré vivant. Même pas de gardien. À quoi bon ? Aucun être humain ne pouvait s'évader d'une position pareille.

Autour des M. 113 s'agitaient des militaires en instance de départ en opérations, indifférents. Malko commençait seulement à récupérer. Il se demandait si Doug Frankel était déjà au courant. L'Américain allait remuer ciel et terre pour le récupérer. Le tout était de savoir dans quel état.

Le général Oung Krom contemplait Malko en tirant pensivement sur sa touffe de poils noirs.

– Où est le capitaine Shivarol ? demanda-t-il.

Malko s'efforça de lever les yeux mais son regard n'atteignit que le genou du Cambodgien. Jamais il n'avait été dans une position aussi humiliante. Il répliqua, ivre de rage.

– Que signifie ce traitement ? Je suis fonctionnaire de l'U. S. Aid. –

Krom secoua la tête.

– Ne faites pas l'imbécile. J'agis sur les ordres du maréchal Lon-Nol. Je veux savoir pourquoi vous avez tenté de le faire assassiner.

Malko sut instantanément qu'il mentait. S'il y avait eu une enquête officielle sur lui, la Présidence n'aurait pas procédé de cette façon...

Le général Krom agissait pour son compte.

– Je ne sais rien de tout cela, maintint Malko, je suis à Phnom Penh pour le compte de l'U.S. Aid.

– Très bien, fit le général cambodgien. Puisque vous ne voulez pas parler, vous allez mourir.

Il s'éloigna à grands pas vers le fond de la cour. Un des Cambodgiens enterrés à côté de lui, lui cria quelque chose dans sa langue, avec une expression terrifiée.

La haute silhouette de Krom gesticulait à l'autre bout de la cour. Il y eut un bruit de moteur et le cliquetis métallique caractéristique d'un blindé en marche. Seulement cela se passait derrière le dos de Malko et il ne pouvait tourner la tête. Au son, il devina qu'un M. 113 se dirigeait droit sur lui.

L'engin blindé arriva dans son dos et stoppa. La voix du général Krom domina le bruit du moteur.

– Où est le capitaine Shivarol ?

Malko ne répondit pas. Le Cambodgien attendit quelques secondes puis jeta un ordre. Malko entendit l'énorme engin se remettre en marche. Le cliquetis métallique des chenilles l'assourdissait. Il essaya de calculer combien de secondes il restait avant que les chenilles ne lui broient la tête.

Son voisin hurla d'une voix aiguë. Il se mordit la langue pour ne pas en faire autant. Le cri se perdit dans le hurlement du moteur.

L'engin était sur lui. Malko éprouva une panique

viscérale, atroce. Assourdi, il vit la chenille écraser le sol à quelques centimètres de son visage. Le M. 113 accéléra : brûlé par les gaz d'échappement, Malko entendit un hurlement terrifiant. L'autre chenille était passée sur la tête de son voisin de misère, celui qui l'avait interpellé. Dès que le M. 113 fut passé, Malko se força à regarder. Une bouillie de chair et d'os, mêlée de quelques cheveux noirs, dépassait à peine du sol. Tout ce qui restait d'un être humain. L'engin s'était immobilisé. Il essaya de maîtriser les battements de son cœur. Malgré lui, sa paupière gauche battait à une allure folle. L'odeur fade du sang se mêlait à celle de l'huile et de l'essence.

Nouveaux cliquetis métalliques : le M. 113 reculait. Cette fois, Malko vit la chenille se rapprocher de ses cheveux blonds. De toutes ses forces, il rejeta la tête sur le côté. La grosse chenille tassa la terre contre son épaule.

Le M. 113 stoppa de nouveau. Il entendit la voix rauque du général Krom. L'engin redémarra, passant encore plus près, écorchant même l'oreille de Malko au passage ! Le M. 113 stoppa à nouveau. Le général Krom sauta à terre et vint vers Malko. Du bout de son ranger, il tâta la bouillie sanglante qui avait été une tête humaine quelques secondes plus tôt.

– C'était un communiste très brave, dit-il pensivement. Aussi brave que vous. Regardez ce qu'il en reste...

Malko regarda et vomit.

Cette crêpe sanglante poissée de cheveux noirs était insupportable à contempler...

– La prochaine fois, ce sera vous, menaça Krom. J'ai voulu vous donner le temps de réfléchir. Où est le capitaine Shivarol ?

Malko se dit qu'il pouvait gagner du temps sans risque.

– Là où il est, dit-il, vous ne pouvez pas l'atteindre.

Le général Krom s'accroupit près de lui, soudain intéressé.

– Il est mort ?

– Exact.

– Vous l'avez tué ?

– Non, c'était un accident.

– Vous mentez, coupa Krom. Ce n'est pas le capitaine Shivarol qui se trouvait dans l'avion.

– Je n'ai pas dit qu'il s'était tué dans l'avion.

Il se tut. En dire plus risquait d'incriminer le colonel Lean. Il n'était pas encore totalement certain de sa culpabilité.

– Monsieur Frankel fait partie du complot, n'est-ce pas ?

Cela non plus n'était pas important.

– Bien sûr, dit Malko. Vous le savez.

Krom secoua la tête et dit doucement :

– Il y a autre chose et je veux le savoir.

Malko resta muet. L'ironie du sort c'était qu'il avait failli être réduit en bouillie par un engin payé par les contribuables américains...

Le Cambodgien se redressa et lui envoya un violent coup de pied à la racine du nez. Malko fut aveuglé par la douleur et les larmes plusieurs secondes. Quand sa vision fut de nouveau normale, il distingua quelque chose posé devant lui. Une tête humaine. Méconnaissable, enflée, couverte de sang. Celle de Hal Davidof. Le général Krom se pencha et prit les cheveux, soulevant la tête, l'approchant de Malko.

– C'est cet homme qui était dans l'avion, dit-il. Il a parlé avant de mourir. Vous feriez mieux d'en faire autant.

Malko était presque certain qu'il mentait. Sinon, il ne serait pas obligé de l'interroger.

Le général Krom le contemplait de ses yeux noirs

impénétrables. On aurait dit Gengis Khan... Malko se dit que son supplice ne faisait que commencer. Le Cambodgien fit claquer sa langue, et dit comme pour lui-même :

– Vous allez parler.

Il se retourna vers un soldat et donna un ordre. Malko cherchait à deviner ce qui allait lui arriver. Sûrement rien d'agréable... Le général Krom aurait pu concourir pour la Médaille d'or de l'interrogatoire renforcé... Le soldat revint en courant avec un sac de toile, gros comme les deux poings. Il s'accroupit près de Malko, plongea la main dans le sac et la ressortit, tenant un lézard verdâtre long d'une vingtaine de centimètres par le milieu du corps.

Furieux, le reptile dardait une langue fourchue. Malko pouvait voir ses dents acérées recourbées en arrière.

– C'est un tokay, expliqua le général Krom. Quand il mord, c'est comme les bouledogues, il ne lâche pas. Il faut lui couper la tête. Il va vous mordre l'œil. Et vous l'arracher.

Le soldat saisit les cheveux blonds de Malko, lui tirant la tête en arrière. De l'autre main, il approcha le tokay de son œil gauche. Le reptile ouvrit la gueule toute grande.

Malko hurla.

CHAPITRE XVIII

Le colonel Lean avala le sang qui coulait de ses gencives, s'étrangla sur un débris de dent, se mit à tousser désespérément. Mais au lieu de lui taper dans le dos, Douglas Frankel enfonça encore un peu plus dans sa bouche le canon du Magnum qui lui avait déjà brisé trois dents et déchiré la lèvre.

– Tu peux crever, son of a bitch, dit-il froidement. Mais avant tu vas parler.

Le Cambodgien émit un gargouillement inaudible, essuya de la main gauche la bave sanglante qui coulait de ses lèvres.

Les deux hommes étaient seuls dans la pièce qui contenait le réfrigérateur macabre du chef de la Police Spéciale. Le petit Cambodgien grassouillet à demi allongé sur la table, l'Américain penché au-dessus de lui, lui enfonçant son Magnum dans le gosier. Le colonel Lean avait fait entrer sans méfiance un Doug Frankel jovial et détendu. Dès qu'ils avaient été seuls, cela s'était gâté. Sans dire un mot, l'Américain avait sorti son petit pistolet, brisé deux incisives du colonel en le lui enfonçant dans le gosier et annoncé qu'il allait y avoir de la cervelle plein les murs...

Bien sûr, le colonel Lean ne prenait pas ces propos

au pied de la lettre parce qu'ils étaient entre gentlemen, mais était quand même inquiet...

Le gargouillis du Cambodgien s'intensifia. Doug Frankel retira légèrement le canon. L'autre bredouilla.

– Monsieur Frankel ! Qu'est-ce que je vous ai fait ?

Doug Frankel renfonça le revolver. Jusqu'au barillet.

– Tu as balancé le Prince à Krom. Après avoir essayé de me faire buter Lon-Nol. Ça fait beaucoup.

Comprenant que les pourparlers n'étaient pas rompus, le colonel Lean émit un gargouillis gémissant.

– J'ai été forcé, Monsieur Frankel... Le général Krom m'a convoqué, il voulait me fusiller tout de suite. Il sait que j'étais là pour l'échange des pilotes... Si je n'obéissais pas, il me tuait. Mais je vous suis toujours fidèle, Monsieur Frankel, je vous le jure.

Doug Frankel eut un sourire qui manquait totalement de gaieté.

– Ça me fait un sacré plaisir. Parce que tu vas me conduire immédiatement là où Krom est en train de découper mon ami en petits morceaux...

Le Cambodgien se tortilla :

– Mais, Monsieur Frankel...

L'Américain se pencha sur la table, cherchant le regard du colonel Lean, comme pour l'hypnotiser.

– Fini parler, fit-il. Tu marches ou je te fais tiet.

Le ton avait changé. Lean était un homme intelligent habitué aux négociations hasardeuses. Il savait quand il fallait céder.

– Ce sera difficile, dit-il. Je crois qu'il l'a emmené dans le camp d'interrogatoire, du côté de Tahk-Mau. C'est très bien gardé. On ne nous laissera pas entrer.

Il se tut, tâta sa gencive gonflée et affreusement douloureuse. Doug Frankel le fixa avec une férocité joyeuse et désespérée.

– Tu n'as jamais entendu parler d'un engin qui s'appelle hélicoptère ? Allez, on y va.

Le Cambodgien essuya le sang qui coulait sur son visage. Doug demanda, presque affectueusement.

– Ça va, t'as pas avalé toutes tes dents ?

– Ça va, Monsieur Frankel, répondit le Cambodgien avec la même gentillesse. Caressant du regard au passage le réfrigérateur aux têtes. Il n'était pas impossible que la tête de l'Américain s'y retrouve un jour. Pour sa collection personnelle. Monivanh attendait dans la voiture de Doug Frankel, tassée à l'arrière. Elle jeta un regard noir au Cambodgien.

Doug Frankel se pencha vers le chauffeur.

– À Pochentrong, et vite.

***

La gueule du lézard était à un centimètre de l'œil de Malko. Grande ouverte. Il se recula autant qu'il le put, très vite bloqué. Attentif comme un bon chirurgien, le soldat assura sa prise sur le lézard pour que la gueule se referme bien sur l'œil gauche du prisonnier.

Une rafale de M. 16 claqua au fond de la cour, tirée accidentellement par un soldat.

Effrayé, le lézard eut une contorsion au moment où le soldat l'appliquait contre l'œil de Malko. Ratant l'orbite, il enfonça ses dents dans la joue. Malko eut l'impression qu'on lui transperçait la joue avec un paquet d'épingles brûlantes. Les dents du tokay étaient effilées comme des rasoirs.

Le général Krom jura de dépit. Déjà le soldat essayait d'enlever le lézard. Impossible. Les mâchoires tétanisées, il demeurait accroché à la chair qu'il avait mordue.

Les battements du cœur de Malko se calmèrent un peu. C'était douloureux, mais rien à côté de ce qu'il avait risqué. Il bénit le soldat maladroit qui avait sauvé son œil.

Furieux, le général Krom injuriait le soldat. Celui-ci prit son poignard et coupa net le cou du tokay. Le corps se débattit quelques instants sur le sol et la tête tomba ensuite d'elle-même, laissant les marques profondes de ses dents.

Le général Krom lança un ordre au soldat qui partit en courant, puis dit à Malko.

– De toute façon, vous allez parler. Cela prendra un peu plus longtemps et vous allez beaucoup souffrir. Mais vous direz tout ce que vous savez. TOUT.

Le soldat revenait déjà en courant. Avec un sac de toile beaucoup plus gros et deux de ses camarades. Ceux-ci attrapèrent Malko par les épaules et le sortirent de son trou. Rapidement, ils vidèrent au fond de son trou le contenu du sac, une boule de terre rougeâtre. Puis, ils renfoncèrent Malko et allèrent arracher l'homme dont la tête avait été écrasée par le M. 113. Ils traînèrent le corps par les pieds avec indifférence vers le fond de la cour.

Le trou était prêt pour un nouveau prisonnier. Les autres compagnons de misère de Malko gémissaient ou se taisaient. Le général Krom tira doucement sa touffe de poils noirs, ses yeux dans les yeux dorés de Malko.

– C'est une fourmilière qu'on a mis dans votre trou, annonça-t-il. Bientôt, vous allez sentir monter les fourmis. Et mordre. Elles enlèvent un morceau de chair chaque fois... Elles vont vous manger vivant. Lorsque vous voudrez parler, dites-le. On viendra me prévenir. Mais je ne viendrai peut-être pas tout de suite...

Il s'éloigna tranquillement, laissant près de Malko un soldat accroupi et indifférent.

Malko étouffa un grognement de douleur. Il venait de sentir une brûlure au pied. Les fourmis rouges commençaient leur festin. À ses dépens. Il se demanda combien de temps, il pourrait tenir avant de supplier le général Krom de lui tirer une balle dans la tête. Ce que le Cambodgien ne ferait sûrement pas.

***

Doug Frankel sortit de la « Fury » comme un missile. Les hélicoptères cambodgiens et américains étaient alignés entre des sacs de sable. L'un d'eux avait déjà le rotor en marche. Et un pilote américain. Il faisait partie de la force d'évacuation de l'ambassade. Monivanh se glissa à l'arrière avec le colonel Lean. Doug Frankel s'assit à l'avant à côté du pilote.

– Go, ordonna l'Américain.

L'appareil s'éleva aussitôt verticalement dans un nuage de poussière.

– Dirigez-vous vers Tahk-Mau, cria Frankel. Le long du Mékong. Il y a un camp militaire au bord du fleuve, un mile avant Tahk-Mau.

Il se retourna vers le colonel Lean, un mouchoir devant sa bouche édentée.

– J'espère que vous ayez de bons yeux.

L'hélicoptère fit un détour pour éviter la ville, survolant les marécages qui la cernaient. Puis rejoignit la fourche du Mékong et du Sap. Le colonel Lean avait le visage collé au plexiglas.

– C'est plus bas, cria-t-il.

L'hélicoptère suivait le fleuve, survolant une suite presque ininterrompue de camps militaires. Se ressemblant tous. Le colonel Lean était un peu désorienté. Il n'avait jamais vu de haut l'endroit qu'il cherchait.

Soudain, il poussa une exclamation.

– C'est là ! Sous le hangar.

L'hélicoptère l'avait déjà dépassé de 500 mètres. Le

pilote amorça un virage au-dessus du fleuve, surveillant la jungle touffue infiltrée de Khmers rouges.

Monivanh fixait le sol. Folle d'inquiétude.

***

Le général Krom vit passer l'hélicoptère. Immédiatement, il se douta de quelque chose en voyant les couleurs américaines sur le fuselage. Arrachant une paire de jumelles à un lieutenant, il les braqua sur la machine et étouffa un juron. La tête ronde de Doug Frankel se découpait clairement dans les jumelles. Même lui, général Krom, n'était pas assez fort pour s'opposer ouvertement au patron de la CIA de Phnom Penh. Il lui restait très peu de temps.

– Sortez-le, cria-t-il au soldat qui gardait Malko. Vite.

Comme le frêle Cambodgien n'y arrivait pas, il l'aida. Malko se mordait les lèvres jusqu'au sang pour ne pas hurler. Les fourmis s'attaquaient à ses jambes, montant inexorablement. Causant, chaque dixième de seconde, une brûlure qui continuait à le faire souffrir, même après la morsure.

Il entendit le ronronnement de l'hélicoptère et devina qu'il s'agissait de lui, à voir la hâte avec laquelle le général Krom s'affairait autour de lui. L'officier cambodgien n'arrêtait pas de donner des ordres. Des soldats couraient dans tous les sens, des moteurs tournaient. On enroula Malko dans une toile verte. Aveuglé, il sentit qu'on le transportait dans un engin dont le moteur tournait déjà. Il entendit les plaisanteries des soldats cambodgiens. Puis le M. 113 se mit en marche et il n'entendit plus que le bruit des chenilles et du moteur.

Tirant son 45 automatique de sa gaine, le général Krom s'approcha des quatre hommes qui demeuraient enterrés. Il lui fallut moins d'une minute pour leur tirer à chacun une balle dans la tête avant de revenir à grands pas vers sa jeep. Le dernier des six M. 113, celui qui contenait Malko, franchissait la porte. Les autres roulaient déjà vers le front.

Le général Krom leva la tête. L'hélicoptère était en train de se poser sur un espace dégagé, cinquante mètres plus loin. Ses occupants seraient là dans quelques minutes. Il prit place dans sa Jeep et ordonna à son chauffeur :

– À Tahk-Mau.

***

Doug Frankel courut jusqu'aux quatre têtes sanglantes posées au ras du sol. Il ne lui fallut pas une seconde pour voir qu'aucune n'appartenait à Malko. Monivanh regardait les deux trous vides.

– Krom faire tiet ! s'exclama-t-elle.

L'Américain regarda autour de lui. Quelques soldats vaquaient ici et là, indifférents. Pas trace du général Krom. Il était sûr que Malko avait été torturé dans un des trous.

Un lieutenant vint vers eux, lui demanda ce qu'il voulait, en excellent français, un peu distant. Les avertissant qu'il était sur une base militaire.

– Vous n'avez pas le droit de rester ici, expliqua-t-il.

Le colonel Lean s'avança aussitôt et se fit connaître. En dépit des deux incisives cassées par Doug Frankel, il parlait encore distinctement.

Le Cambodgien changea aussitôt d'attitude.

– Que puis-je faire pour vous ? demanda-t-il. Votre hélicoptère a eu une panne ?

– Non, fit Doug Frankel. Je cherche quelqu'un. Que

sont devenus les deux hommes qui se trouvaient dans ces trous ?

– Ils n'ont pas supporté l'interrogatoire, fit le lieutenant d'un ton indifférent.

– Et qu'est-ce que vous leur faites dans ces cas-là ?

– On les jette dans le fleuve, lit le Cambodgien avec un bon sourire. Les poissons aiment beaucoup les Khmers rouges...

Doug Frankel regarda les deux trous. Ainsi Krom avait eu le temps de liquider Malko.

– Où est le général Krom ? demanda-t-il.

Le lieutenant secoua la tête. Le colonel Lean regardait obstinément le sol.

– Je ne suis pas. Le général est parti inspecter une unité qui montait au front, du côté de Tahk-Mau.

Doug Frankel sonda les yeux noirs, le visage lisse. Glissant comme une savonnette. Il n'y avait rien à faire. Qu'à pleurer Malko. Ou à le venger. Il chercha des yeux Monivanh pour lui dire qu'ils partaient.

La Chinoise était en grande conversation avec l'équipage d'un M. 113 garé au fond de la cour.

– Monivanh !

Entendant l'Américain l'appeler, elle se retourna et lui fit signe de la rejoindre. Si énergiquement que Doug obéit. Le lieutenant sur ses talons.

La Chinoise lui désigna la chenille droite du M. 113. Des débris de chair, d'os et de cheveux étaient incrustés dans les pièces métalliques. Il leva la tête et croisa le regard innocent du chef de char étendu sur l'engin, en train de fumer une cigarette...

– C'est eux qui achèvent les prisonniers, expliqua Monivanh en chinois. Ils me l'ont avoué. C'est pour cela qu'ils sont dispensés du front...

Les quatre soldats observaient Doug et Monivanh, rigolards et l'âme en paix. Écraser la tête des prisonniers avec leur M. 113, c'était moins fatigant que d'affronter les B. 40 communistes. Et moins dangereux.

Ivre de rage, Douglas Frankel ne put se retenir. Saisissant le chef de char par sa chemise, il l'arracha du M. 113.

– C'est toi qui as tué mon ami, dit-il en cambodgien. Celui qui était dans le trou ?

Le lieutenant se précipita pour les séparer.

– Monsieur, dit-il, vous n'avez pas le droit de frapper un soldat de l'armée cambodgienne.

Doug Frankel se baissa comme pour se gratter, se redressa le Magnum au poing. À dix centimètres du lieutenant.

– J'ai même le droit de vous foutre une balle dans la tête, dit-il lentement.

Pour avoir été le complice du meurtre d'un fonctionnaire de l'U.S. Aid. Torturé et achevé ici. Un des deux que vous avez jeté dans le fleuve.

Dépassé, le chef de char remonta dans son engin. Le lieutenant passa nerveusement la langue sur ses lèvres. Les yeux de Doug Frankel lui faisaient peur. Il le sentait prêt à tirer. Le colonel Lean n'avait pas bronché. Comme si tout cela ne le concernait pas.

– La personne dont vous parlez, dit-il, n'a pas été tuée. Le général a demandé à ce qu'on l'emmène.

– Où ? rugit Doug Frankel.

– Je ne sais pas... Le lieutenant commençait à transpirer sérieusement. Il a été chargé dans un des M. 113 qui allait vers Tahk-Mau...

Autrement dit au front.

– Tahk-Mau, beaucoup sweat ! fit Monivanh.

On se battait furieusement pour Tahk-Mau depuis deux mois... Pas question d'y aller avec l'hélicoptère. Si l'appareil était abattu dans les lignes communistes avec le chef de lu CIA à bord, Doug Frankel voyait déjà les réactions...

– Vous avez une jeep ? demanda-t-il au lieutenant.
– Ici, fit l'officier.

Doug Frankel le poussa vers le véhicule, sans rentrer son pistolet.

– O. K. Vous venez avec nous. À Tahk-Mau.

***

Le M .113 où se trouvait Malko ralentit et stoppa. Il entendit les portes arrière s'ouvrir. Des soldats le tirèrent à l'extérieur, il perçut des bruits de combat très rapprochés. On déroula la toile où il se trouvait, on le mit debout. Il était en pleine jungle, dans une clairière marquant le centre d'un village dont il ne restait que des ruines. À sa droite, se dressaient les murs criblés d'éclats d'une pagode en partie démolie.

La mitrailleuse de 50 du M. 113 cracha une longue rafale vers la lisière. Ils étaient au contact de l'ennemi.

Le général Krom arriva en courant, houspilla les soldats de l'engin blindé. Trois d'entre eux empoignèrent Malko et le portèrent en courant jusqu'à la pagode. Des balles sifflèrent autour d'eux, un obus de mortier éclata dans un panache de fumée blanche à trente mètres, faisant s'écrouler ce qui restait d'une maison.

Les soldats entrèrent dans la pagode, jetèrent Malko au pied d'un gigantesque Bouddha de plâtre doré, copieusement égratigné par des éclats de projectiles divers.

Le général Krom s'arrêta une seconde près de Malko.

– Les communistes attaquent, dit-il. Ils auront repris ce village dans moins d'une heure. Nous allons les pilonner au 105 dès que nous serons partis. Si les obus ne vous tuent pas, les communistes le feront sûrement.

Il sortit en courant de la pagode, suivi de ses hommes, remonta dans le M. 113 au moment où un

B. 40 explosait juste derrière. L'engin recula, rejoignit la piste, fonçant vers l'arrière. Partout, les soldats gouvernementaux reculaient, sachant que le tir d'interdiction d'artillerie allait commencer. Le général Krom se dit qu'on ne retrouverait rien de l'allié de Doug Frankel. Évidemment, il aurait pu le tuer dans le camp, mais il y avait trop de témoins. On risquait de retrouver le cadavre. Même le maréchal ne pouvait le protéger contre un tel affront fait à leurs tout-puissants alliés.

Confusément, il sentait que l'homme blond qu'il venait d'abandonner à la mort était l'âme du complot contre lui. Certain d'avoir conjuré le sort il se sentait d'excellente humeur. Il avait hâte de rentrer à Phnom Penh pour écouter un peu de bonne musique en jouissant de sa victoire.

***

Le premier obus de 105 arriva sur la pagode avec un sifflement effroyable. Malko se dit que sa dernière heure était venue. Mais l'obus tomba à vingt mètres, explosant dans un bruit terrifiant. Des éclats volèrent à travers les murs et des morceaux de plâtre tombèrent du Bouddha... Un autre obus arrivait déjà, accompagné du même sifflement d'enfer. Puis un autre encore... Le dernier explosa à l'extérieur, contre un des murs qui s'effondra en partie.

Un éclat brûlant atterrit près du pied de Malko.

Il se mit à souhaiter que les communistes arrivent et le tuent. Ce bombardement était terrifiant pour les nerfs. L'instinct de conservation étant le plus fort, il essaya de rouler jusqu'à une cavité qui s'ouvrait dans le plancher de la pagode à trois mètres de lui.

Un nouveau sifflement lui vrilla les oreilles. Encore plus près. Cette fois, il fut certain que c'était pour lui. Renonçant à ramper, il ferma les yeux et attendit la mort.

***

– Général Krom, parti Phnom Penh...

Le soldat montrait la piste qui s'enfonçait à travers la jungle. Les généraux cambodgiens ne restaient jamais longtemps au front. Les six M. 113 partis du camp s'étaient répartis autour de la piste, appuyant un petit-avant-poste adossé au fleuve. De temps en temps, l'un d'eux lâchait une rafale ou un obus de 106 sans recul.

Le chuintement sinistre d'un obus de 105 fit lever la tête à Douglas Frankel. Aucune trace de Malko. Boudeur, le lieutenant cambodgien suivait Doug Frankel comme son ombre.

Un autre obus passa et encore un autre. Monivanh galopait d'un M. 113 à l'autre, interrogeant les soldats, se faisant rembarrer, ou accueillir par de gentilles obscénités. Le soldat qui parlait à Douglas Frankel étendit le bras vers la jungle proche, là où les obus se dirigeaient.

– Communistes beaucoup nombreux... Beaucoup 105. Beaucoup communistes tués. Communistes number ten !

Il éclata de rire, ravi.

Monivanh déboula comme un lapin, essoufflée.

– Ils l'ont emmené dans la pagode du village qu'on bombarde, dit-elle. J'ai parlé à des soldats.

Doug écouta les obus qui passaient maintenant régulièrement au-dessus d'eux. C'était du suicide pur d'y aller. Un obus de 105 tuait tout dans un rayon de 100 mètres.

– On ne peut pas y aller, dit Frankel.

– Attends, attends ! fit Monivanh.

Elle repartit vers le M. 113 qui l'avait renseignée,

engagea une discussion furieuse avec les soldats rigolards et cria à Douglas Frankel.

– Ils veulent bien y aller, avec le M. 113 pour 50 dollars.

Même Doug, habitué aux Cambodgiens, en fut suffoqué. Mais, sûrs de leurs foulards sacrés, ils étaient prêts à n'importe quel risque pour deux mois de solde. Il n'hésita qu'une seconde : c'était la seule façon de parvenir au village.

– On y va, dit-il. Lean, vous venez avec nous.

Médusé, le lieutenant n'intervint pas. Heureux qu'on ne l'emmène pas.

Doug Frankel compta cinq billets de dix dollars aux soldats, monta dans le M. 113 avec Monivanh.

Les trois soldats, ravis, se partagèrent les billets. Avec le barrage d'artillerie, ils ne craignaient pas les B. 40 communistes. C'était déjà un risque supprimé.

L'engin, toutes portes fermées, franchit la limite de l'avant-poste et accéléra sur la piste découverte. Le pilote conduisait à toute vitesse, à près de 60, laissant derrière lui un gigantesque panache de poussière.

Pendant plusieurs minutes, on n'entendit que le vacarme du moteur et le grincement des chenilles. Puis le bruit d'une explosion traversa le blindage, suivi aussitôt d'un crépitement sur l'acier du M. 113 : les éclats d'un 105. Ils entraient dans la zone pilonnée par les 105. Un seul coup au but transformerait le M. 113 en poussière.

Doug Frankel s'essuya le front : il régnait une chaleur inhumaine dans l'engin.

Les explosions d'arrivées de 105 se succédaient maintenant et leurs éclats heurtaient le blindage presque sans interruption. Le M. 113 avait quitté la piste et cahotait dans la jungle. Personne ne disait plus rien, attendant l'explosion qui serait la dernière. Puis le pilote cria quelque chose et pila. Un des soldats ouvrit la porte arrière. Un 105 explosa devant. Ils entendirent les éclats siffler. Il y avait de la fumée partout. Doug Frankel aperçut la pagode en train de brûler.

– Là ! cria le soldat.

Monivanh se précipita, suivie de deux soldats. Doug ne se sentit plus assez jeune pour cette course contre la mort. Debout près du M. 113 il regarda les trois galoper vers la pagode en flammes. Puis il se tourna vers Lean, resté à l'intérieur du M. 113.

– J'espère pour vous qu'il est encore vivant. Sinon vous rentrerez à pied.

Le colonel Lean se recroquevilla contre le blindage sans répondre.

***

Malko crut rêver en entendant hurler son nom. Il avait fini par atteindre l'excavation, au pied du Bouddha, ce qui le protégeait de tous les éclats filant au ras du sol.

Sans ce sursaut, il serait mort depuis longtemps. Seulement la pagode brûlait maintenant et il ne pouvait plus s'extraire de sa cachette, à cause de ses liens.

À son tour, il hurla, à se faire péter les poumons.

– Ici, je suis là.

Brusquement, il aperçut le visage crispé de Monivanh penché au-dessus de son trou. Puis les deux soldats. L'un d'eux, sauta dans le trou, trancha ses liens avec un poignard. Le sifflement d'un 105 grandit et ses sauveteurs se tassèrent dans l'excavation. L'obus explosa derrière le Bouddha qui vola en éclats. Les couvrant de plâtre doré.

– Beaucoup soldats, beaucoup sweat ! bredouilla Monivanh.

Ankylosé, Malko eut un mal fou à se hisser hors du trou. Ils traversèrent la pagode en courant. Le M. 113

avait fait demi-tour, attendant à trente mètres. Ils se lancèrent au moment où un nouvel obus arrivait. Monivanh, Malko et un des soldats plongèrent sur le sol en même temps. L'autre soldat continua à courir. L'obus explosa. Le soldat boula en avant, se releva et éclata d'un rire dément en se tenant le bras gauche. Un éclat venait de lui emporter la main. Coupée net au ras du poignet. Le sang jaillissait à flots. L'autre soldat revint sur ses pas, le força à marcher. Ils se ruèrent tous dans le M. 113 qui démarra aussitôt.

On fit aussitôt un garrot au blessé qui continuait à rire en fixant son bras mutilé. À la troisième piqûre de morphine, il perdit connaissance d'un coup.

Encore sonné, Malko n'arrivait pas à croire qu'il était vivant.

– Je ne pensais jamais vous revoir, cria Doug Frankel pour dominer le fracas.

Malko étendit contre le blindage ses jambes endolories, mangées par les fourmis. Le M. 113 vibrait de toutes ses tôles pour sortir de la zone bombardée. Malko serra Monivanh dans ses bras. Elle rit, gênée. Un des soldats lança une plaisanterie gaillarde.

Alors seulement, il s'aperçut de la présence du colonel Lean qui lui tournait le dos jusque-là.

Douglas Frankel hurla joyeusement :

– Il vous avait foutu dans la merde. Il a absolument tenu à venir vous chercher...

Le colonel Lean eut un sourire édenté, humble et venimeux. Malko n'insista pas.

Peu à peu les explosions diminuèrent, la tension baissa. Malko s'aperçut alors seulement qu'ils étaient serrés comme des sardines, qu'il faisait une chaleur à crever, que l'odeur était effroyable et que chaque cahot le projetait contre une arête du blindage.

Il avait pourtant l'impression de se trouver dans une Rolls avec la plus belle fille du monde.

CHAPITRE XIX

Le deuxième secrétaire de l'ambassade des États-Unis, chargé des relations avec le Gouvernement cambodgien, entra sans frapper dans le bureau de Douglas Frankel. L'Américain était en train d'aider Malko à s'enduire les jambes d'une crème anti-infection, afin de limiter les dégâts des fourmis. Sans s'étonner de ce spectacle insolite, il tendit au chef de station de la CIA un papier.

– Voilà le communiqué qui vient d'être distribué au briefing de cinq heures, annonça-t-il.

Douglas Frankel prit le papier et lut à haute voix.

« Afin de repousser définitivement les agresseurs communistes nord-vietnamiens, le maréchal Lon-Nol a décidé de nommer au commandement du front nord, un des officiers les plus brillants de l'armée cambodgienne, le général Oung Krom. Le général Krom disposera de la 1re Brigade blindée et... »

Doug Frankel s'arrêta de lire. Malko crut voir des larmes dans ses yeux, derrière ses lunettes. L'Américain dit d'une voix presque inaudible.

– Vous avez réussi.

Malko essaya de sourire. Sans en avoir très envie. Cela avait coûté très cher.

Il revoyait la perruque de Hal s'envoler du T. 28. Et

la flamme lorsque le camion d'obus de 105 avait explosé.

– J'envoie une dépêche à Washington ? piaffa le deuxième secrétaire.

– Non, je vais le faire, dit Doug Frankel.

Déçu, le diplomate sortit, abandonnant le communiqué. Doug Frankel s'essuya le front. Comme si toute sa joie était tombée d'un coup. Puis il murmura quelque chose que Malko ne comprit pas.

– Vous pensez que le général Krom va se laisser faire ? demanda-t-il.

Douglas Frankel tordit sa bouche mince :

– Il n'a pas le choix. Sa seule chance était de vous faire parler. Mais il n'a pas réussi à démonter le complot. Maintenant, c'est trop tard. Le maréchal penserait qu'il cherche à garder sa place. Et contre la magie; dans ce pays, on ne peut rien faire...

– Souhaitons-le.

– De toute façon, le nouvel ambassadeur sera là dans quelques jours, continua Doug Frankel. Les négociations commenceront tout de suite et ensuite le processus sera irréversible. Jamais le maréchal ne reprendrait Krom, au risque de rompre avec les Khmers rouges : sa situation militaire est trop mauvaise...

– Donc, je peux aller me coucher, fit Malko.

– Ah non, pas ce soir ! Il y a une grande soirée chez Kuala. On va y aller.

Malko sentit que l'Américain avait besoin de sa présence ce soir. Pour chasser ses phantasmes.

– Très bien, dit-il. Je viendrai. Mais à minuit, je partirai, comme Cendrillon.

Les obus de 105 claquaient encore dans ses oreilles. Il n'en pouvait plus. La morsure du tokay le brûlait affreusement et sa joue était enflée en dépit du pansement d'herbes que Monivanh lui avait appliqué.

Il se demanda ce qui était arrivé à Maddevi Shivarol.

***

Les dents serrées, le général Oung Krom rangea avec soin une pile de disques dans une cantine. La rage lui brouillait la vue. Il savait tout, mais un peu tard. Que l'homme de l'U.S. Aid avait survécu, que le nouvel ambassadeur américain arriverait dès qu'il aurait tourné le dos. Et ses derniers amis l'avaient averti de la soudaine puissance de Senang le devin... Son intelligence avait fait le reste pour reconstruire le plan machiavélique de ses adversaires.

Il n'arrivait pas à croire qu'un cerveau non asiatique ait pu concevoir cette machination tortueuse.

Sa disgrâce était complète : on l'avait chargé en grande pompe de reprendre Oudong. Mais il savait que c'était impossible. Les Khmers rouges étaient trop forts. Lorsque son échec serait reconnu, sa chute s'accentuerait encore. Comme le maréchal était peu au courant des réalités militaires, il mettrait cela au compte des mauvaises fées qui entouraient Oung Krom...

Ce dernier interrompit le rangement de son bureau, étouffant de rage, et leva les yeux sur Maddevi Shivarol qui l'observait en silence.

– Ils ont tué ton mari, dit Oung Krom.

Elle approuva silencieusement.

– Que vas-tu faire ?

– Venir avec vous. Si vous m'acceptez.

Maddevi ne se faisait aucune illusion. Le colonel Lean, si elle restait à Phnom Penh, la retrouverait et la liquiderait. Elle était au courant de trop de choses.

Dans l'ombre de Krom, hors de la ville, au milieu des soldats, elle ne risquait rien...

– Je l'emmène à une condition, dit le général Krom.

Elle leva vers lui ses grands yeux noirs en amande, signifiant qu'elle était prête à tout.

***

Malko regarda les feux rouges de la « Fury » s'éloigner dans le jardin du « Phnom ». Doug Frankel allait passer le reste de sa nuit à tirer sur le bambou. Pour chasser ses souvenirs. La soirée chez Kuala avait été calme. Et convenable. Monivanh avait refusé d'accompagner Malko : elle n'était pas mondaine.

Il s'arrêta quelques instants près de la piscine. La nuit était claire et les explosions habituelles secouaient le silence. La guerre continuait. Il respira l'odeur des bougainvillées entourant le Cyrène et monta le perron. Ses jambes enflées et douloureuses, ne le portaient plus. Sa joue avait doublé de volume et il y voyait à peine de l'œil gauche. Et surtout, il se sentait mentalement las. Si seulement son plan tortueux pouvait ramener la paix dans ce malheureux pays !

Les employés de nuit du « Phnom » continuaient leur interminable partie de dominos dans le hall. Malko prit sa clef sans les déranger, traversa le grand couloir sombre et désert.

En entrant dans sa chambre, il alluma et sourit, attendri. Monivanh était allongée sur le ventre, nue comme un ver, en travers des deux lits jumeaux. Petite vestale sans détour. Elle avait adopté Malko comme ces vieux boys qui se faisaient couper la tête avec leur maître, en Indochine, durant la guerre d'Indépendance. Il la secoua doucement par l'épaule. Elle n'eut aucune réaction. Au prix d'un effort assez grand il parvint à la retourner sur le dos.

Les grands yeux noirs ouverts, fixes, lui donnèrent un coup au cœur. Une boule de plomb lui emplit brutalement l'estomac. Il se pencha et colla son oreille contre la poitrine de la Chinoise. Rien. Le cœur ne battait plus. Il l'examina rapidement : elle ne portait aucune blessure. Sa peau était tiède : le cœur venait tout juste de s'arrêter. Malko se souvint brusquement des cours de survie que lui avait fait suivre la CIA. Nouant ses deux mains en un seul poing, il asséna un coup formidable sur le plexus solaire de Monivanh. Tentant de remettre le cœur en route.

Un jet de sang écarlate jaillit du flanc gauche de Monivanh, à l'horizontale, inondant Malko ! Mais son cœur ne repartit pas.

Bouleversé, il examina attentivement sa poitrine et distingua entre deux côtes une minuscule blessure dont les bords s'étaient refermés. Probablement une longue aiguille qui avait percé le cœur, provoquant la mort immédiate par hémorragie interne.

Malko se redressa, ivre de haine et de dégoût. Qui avait tué la petite Chinoise ? Toute sa fatigue s'évanouit d'un coup : il plongea la main dans son attaché-case, saisit et arma son pistolet extra-plat. Puis, il repoussa la porte de la salle de bains d'un coup de pied.

Elle était vide aussi.

Il se retourna, regarda la grande armoire-penderie qui tenait tout un pan de mur. Assez grande pour qu'on puisse s'y cacher. Il s'avança et, de la main gauche, ouvrit la première des grandes portes.

***

Malko écarta les vêtements pendus et s'immobilisa, le pistolet braqué, devant la silhouette accroupie, prêt à tuer.

Son doigt demeura inerte sur la détente, tout ce qu'il voyait était inattendu, fou.

– Sortez de là, dit-il.

Il ne pouvait détacher les yeux du crâne rasé de Maddevi Shivarol. Ainsi transformée, elle évoquait plus que jamais une tête de mort. Pieds nus, enroulée dans un sampot blanc, elle fit face à Malko. Le défiant du regard, une sorte de rictus cruel et calme découvrant ses dents.

– Vous pouvez me tuer, dit-elle.

– Vous avez tué Monivanh.

Elle jeta un regard indifférent à la Chinoise.

– C'est vous que j'étais venu tuer.

Ses doigts effleurèrent le sampot et elle en sortit une aiguille d'argent de vingt centimètres. Celle qu'elle avait dans les cheveux, la première fois où Malko l'avait vue.

– Avec ceci, précisa-t-elle.

– Pourquoi le crâne rasé ?

La Cambodgienne eut un rire triste.

– Dans notre pays, les veuves se rasent le crâne en signe de deuil. À cause de vous, ma vie est brisée.

Cela sonnait faux. Maddevi Shivarol n'avait sûrement pas pris toute seule la décision de venir tuer Malko. Il y avait du général Krom là-dessous.

La Cambodgienne fit soudain un pas vers Malko. Une flamme différente dans les yeux.

– Je suis heureuse de ne pas vous avoir tué, dit-elle d'une voix adoucie. Finalement, je ne crois pas que j'aurais pu...

Elle glissa vers lui, désirable malgré le crâne rasé, si provocante que Malko se raidit. L'idée de cette femelle offerte devant le cadavre encore chaud de Monivanh le dégoûtait Il leva son pistolet.

– Restez où vous êtes.

Une lueur métallique effaça brutalement l'expression trouble des yeux de la Cambodgienne.

– Vous ne voulez toujours pas de moi, siffla-t-elle. Ne dissimulant même plus sa rage.

– Vous avez tué Monivanh, dit Malko.

La main droite de Maddevi Shivarol plongea dans les plis du sampot. Pendant une fraction de seconde, Malko crut qu'elle voulait le défaire, se mettre nue.

Puis sa main réapparut, tenant un étui de bambou, long comme un cigare. Avant même de réfléchir Malko tira. La balle traversa le poignet de la Cambodgienne et frappa le tube de bambou qui éclata.

Il en jaillit un trait noir qui tomba à terre et disparut sous le lit en se tortillant.

Un minuscule serpent noir.

Maddevi, tétanisée, tenait son poignet. S'attendant visiblement à ce que Malko la tue.

– C'est le général Krom qui vous a envoyée ? demanda-t-il.

Elle ne répondit pas. Malko s'approcha, la prit par le bras et la poussa vers la porte qu'il ouvrit.

– Dites-lui que je ne quitterai pas le Cambodge sans l'avoir tué.

Il la poussa dehors et referma la porte.

***

Puis il se retourna vers le cadavre de Monivanh et réfléchit. La Chinoise semblait dormir. Quelque part dans la chambre, il y avait maintenant le mortel serpent.

Malko se rapprocha de la porte et écouta : personne ne semblait avoir entendu le coup de feu.

Sa décision fut vite prise. Il changea rapidement de pantalon, retourna Monivanh sur le ventre, la couvrit, ne laissant dépasser que ses cheveux noirs, puis décrocha le téléphone.

– Il y a un serpent dans ma chambre, annonça-t-il à la réception.

*
* *

D'un coup de bâton précis, le boy écrasa le petit anneau noir lové contre la plinthe. Posément, il lui mit la tête en bouillie, puis l'attrapa par la queue et le montra à Malko.

– Beaucoup dangereux, fit-il. Possible mourir...

Malko glissa dans sa main libre une liasse de 5000 riels. Ravi, le boy s'éclipsa, emportant son serpent. Sans avoir prêté la moindre attention à Monivanh. Tous les clients du « Phnom » emmenaient des filles dans leurs chambres, souvent ivres-mortes...

Malko revint s'asseoir sur le lit et caressa doucement les cheveux noirs de Monivanh. Comme si la Chinoise pouvait sentir ses doigts. Par delà la mort, elle l'avait sauvé une fois de plus. Sans elle, il se serait endormi sans méfiance pour ne pas se réveiller.

Il pensa avec une satisfaction désespérée qu'il n'y avait rien de plus gratuit et de plus dangereux que de tuer le général Krom pour venger une Chinoise qu'il ne connaissait que depuis huit jours.

Mais qu'il allait le faire pour continuer à être fidèle à une idée qu'il se faisait de lui-même.

En attendant, il fallait prévenir Doug Frankel. L'Américain devait toujours se trouver chez Kuala.

Malko sortit, ferma la porte à clef et s'éloigna dans le couloir. Il avait hâte de venir retrouver Monivanh.

CHAPITRE XX

– Il fallait liquider Krom, dit sombrement Douglas Frankel. À la minute où il était en disgrâce. Lui, n'a pas perdu de temps.

La nouvelle de l'assassinat de Monivanh l'avait arraché brutalement à son nirvana. Malko l'avait retrouvé, sans surprise, dans la pièce que le Malais réservait à ses invités opiomanes. Fumant avidement, pipe après pipe, comme la première fois où il l'avait surpris. Il était venu à pied du « Phnom ». Maintenant l'Américain, assis sur le bat-flanc, jouait distraitement avec la pipe. Le boy s'était éclipsé. La maison était silencieuse. Les invités étaient partis et Kuala était en train d'initier un jeune bonze aux voluptés terrestres, sur un matelas au bord de la piscine.

– Je vais m'occuper de Krom, dit Malko. Même si c'est trop tard.

Doug Frankel secoua la tête.

– Je comprends... Mais vous oublierez. Ne risquez pas votre vie bêtement. Krom est très fort. Cela ne ressuscitera pas Monivanh. Ni personne.

– Je sais, dit Malko. Mais c'est ma dernière partie de roulette cambodgienne.

Douglas Frankel soupira doucement. Il enviait Malko. Lui ne jouait plus à la roulette. Il avait choisi un moyen plus lent et plus sûr de se suicider. Bien qu'il soit déjà aux trois quarts mort... Mais il le comprenait.

– Si vous y restez, je ne vous vengerai pas, dit-il. Je suis trop vieux. Et trop fatigué. J'ai envie de prendre ma retraite et de rester ici. Tant qu'il y aura du bon opium et des fillettes gentilles. Je n'attends plus rien d'autre de la vie. Puisque pour la « company » je pars en beauté. Krom est « out ».

À propos, comment allez-vous faire, pour lui ?

– Je ne sais pas encore, dit Malko. Mais pour l'instant, je voudrais prévenir le colonel Lean. À cause de Monivanh.

– Allons-y, fit Frankel. Cela va me faire du bien de prendre l'air.

Il se leva lourdement, jeta la pipe sur le bat-flanc et suivit Malko.

***

Un petit cercle de soldats silencieux entourait la grande armoire frigorifique.

Sur l'étagère du haut, la tête du colonel Lean grimaçait un sourire macabre.

Seul à ne pas avoir d'étiquette accrochée à l'oreille.

Une grosse Cambodgienne, de la cellulite jusque sur les paupières, sanglotait bruyamment. La veuve du colonel Lean.

Dans un coin de la pièce gisait son corps proprement décapité au coupe-coupe, recouvert d'une bâche verte. Le commando qui l'avait tué et mutilé avait disparu dans la nuit. Sans que personne ne le voie. Doug Frankel échangea un regard avec Malko.

– Krom va encore plus vite qu'on ne pensait, dit-il.

– Senang ! dit Malko.

Ils écartèrent les soldats et sortirent. Le colonel Lean avait trahi une fois de trop. De grosses gouttes tièdes commençaient à tomber. Le temps qu'ils atteignent la « Fury » c'était un déluge.

– La saison des pluies est en avance, remarqua Doug Frankel. Cela ne va pas arranger les Khmers rouges.

Ils ne mirent que dix minutes à atteindre la cabane du devin. Tout était sombre. L'Américain avança la voiture jusqu'à l'escalier pour ne pas se mouiller. Ils durent frapper pendant près de cinq minutes avant d'entendre du bruit à l'intérieur. Une voix de femme appela, en cambodgien, Doug Frankel répondit, finalement, la porte s'entrouvrit sur la fillette qui les accueillit la première fois.

L'air terrifié.

– Senang est au Palais, traduisit Doug Frankel. Il sera là demain dans l'après-midi. J'ai dit que nous reviendrions...

La fille referma la porte. La pluie était tellement drue qu'ils durent rouler à dix à l'heure.

– Venez coucher chez moi, proposa Doug Frankel. Nous arrangerons l'histoire Monivanh demain matin...

Malko secoua la tête.

– Non, je vais rentrer. Je vais coucher à l'hôtel.

Doug Frankel faillit en rater son virage.

– Mais elle est toujours là-haut ! Vous n'allez pas dormir à côté d'une morte !

– Si, dit Malko.

C'était le dernier cadeau qu'il pouvait offrir à Monivanh.

***

La pluie avait recommencé. Aussi drue que la veille au soir. Il fallait rouler très doucement à cause des cyclo-pousses aveuglés par la pluie. Le temps était à l'unisson de l'humeur de Malko. La matinée était passée très vite, à faire transporter le corps de Monivanh à la morgue de l'hôpital Calmette et à régler les problèmes avec la police cambodgienne.

Le quartier de Tuk-Maak était transformé en cloaque par l'averse tropicale. Le chauffeur de Doug Frankel n'osa pas s'engager dans le terrain vague de peur de s'y embourber.

Malko et l'Américain traversèrent l'espace découvert en courant.

La cabane en planches de Senang était fermée.

– Il doit être encore au Palais ! grommela Doug Frankel.

Passant devant Malko il frappa à la porte, appela en cambodgien.

Pas de réponse.

Machinalement, il tourna la poignée. Le battant de vieilles planches s'entrouvrit. Malko, à deux mètres derrière Doug Frankel, vit l'Américain pousser, l'entendit pousser un juron.

Il vit une lueur comme un soleil jaillir de la porte, se sentit enveloppé d'une couverture brûlante. En même temps une panique viscérale le submergea. Il sut qu'il allait être blessé ou tué.

Puis il fut balayé, jeté à terre au pied de l'escalier, sentit un choc à sa cheville gauche, comme une décharge électrique, perdit connaissance. Lorsqu'il essaya de se relever, il eut l'impression qu'il n'était resté que quelques secondes étendu dans la boue. Pourtant, une douzaine de badauds avaient eu le temps de s'agglutiner autour de lui. Il sentit qu'on l'aidait qu'on le tâtait, les voix lui parvenaient sans qu'il comprenne, en un brouhaha flou. Sa cheville lui faisait mal. Il cria :

– Doug ! Doug !

Ou plutôt il eut l'impression de crier car aucun son ne sortit de sa bouche. Il passa sa main sur son visage et s'aperçut qu'il saignait du nez et de la bouche.

Une fumée blanche sortait de ce qui restait de la cabane du devin. Les murs de planches avaient été projetés un peu partout.

Enfin, il aperçut Doug Frankel. L'Américain avait été projeté à près de dix mètres et gisait sur le dos. Malko essaya de se mettre debout, aidé par des badauds, mais une douleur aiguë dans la cheville le fit retomber.

Il parvint à se faire traîner près de Doug Frankel, faillit s'évanouir de nouveau.

Cela piaillait de plus belle autour de lui. Les visages effrayés qui l'entouraient ne contribuaient pas à le calmer. Des soldats arrivèrent en même temps que lui près de l'Américain.

Tout le bas de son corps, à partir de la ceinture, était un magma sanglant. Il avait les yeux ouverts, mais remuait la tête sans arrêt. Sans paraître voir personne.

Un des soldats s'agenouilla près de Malko avec une trousse de secours, examina son pied gauche, fit la grimace, grogna :

– Number ten !

D'un coup de baïonnette il fendit sa chaussure. Un jet de sang jaillit à cinquante centimètres. Aussitôt, le soldat prit un pansement-tampon, le fixa au bout de sa baïonnette et l'enfonça en tournant dans la plaie jusqu'à ce que la pointe heurte l'os. Sous la douleur atroce, Malko perdit connaissance quelques secondes. Mais l'hémorragie stoppa. Il avait du sang plein le visage, se sentait incapable de penser sauf à Douglas Frankel.

Le soldat écarta sa chemise et lui planta une seringue dans l'épaule gauche. Puis aussitôt, une autre dans l'épaule droite. Morphine. De nouveau, très vite, il se sentit partir. Puis cela alla mieux. Il tourna la tête vers Douglas Frankel.

L'Américain était prostré, la bouche ouverte. Les

badauds l'observaient en silence, indifférents et curieux. La mort avait beaucoup frappé à Phnom Penh, ces dernières semaines.

Le soldat qui avait soigné Malko s'occupait maintenant de l'Américain, découpant son pantalon autour de son ventre et de ses cuisses, dégageant ses blessures.

C'était horrible.

Un éclat du projectile qui avait explosé lorsqu'ils avaient ouvert la porte – probablement un mortier de 60 – avait sectionné le sexe de Doug Frankel à la moitié de sa longueur. Un autre avait labouré la cuisse, sectionnant l'artère fémorale. Le sang jaillissait à gros bouillons, trempant le sol, se mélangeant à la pluie. Tout l'abdomen était criblé d'éclats ainsi que les jambes. Le soldat enfonça la main dans la blessure béante, réussit à comprimer l'artère, bourra le trou de pansements.

Le visage rond de l'Américain semblait avoir soudainement rétréci, sous l'effet de la douleur. Lui aussi, on le bourra de morphine. La sirène d'une ambulance se rapprochait.

Le véhicule surgit à toute vitesse, faillit écraser les badauds, stoppa à quelques centimètres des blessés. On chargea les deux hommes sur des civières.

Malko était conscient, mais mentalement paralysé. Les infirmiers posèrent la civière de Doug Frankel à côté de la sienne. À cause de la morphine, l'Américain paraissait un peu mieux. Tout le bas de son corps était enveloppé de pansements dissimulant ses affreuses blessures. Il dit quelque chose que Malko n'entendit pas. Celui-ci avait l'impression que ses yeux allaient lui sortir de la tête que ses tympans avaient éclaté. Il éprouvait une curieuse sensation d'oppression.

Il réussit à entendre enfin ce que l'Américain marmonnait.

– ... Foutu... je suis... crevé.

Il dit quelques mots en chinois aussi. Puis sombra dans l'inconscience. L'ambulance, sirène hurlante, essayait de se frayer un passage sur la route de Pochentrong.

Malko pensa amèrement que le général Krom venait de marquer un nouveau point.

Leur succès était une victoire à la Pyrrhus.

Enfin, les portes de l'ambulance s'ouvrirent. Des infirmiers sortirent les blessés. Malko reconnut la cour de l'hôpital Calmette. On les emmena séparément. Directement dans les salles d'opérations. On le déshabilla, des médecins arrivèrent. Heureusement qu'on était en semaine. Le dimanche, il n'y avait pas de médecins.

L'un d'eux se pencha sur lui :

– Vous connaissez l'homme qui a été blessé avec vous ?

– Oui, dit Malko. C'est grave ?

Le chirurgien secoua la tête.

– Il a une chance sur dix de s'en sortir. Entre la ceinture et les genoux, c'est de la bouillie. Vous avez eu de la chance avec votre cheville. Dans un mois, vous serez sur pied...

Une infirmière enfonça une seringue dans le bras de Malko. Pentothal.

Il se sentit basculer de nouveau et ses pensées s'effilochèrent.

CHAPITRE XXI

Ti-Nam passa timidement la tête à la porte, portant à bout de bras un petit panier de feuilles tressées contenant quelques douceurs cambodgiennes achetées à un restaurant en plein air du marché. Elle se glissa jusqu'à Malko, l'embrassa, regarda le pansement qui enveloppait sa jambe gauche jusqu'au-dessous du genou.

– Tu as mal ?

– Ça va.

Cela le lançait un peu depuis qu'il avait repris conscience. La morphine et le pentothal l'avaient fait dormir toute la nuit, d'un trait. Il se sentait affreusement mal, avec une atroce migraine, les yeux rouges comme un lapin russe, les oreilles douloureuses. Par moments, il était pris de tremblements incoercibles.

La Vietnamienne regarda ses yeux, intriguée :

– Tu as fumé de la ganscha ?

Malko trouva la force d'esquisser un sourire.

– Non, c'est le souffle. J'ai été « blasté ».

On lui avait retiré deux autres éclats : un dans le cou, qui avait raté la carotide de trois millimètres, l'autre dans le coude, superficiel.

Le chirurgien qui l'avait opéré entra dans la chambre, vérifia d'un coup d'œil la feuille de température, sourit à Ti-Nam.

– Et Monsieur Frankel ? demanda Malko.

À l'hésitation du médecin, il sut immédiatement la vérité. Finalement le chirurgien avoua d'une voix lasse :

– Il est mort cette nuit. Je suis désolé. Il était trop abîmé. Il n'a pas repris connaissance. C'était un de vos amis ?

– En quelque sorte, dit Malko. Savez-vous ce qui est arrivé ?

– D'après les Cambodgiens, expliqua le chirurgien, on avait piégé la porte avec un obus de mortier de 60. C'est un miracle que vous vous en tiriez ainsi. Un éclat a tué un enfant à vingt mètres de là. Vous étiez à quatre ou cinq mètres...

Ti-Nam éclata en sanglots. Malko se dit que l'Américain emportait son secret dans la tombe. Qu'on ne saurait jamais s'il avait machiné toute l'histoire du camion, sachant que Liz accompagnait le capitaine Shivarol. Mais cela n'avait plus d'importance.

Pour la « company », le vieux Douglas Frankel était mort en héros, au cours de sa dernière mission. Personne ne se souviendrait plus de ses faiblesses.

Le chirurgien s'apprêtait à sortir.

– J'en ai pour combien de temps ici ? Demanda Malko.

– Quatre ou cinq jours, mais vous ne pourrez marcher qu'avec des béquilles.

Ti-Nam referma la porte derrière lui et revint s'asseoir près de Malko.

– Je peux coucher près de toi, sur le petit lit ? demanda-t-elle.

– Et ton mari ? demanda Malko.

Elle haussa les épaules.

– Je lui ai dit qu'un ami avait été blessé, que je devais m'occuper de lui.

Malko ferma les yeux. Essayant d'oublier les

explosions, les morts, l'horreur souriante au milieu de laquelle il vivait depuis son arrivée à Phnom Penh.

Il voulait tout oublier, sauf une chose. Le général Oung Krom.

***

Le soleil brillait, il faisait merveilleusement chaud. Aidé par Ti-Nam, Malko s'installa dans le cyclo-pousse, rangea ses béquilles près de lui. La Vietnamienne se tassa contre lui et cria au pousse de démarrer.

L'avenue Monivong était toujours aussi animée. Cinq jours déjà que Malko rongeait son frein, en dépit de la visite de plusieurs officiels de l'ambassade US et des télégrammes de la « company ». Même David Wise avait donné signe de vie. Proposant à Malko de le rapatrier en avion spécial. Personne n'avait compris qu'il veuille encore rester à Phnom Penh, sa mission plus que terminée. La bataille pour Oudong s'enlisait et le général Oung Krom était définitivement écarté du pouvoir.

Pourtant, il s'était bien vengé...

Malko se sentit presque chez lui en retrouvant les bougainvillées et les flamboyants du « Phnom ». Ti-Nam l'arrangea confortablement, la jambe étendue. Prenant très au sérieux, son rôle d'infirmière. À l'hôpital, elle ne manquait jamais, le soir, de lui prodiguer une gâterie rapide et discrète, qui tenait lieu de somnifère. Avec le même sérieux qu'elle mettait à lui apporter ses béquilles...

Elle s'assit près de lui et soupira.

– Tu devrais aller te reposer à Pattaya.

Pattaya, le Saint-Tropez du golfe du Siam, en Thaïlande. Rêve impossible des Cambodgiens coincés par la guerre. La suggestion de Ti-Nam n'était pas totalement désintéressée.

Malko sourit.

– Ti-Nam, je t'emmène huit jours à Pattaya, mais tu vas d'abord me rendre un service.

Il lui expliqua ce qu'il attendait d'elle. La Vietnamienne l'écoutait, une lueur de panique dans ses yeux noirs.

– Mais tu veux vraiment mourir ! murmura-t-elle.

– Je suis comme les chats, j'ai sept vies... répliqua Malko.

***

Un énorme Gengis Khan moustachu secouait l'ambulance où Malko reposait, brûlé sur tout le corps. Il allait tomber de la civière. Il voulut se raccrocher au bord, entendit une voix faible et lointaine :

– Malko ! Malko !

Alors seulement, il se réveilla en sursaut. Ti-Nam le secouait, penchée sur lui.

Il s'était endormi sous son parasol, près de la piscine. Ti-Nam semblait affolée.

– Qu'est-ce qu'il y a ? sursauta-t-il.

La Vietnamienne pouvait à peine parler.

– J'ai appris ce que tu m'as demandé, balbutia-t-elle. Le général Krom vient ce soir au « Diplomatic Club ». À neuf heures. Mais il a su que tu étais sorti de l'hôpital. Ses hommes vont venir ici te tuer, ceux qui ont coupé la tête du colonel Lean. Krom leur a promis un million de riels s'ils lui rapportaient la tête ce soir, quand il viendra au club.

Malko regarda son pied blessé, ses béquilles. Pas question de marcher. Il sentait que Ti-Nam disait la vérité, que s'il restait là, on allait venir l'achever, que ce n'est pas son pistolet extra-plat qui le protégerait.

– Dépêche-toi, houspilla Ti-Nam. Ils vont venir. Tu vas faire comme Hal.

Malko prit ses béquilles et se leva.

– Tu veux rester avec moi ? demanda-t-il.

Elle hocha la tête affirmativement, des larmes dans les yeux.

– Tu peux me procurer une arme ? Quelque chose de sérieux. Un M. 16 ou un AK 47. Et une voiture.

– Je crois.

– Alors en avant.

Il boitilla jusqu'au jardin. Ti-Nam l'escortant, arriva à l'entrée sur l'Avenue Monivong. Surpris, Malko vit Ti-Nam écarter les pousses.

– On ne va pas acheter une arme ? s'étonna-t-il.

– Si, si, fit la Vietnamienne. En face.

De l'autre côté de l'avenue se dressaient les bâtiments de l'Évêché au milieu d'un superbe jardin.

***

– Mon Père ! hurla Ti-Nam de sa voix aiguë.

Le cloître ombragé d'arbres paraissait totalement désert. Malko et la Vietnamienne s'étaient arrêtés au pied d'un monumental escalier de chêne desservant la galerie du premier étage. Ils avaient aperçu quelques Ti-ba en train de laver du linge, des ouvriers réparant la sacristie, mais pas le moindre religieux.

Une silhouette surgit enfin des arcades. Un Blanc en chemise et pantalon. Pas du tout l'air d'un prêtre. Un bon visage ouvert, aux traits épais et aux yeux lumineux. L'air d'un bon vivant. Il s'avança et serra la main de Ti-Nam qui lui présenta Malko.

– C'est le Père Marc, expliqua-t-elle.

Le Père Marc sourit à Malko.

– Ti-Nam est une de nos catholiques les plus ferventes. Que puis-je faire pour vous ?

Malko n'avait jamais pensé à la Vietnamienne sous cet angle... Brusquement, il se sentit gêné, devant ce prêtre en civil, de sa demande incongrue. Mais Ti-Nam vola à son secours.

– Mon père, mon ami voudrait acheter une arme, dit-elle. Une grosse...

Le prêtre ne parut ni surpris, ni choqué. Il frotta ses mains l'une contre l'autre d'un air distrait.

– J'aurais bien un AK 47, fit-il, mais la baïonnette est cassée.

– Cela ne fait rien, assura Malko.

Avec sa jambe, il se voyait mal chargeant à l'arme blanche.

– Il marche bien ? demanda-t-il.

Le Père Marc prit l'air offusqué. Comme si Malko lui avait demandé s'il était en état de péché mortel.

– Parfaitement, il y a même plusieurs chargeurs.

– Je crois que cela m'intéresse, dit Malko.

– Eh bien, je vais vous le montrer, suivez-moi.

Ils le suivirent le long d'un couloir de marbre solennel où les pas résonnaient encore une demi-heure après qu'on était passé, jusqu'à une pièce sombre et fraîche. Le Père Marc ouvrit une énorme armoire métallique. Malko aperçut des liasses de billets de tous les pays : France, U.S.A., Suisse, Viêt-nam, Cambodge, Thaïlande, Malaisie... l'étagère du bas était occupée par plusieurs pistolets, un M. 16 et l'AK 47.

Le Père Marc le sortit avec précautions, engagea un chargeur dedans et tendit l'arme à Malko.

– Essayez-le.

– Mais...

– Je vous en prie.

Ti-Nam tint l'arme, tandis que Malko boitillait jusqu'à la porte. Il s'appuya au mur, cala le fusil d'assaut contre sa hanche et tira une courte rafale vers la cime des cocotiers du cloître. Les détonations se répercutèrent indéfiniment dans le couloir.

Il tendit l'arme à Ti-Nam et se retourna vers le Père :

– C'est parfait. Mais que dois-je...

Le Père Marc eut un sourire innocent.

– Ce que vous voulez à partir de cent dollars. Une roquette communiste à détruit le toit de notre sacristie et nous avons beaucoup de frais...

Malko lui tendit 150 dollars. Autant mettre Dieu de son côté. Le Père Marc rangea les billets dans l'armoire, avec les autres piles, enveloppa le AK. 47 dans une toile verdâtre, mit les chargeurs dans le sac de Ti-Nam et les raccompagna à travers l'interminable couloir.

Au moment de les quitter, il toisa Malko avec un sourire ambigu, plein de sympathie.

– C'est vous dont le général Krom a mis la tête à prix ! remarqua-t-il doucement. Je suis heureux de vous avoir rencontré.

Il s'éclipsa avant que Malko, suffoqué, ait eu le temps de répondre.

Ti-Nam secoua la tête gravement.

– Les Pères, ils savent tout, dit-elle. Ils sont très forts.

C'était le moins qu'on puisse dire. Sur le trottoir, ils hélèrent un cyclo-pousse. Tout à coup, Ti-Nam poussa un petit cri.

– La Mercedes, dans le jardin !

À travers l'avenue Monivong, ils apercevaient le jardin du « Phnom ». Une grosse Mercedes noire bloquait l'entrée entourée de plusieurs militaires.

– Ce sont les hommes de Krom, dit Ti-Nam.

Elle houspilla le pousse qui se dressa sur ses pédales, filant vers le centre.

Malko se demanda s'ils l'avaient vu.

L'ultime partie de roulette cambodgienne était

commencée. Il se sentait mieux depuis qu'il avait le AK. 47. Décidément, l'Église avait du bon.

– Allons chercher une voiture, dit-il.

Le cyclo-pousse n'était quand même pas le véhicule idéal de combat.

***

Les trottoirs, autour du Marché Central étaient encombrés de marchands en plein air offrant de tout, la plupart du temps des marchandises volées à l'armée. Les pousses et les scooters, entremêlés dans un nuage bleuâtre, avançaient au pas.

Enfin, ils se dégagèrent, rejoignirent le quai longeant le Tonlé-Sap, tournèrent à droite vers le sud.

Ti-Nam se retourna et poussa un cri. La Mercedes noire arrivait derrière eux, se faufilant dangereusement entre les cyclos. Pleine de Cambodgiens en uniforme.

Ti-Nam cria quelque chose au pousse qui freina brusquement. Malko vit la Mercedes obliquer sur eux et foncer. À cloche-pied, il sauta du pousse, bondit sur le trottoir raflant ses béquilles au passage. Une douleur aiguë dans sa cheville blessée lui arracha un cri. Derrière eux, il y eut un bruit de ferraille et un hurlement. Le lourd capot de la Mercedes avait coincé le cyclo pousse contre un camion à l'arrêt, broyant les jambes du malheureux. La voiture stoppa et quatre hommes en jaillirent :

– Viens, cria Ti-Nam.

Il s'appuya sur elle pendant quelques mètres. La Vietnamienne poussa une porte et ils se retrouvèrent dans un bar tout en longueur, très sombre, plein de filles sur des tabourets. Derrière le comptoir trônait une superbe eurasienne, avec un chignon plus grand qu'elle. Ti-Nam se précipita sur elle, lui parla à voix basse, l'autre regarda Malko, les sourcils froncés. Pas tellement décidée... Ti-Nam se jeta sur lui :

– Donne-moi de l'argent, vite.

Malko lui tendit une liasse de 10000 riels qu'elle bourra dans la main de la patronne. Aussitôt elle émergea de son comptoir, moulée dans des paillettes violettes, se précipita vers la porte du bar et ferma le verrou. Puis elle revint vers Malko et dit en excellent français :

– Suivez-moi, Monsieur.

Ils traversèrent une seconde salle où des filles dormaient sur des banquettes et suivirent un étroit couloir desservant des pièces minuscules fermées par des rideaux. Dans l'une d'elles Malko aperçut une fille en train de faire l'amour avec un soldat.

La patronne ouvrit une porte donnant sur un jardinet et sourit.

– À bientôt, revenez !

Elle embrassa Malko à pleine bouche, tandis que Ti-Nam le tirait à l'extérieur.

– Et ta voiture ? demanda Malko.

Ti-Nam hésita.

– Attends-moi là. Je vais la chercher. C'est celle de mon mari. Une BMW, comme le colonel Lean.

Elle lui laissa l'AK. 47 et les chargeurs, partit en courant.

Malko s'assit dans le jardinet qui bordait la ruelle, l'AK. 47 à portée de la main, dissimulé par le muret. Sa cheville le faisait affreusement souffrir. Il se dit qu'il ne tiendrait pas jusqu'au soir sans morphine.

***

Le coup de klaxon fit sursauter Malko. Il regarda avec précaution par-dessus le muret, aperçut Ti-Nam au volant d'une BMW blanche. Elle descendit, vint l'aider à s'installer dans sa voiture, mit le AK. 47 à l'arrière.

Puis, elle lui tendit un morceau de tissu rouge.

– C'est un foulard béni, expliqua-t-elle gentiment. Je l'ai volé à mon mari. Il vient d'une des meilleures pagodes de Oudong...

Malko ne voulant pas la décevoir, mit le foulard autour de son cou. Il aurait préféré de la morphine.

– Où veux-tu aller ? demanda Ti-Nam.

– Roulons, dit Malko. Il faut tenir jusqu'à ce soir. Promène-toi dans Phnom Penh. Évite le centre, c'est trop dangereux.

Ils n'avaient rien d'autre à faire. Tous les endroits publics leur étaient interdits à cause des hommes de Krom. Malko aurait pu se réfugier à l'ambassade U.S., mais son adversaire risquait de la faire surveiller, de le guetter quand il en ressortirait. Et, avant le soir, 9 heures, il n'avait aucune idée de l'endroit où il pourrait trouver le général Oung Krom.

Ti-Nam traversa l'avenue Monivong et accéléra, filant vers le sud.

***

– On est bien, soupira Ti-Nam. Pourquoi veux-tu aller là-bas ?

Elle avait ôté ses chaussures et posé ses pieds nus sur le tableau de bord en biais, après avoir renversé son siège en arrière. Dans le mouvement, sa jupe avait remonté, découvrant ses cuisses jusqu'au slip noir.

Malko essayait d'oublier les élancements de son pied, affalé sur le siège voisin. Sa cheville avait doublé. Après avoir tourné dans Phnom Penh pendant quatre heures, dès que la nuit était tombée ils s'étaient arrêtés dans une petite rue sombre perpendiculaire à l'avenue Monivong, presque en face de l'ambassade de

France. Un violent orage s'était déclenché et il pleuvait à torrents. Une chance de plus pour eux.

– Je dois y aller, dit Malko, d'un ton sans réplique.

Le général Krom devait être persuadé qu'il avait cherché refuge à l'ambassade U.S.

Ti-Nam soupira et jeta son mégot. Depuis qu'ils étaient arrêtés, elle fumait de la ganscha sans interruption. Elle eut une quinte de toux.

– Tu ne devrais pas tant fumer, dit Malko.

– J'ai trop peur, si je ne fume pas, dit Ti-Nam.

Elle se tortilla, le regardant par en-dessous d'une façon provocante. Essayant d'oublier sa douleur, Malko posa la main sur les cuisses brunes.

– Caresse-moi, murmura Ti-Nam.

La ganscha et la peur s'additionnaient pour l'exciter au plus haut degré. Malko obéit, elle gémit, s'installa sans aucune pudeur, les jambes passant par la glace ouverte.

Malko se raidit, surveillant deux phares qui venaient de surgir dans le rétroviseur. Le véhicule ralentit et stoppa derrière eux.

– Continue ! exigea Ti-Nam, frustrée, qui ne l'avait pas vu.

– Attention ! fit Malko. Derrière !

En une fraction de seconde, elle s'arracha à sa caresse, reprit une position normale, mit en route, démarra. Elle tourna dans la première rue à gauche, accéléra encore, roula à tombeau ouvert pendant un quart d'heure. Personne ne les suivit.

C'était une fausse alerte !

Leur tension nerveuse brusquement tombée, ils rirent. Comme si c'était un jeu scout. Ti-Nam reprit Monivong, ralentit, glissa un coup d'œil oblique à Malko.

– C'était bon, soupira-t-elle.

Cet instinct sexuel féroce, plus fort que l'instinct de

conservation embrasa Malko. Il reprit sa caresse là où il l'avait interrompue, sans que la Vietnamienne lâche son volant.

Très vite, Ti-Nam se mit à haleter, les yeux fixes, les mains crispées sur le volant.

Un hurlement strident et filé fit se retourner deux cyclo-pousses, ébahis.

Leur stupéfaction s'accentua quand ils virent Ti-Nam, la tête rejetée en arrière, accrochée à son volant comme à une bouée de sauvetage, hurler comme si une bête invisible lui dévorait le bas du corps. Son cri fut dominé par un grand bruit de ferraille. Les deux pousses venaient de percuter une voiture engagée dans le croisement. La BMW évita de justesse le magma de tôles et continua une course légèrement zigzaguante.

Les yeux vitreux, Ti-Nam essayait de reprendre son souffle.

***

– 9 heures moins dix, annonça Ti-Nam.

– Allons-y, dit Malko.

La Vietnamienne prit à l'arrière le AK. 47, vérifia le chargeur et le levier d'armement, le coinça près de Malko. Depuis son orgasme public, elle était beaucoup plus calme, reprise par son fatalisme oriental.

Ils s'étaient embusqués près du Cambodiana, à côté du parc de jeu qui bordait le Tonlé-Sap.

Ti-Nam démarra lentement, Malko serrait contre lui le AK. 47, tâchant de ne pas penser à son pied de plus en plus douloureux. Ils parvinrent à l'avenue du 9 Tola, devant le char soviétique détruit.

Le « Diplomatic Club » était à 300 mètres.

– Écoute, dit Malko, tu vas entrer lentement pour que j'aie le temps de voir. Si le général Krom n'est pas là, je te promets que nous repartons et que je vais directement à l'ambassade américaine. S'il est là, tu t'arrêtes.

Elle hocha la tête, sans répondre.

Ils ne dirent plus un mot jusqu'à la grille du « Diplomatic Club ». Malko ne respirait plus. Le BMW tourna, entra dans le jardin, suivant l'allée. De nombreuses voitures étaient déjà garées. Ti-Nam ralentit encore, stoppa devant l'entrée du dancing et la véranda. Plusieurs tables étaient occupées. À l'une d'elles, Malko aperçut le général Krom attablé devant une bouteille de whisky. Seul. Attendant sa tête.

– Attention ! dit Malko.

De la main droite, il ouvrit la portière, puis, pivota, se mettant debout en s'appuyant sur sa jambe valide. Appuyé à la carrosserie, il attira le AK. 47, le coinça contre sa hanche.

Le général Krom avait levé la tête.

D'une détente brusque, il se dressa d'un bond, sa main fila vers l'étui de son 45 automatique, tandis qu'il hurlait quelque chose en cambodgien. Malko distingua des ombres, un peu plus loin, qui accouraient.

Son pouce appuya sur le levier « feu continu » et il pressa la détente. Le lourd AK. 47 se mit à tressauter contre lui, transmettant des ondes atrocement douloureuses à sa cheville blessée. Les détonations vrillèrent son tympan crevé.

Le général Oung Krom parut pris de la danse de Saint-Guy. Son corps tressautait sous les impacts, rejeté contre le mur. Son 45 tomba à terre sans qu'il ait tiré. Malko garda le doigt sur la détente jusqu'à ce que le chargeur soit vide, accompagnant le Cambodgien dans sa chute.

Puis, il jeta à terre le fusil d'assaut et se laissa tomber sur le siège avant de la BMW, les oreilles bourdonnantes, au bord de la syncope.

Ti-Nam démarra dans une gerbe de gravier. Derrière

eux, une rafale claqua et la lunette arrière de la BMW vola en éclats. Puis, la voiture franchit le portail de sortie et ils retrouvèrent le calme de la rue déserte. Au bord de la syncope, tant la douleur de son pied était forte, Malko murmura à Ti-Nam.

– Nous allons à Pattaya.

Imprimé en Espagne par
Liberdúplex
à Sant Llorenç d'Hortons (Barcelone)
en juin 2020

ÉDITIONS GÉRARD DE VILLIERS

N° d'imp: 84230
Dépôt légal: juillet 2020